KB053117

수시로 수정되는 마음

수시로 수정되는 마음

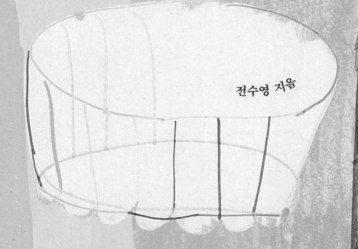

전수영 지음

영리한 나와 엉망인 나 사이,
노인과 아이의 사이에 선 중년

차례

Prologue 단 하루씩의 의식주 11

인물소개 16

유익한 전설

부자, 중간, 가난 21
살다 보면 우리는 부자, 중간, 가난, 그 어느 곳에나 배치될
수 있다

너는 안전할 거야 27
나는 이 사람들을 믿고 내 인생을 마음껏 용기 내서
살아도 된다

가장의 지천명 31
이번 직업으로도 돈이 모이지 않았다

연민 테크닉 37
돈 벌고, 새끼들 키워내느라
머리·어깨·무릎·발·무릎·발이 다 아픈 세상

마음의 태평 46
생을 유지할 정도의 적당한 돈을 번다면, 그 이후는 부와
무관한 것을 추구해야 한다

눈치 게임 54
불편은 처음엔 불편하지만 결국 해소되거나 익숙해지는
것, 둘 중 하나

조금씩 봐주면서 살아 63
개념 없게 굴더라도 개념 없는 것이 아니며

한 번만 더 말하면 천만번 72
후회 없는 사랑이 과연 가능이나 한가

숙면의 부재 78
너무 사랑해서 잠을 자꾸만 주시네

원래 더운 여름 85
불평거리를 상세하게 나열할 수 있을 때, 그 사람은 딱
그런 삶을 사는 사람이 되어 버린다

유산의 적정가 92
조르지오 알마니와 롤렉스 시계를 몰라도 인간이
태어나서 사는 것에 아무런 문제가 없다

인스타그램에 없는 해골 97
모든 것이 끝장난 상황인데도 영화관 앞에 줄을 섰다

굴러다니는 먼지 102
제때 무사히 똥을 누는 것도 행복으로 치자면 행복이다.
행복으로 안 치면 아닌 거고

뭐 아무렴 어때의 경지 108
많은 못생긴 것들, 많은 슬픈 것들, 많은 찌질한 것들

운이 좋은 남자 115
좋아하는 것을 통해 내게 어떤 나아짐도 없다면 무슨
소용일까

약이 되는 비법 123
라면 국물, 똠양꿍, 담배, 눈썹, 돌바닥

있는 그대로의 가정사 129
내 몸뚱이가 지금 죽도록 아프지만, 너의 몸은 아프지
말라고 약 봉투를 건넨다

아름다운 전설 137
우리는 언제든지, 얼마든지 별안간 혼자가 되어 버릴 수
있다

영리한 어른과 엉망인 어른 사이

적합한 행보 147
이 문제가 평생 나를 쫓아다니겠구나

자질구레한 걱정 156
걱정과 싸우는 방법을 모르는 사람은 단명한다

건강왕 162
아프면 이젠 부끄럽다

특별하게 무계획 169
일하기 싫은 마음 반, 그만두고 싶은 마음도 반

실패하는 돈 이야기 176
우리가 돈 때문에 때때로 미련하고, 속물스럽기는 하다

분명 내 짝 183
나는 잘못되지 않았다

약간의 문제 189
약간의 히스테리, 약간의 편집증, 약간의 강박

워너비 이탈리안 197
담배 한 대만 피고 오겠다

비생산적인 생산 203
인생이 그렇게 아슬아슬하기만 할 리가 없다

이미지 싸움 209
내가, 진짜 너, 선 넘지 말랬지

죄송한 완벽 216
완벽으로 가는 길에는 반드시 가족과 타인을 힘들게 하는
구간이 있다

집요하게 자문자답 224
그러니까 이게 정확히 돈 문제야? 내 문제야?

비합리 중독 230
이런 일이 있었어… 너무 무섭지…

쓸모 있는 원칙 239
인생을 사는 데 세 가지 원칙이 있는데 불행히도 그 원칙을
아는 사람은 아무도 없다

존버 244
돈 없음, 응원 없음, 몸 아픔, 방향 잃음

미래 짝사랑 251
어디로 그물을 던져야 하는지 몰라서 이쪽에도 던지고,
저쪽에도 던지고

일단 카푸치노 259
한 달 마실 라떼 값을 주식에 투자하면 어떻게 되는지

동화보다 만화

딴판의 사람 269
타인은 몰라도 나는 딴판이 된 나를 알아본다

라포르 277
내가 너를, 네가 나를 이해하고 있다는 친밀과 안도

뺨을 맞았다 284
아이가 어른에게 할 수 있는 복수란 거의 없다. 까먹은
척해주는 것

탄생 신화 294
나는 남매에게 대체될 수 없는 사람이 되어야 하고

얻어먹을 힘 300
네네, 괜찮죠. 머리 안은 괜찮으니까요

나은 사람 307
엄마가 너보다 더 나쁜 사람이야. 엄마가 더 엉망이야.

체득의 뇌 313
수시로 마음을 고쳐먹으면서 어떡하든 뇌가 이 상황을
불쾌감이나 패배감으로 기억하지 않도록

닭살 돋는 이야기 320
삶이 복잡한 것과 삶이 디테일로 가득 찬 것은 질적으로
다른 차원이다

엄마의 꿈 326
아직 되지를 못했어

심심한 곳이 지옥 333
삶은 동화보다 만화에 가까운 게 좋을 것 같다

까칠의 여왕 341
내가 좋을 때는 테트리스 여왕이고, 내가 귀찮을 때는
까칠의 여왕

순수에 접근하는 시간 348
내 몸과 마음의 상태를 들켜도 부끄럽지 않고 괜찮은 사람

빠른 호강 356
인생 미션이 고작 대출이자와 원금을 잘 갚는 것일 리가 없다

세상 힘든 친절 361
플라톤은 친절하게 대하라고 말했다. 모두가 힘든 싸움을
하고 있다고

툭 떨어진 선물 367
우리는 또 자이언티의 〈양화대교〉를 잊지 않겠지

멍때림이 풀릴 때 373
서로가 서로를 선택할 수 없었던 부모와 자녀 사이로
만나서 반려동물과 반려식물을 집에 들이고

Epilogue 가혹과 다정을 밀고 당기며 383

단 하루씩의 의식주

20년 가까이 옷과 장신구를 만들어 팔며 생계를 꾸려왔다. 그 방면의 공부를 했고 그 밥벌이로 남매를 피아노 학원에 보낸다. 치아 교정비를 내고, 냉장고를 채우고, 매번 신기술의 청소 도구에 눈독을 들일 자유를 얻는다. 각종 공과금과 세금, 보험료를 내고 대출 이자를 꼬박 갚는다. 옥희의 사료와 배변 패드를 검색하고, 고작 콩알만 한 꽃밭과 텃밭을 돌보면서 5분 간격으로 허리를 짚고 '아이고' 소리를 낸다. 20년 차 증권맨인 남편과는 6년째 주말부부로 지내는 중인데, 올 때 너무 반갑고 갈 때 더 반갑다며 깔깔대는 걸 보면 꽤 성공적인 듯 싶다. 그리고 은퇴한 친정엄마와 함께 살게 되었다. 어느새, 그러니까 진짜 눈 깜짝할 사이에, 나는 중년이 되어 있다.

윗세대와 아랫세대를 보살피는 '긴' 세대가 되어 열심히 돈을 벌고, 이젠 어디가 아플까 봐 겁이 나서 어떤 영양제가 좋다는 말에 자꾸만 솔깃해진다. 하고 싶은 일을 지금이라도 해도 될까. 어이없게 진로 고민을 아직도 진지하게 한다. 대부분 중년이라면 이와 다 비슷하게 살고 있지 않을까.

어린이는 미래를 보고, 노인은 옛날을 본다는데, '긴' 나는 미래도 보고, 옛날도 보느라 바쁘다. 그보다 오늘을 더 보고 있는 것 같기는 하다. 오늘 안에 해치워야 할 일이 너무 많기 때문이다. 평생 한 우물만 판 김연아처럼 한 분야에서 세계 탑 경지에 이르지는 못했지만, 한 가정인 우리 집을 제일 잘 굴러가게 하는 사람이 되어있다. 가정이 작동하는 데 필요한 잡다한 능력이 발전했고, 성가신 일도 잘 참아낸다. 고통을 감내하는 능력이 덩달아 발전했기 때문에.

나만 복닥거리는 것이 아니고, 나만 돈 걱정을 하는 것이 아니고, 나만 불안에 시달리는 것이 아닐 것이다. 어른은 많은 책임을 도맡으면 안정적인 삶에 이른다고 철떡 같이 믿고 있다. 그러니 시간, 돈, 정성, 근면, 용기 등등 가진 전부를 다 퍼부어 초인적 수준의 일을 해내는 거겠지. 이것이 다 그놈의 행복 때문이다. 다 행복해지고 싶어서이다.

그런데 행복은 부끄러운 것이 아니라 무척 영리한 것이다. 어른도 퍽 영리하지 않나. 삐까번쩍한 행복이 아니라, 내 가정에 알맞은 유용한 행복을 찾기 위해 애쓸 뿐이다. 그러나 또 그 길에서 자주 엉망이 된다. 욕심도, 반성할 거리도 너무 많다. 반성했다고 곧장 내가 올바르게 바뀌는 일도 없다. 사는 내내 그럴 것이다. 얼마 가지 않아서 후회할 일을 또 자행하고, 아차차 하면서 그렇게 백 앤 포스, 수시로 자신을 스스로 수정하고 조율해 나간다.

그래도 좋다. 그러나 안타까운 것을 하나만 꼽자면 나는 지금껏 정말 잘해왔는데, 이따가 또 열심히 할 건데, 좀처럼 나는 나를 칭찬하지 않는다. 나에 대한 고마움을 자꾸만 잊는다.

어느 순간부터 갖고 싶은 물건을 리스트업하기보다는 무탈함을 바라고 있다. 딱 이 정도에 자주 감사해 한다. 왜 나는 삶을 너무 좋아하는 사람이 되었을까. 왜 나는 삶을 너무 두려워하는 사람이 되었을까. 남매가 내 인생에 등장한 날을 기점으로, 또 아빠가 세상에서 퇴장한 날을 기점으로 나는 세상이 진짜 예쁘고, 또 세상이 너무 두렵다. 그래서 그냥 그들과 함께하는 것이 가장 중요해져 버린 것이다.

카프카는 인간이 가진 것은 일상뿐이고, 그 안의 사소한 것들이야말로 세상에서 가장 어려운 것이라고 했다. 혹시 우리의 일상이 이어지고 있다면, 카프카의 말대로 우리는 가장 고난도의 미션을 날마다 클리어해 나가는 중인 것이다. 이토록 어려운 일상을 나는 어린 사람과 늙은 사람과 함께하고 있다. '함께'는 좋은 기술이라서 그들 때문에 덜 외롭다. 나는 요즘 우리가 함께 해내는 일들, 함께여도 해내지 못한 일들, 나중에 함께 할 일들이 그냥 다 좋고 다 고맙다.

그러니 이 집안의 핵심역량인 내게 어제보다 조금만 더 친절해지자. 조금만 덜 불안하자. 부귀영화가 필요한 것이 아니라 지친 몸을 이끌고 집에 들어가는 길에 가족 수만큼의 부라보콘을 살 수 있다면, 우리는 그걸로 정말 괜찮지 않나. 원래 인생이 노곤하기도 하고 달콤하기도 하다는 것을 알 만큼 우리는 이제 정말 영리해지지 않았나.

영리한 나와 엉망인 나 사이, 노인과 어린이 사이에 살면서 계속 많은 자문자답을 한다. 어른의 생각은 먼지처럼 떠오르고 가라앉기를 끊임없이 반복하기에, 까먹고 싶지 않은 것들을 기록했다.

롤랑바르트는 글쓰는 것은 '사랑하는 대상을 불멸화'하는 작업이라고 했다. 어린아이와 노인을 통해서만 깨우치는 것들이 분명히 있다. 해가 질 때까지 물어보지 못한 궁금증, 전하지 못한 말, 풀지 못한 문제가 날마다 남았다. 나를 쭉쭉 살아가게 해주는 장면, 지혜, 추억, 염려, 비법들. 그것들을 기록하는 작업은 그들을 불멸화하고 싶은 롤랑바르트 식의 마음이었나 보다.

개인의 기록이 과연 누구와 소통할 수 있을지 그리 겁나지 않는다. 인생의 어떤 구간에서는 분명 다들 비슷한 생각을 조금씩 하며 비슷하게 살고 있을 것이기 때문에.

그러니 모두 기운 내요.

●

글 속의 등장인물 중,

종웅은 아빠, 소희는 엄마이다.

유독 그들만 엄마, 아빠라는 존칭 명사 대신

고유한 이름을 그대로 불렀다.

그들은 도대체 왜 그렇게 살았나.

얼마나 자식을 아꼈나. 어떻게 아낌없이 주었나.

객관적으로 볼 방법이 내게는 없다.

죽는 날까지 내게 주관적 사람이라 그렇다.

그들을 나와 상관없는

제3자로, 3인칭 시점으로 보고 싶었다.

내가 아닌, 어디선가 다른 누구의 부모로 살았어도

그들은 똑같이 그러했으리라고

마침내 도달한 생각,

그건 많은 중년에게 가장 난제인

'부모'의 삶이

어떠해야 하는지 돌아보게 한다.

●●

아이들은 딸과 아들, 남매로 불렸다.

인생은 인간 각자에게

완벽하게 프라이빗한 서사를 주지만

신비스럽게도 '보편성'을 숨겨놓고 준다.

나만 이 난리굿이 아니라 다 비슷하게

울고 웃고 고뇌하며 비슷하게 산다는 뜻으로.

당신의 딸과 아들로 다 함께 읽힐 때

아무래도 부모에게 가장 난제인

'아이'를 통해서

우리는 돌아보고 수정해야 할 마음을

겨우 요만큼 또 만날 수 있는 것 같다.

●●●

하지만 요만큼이라도 어딘가.

반성도 행복도 우린 언제나

요만큼이라도 필요하다.

단 하루썩의 의식주

1부

유익한 전설

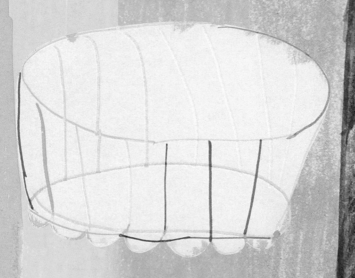

부자, 중간, 가난

살다 보면 우리는 부자, 중간, 가난,
그 어느 곳에나 배치될 수 있다

유년 시절, 우리 집은 가난했다. "그때는 참 가난했지."라고 회상하는 소희의 말에 따르면 그렇다. 나도 우리 집이 부유했다고 생각한 적은 없다. 내게 제공되는 물건들을 보면 풍족하지 않은 집 형편을 어린이라도 충분히 느낄 수 있었다. 그렇다고 찢어지게 가난한 것은 아니었다. 의식주가 해결되었고, 학교 준비물을 비롯해 꼭 필요한 것은 있었기 때문이다. 대단히 좋지도 않았지만, 그렇다고 너무 싫지도 않은 적당한 수준의 물건들로 나는 그런대로 잘 살았다.

나는 어떻게 지내야 하는지를 잘 아는, 착하고 눈치 빠른 어린이였다. 좋은 것과 예쁜 것은 언제나 비쌌기 때문에, 좋고 예쁜 물건이 없는 어린이이기도 했다. 본젤라또 아이스크림 하나를 맛보기 위해서는 쭈쭈바 10개를 포기하면 되었다.

소희는 항상 나에게 선택권을 주는 엄마였다. 나는 좋은 것 1개와, 좋지 않은(또는 그렇게 좋지 않은 것도 아닌) 10개 사이에서 선택하느라 자주 곤란함을 겪었다. 스스로 선택의 결정을 자주 내려야 했다. 그것은 나름대로 좋은 점은 있었다. 어린 나이에 세상 물건들을 앞에 놓고 골똘히 생각해야 했기 때문이다. 냉큼 순간의 기쁨을 택하기도 했고 근사한 것을 좀 기다리기도 했다. 기다리는 일은 어렵기도 했지만, 어쩌다 근사해질 나를 상상하면 괜찮기도 했다. 나는 점점 잘 기다릴 줄 아는 어린이가 되어갔다.

지금은 부촌으로 알려진 서울 용산구 동부이촌동은 내 유년의 추억을 상기시키는 유일한 동네이다. 그때에도 동부이촌동은 부촌이었지만, 어릴 때 부촌이란 걸 알 리가 없었다. 그냥 내가 태어난 나의 즐거운 동네였다. 그 시절, 동부이촌동 주민들이라고 모두 부자도 아니었다. 부자와 중간, 가난한 자가 우리 집 가까운 곳에서 다 같이 살았다. 동네를

걷다 보면 텔레비전 브라운관에서 보던 연예인을 종종 마주쳤다.

　나비넥타이를 맨 친구와 머리에 서캐가 알알이 달린 친구가 마주 보며 석탄 상자를 교실로 날랐다. 석탄, 서캐라니. 내가 마치 1950~60년대를 산 사람 같지만 그렇지 않다. 쥐 잡는 행사가 있었고, 폐품으로 신문지를 모아 갔고, 학교에서 채변 봉투를 걷던 시절이었다. 집 앞의 학교를 놔두고 노란색 스쿨버스에 올라타는 동네 친구도 있었다. 그 친구들은 남산 언덕배기에 있는, 학교 이름마저 신비로운 어감을 주던 학교에 다닌다고 했다. 한쪽 머리에 늘 왕 리본을 달고 있던 쇼핑센터 금은방집 딸의 이름이 아직도 기억난다. 혜나. 옷소매의 때가 꼬질꼬질하고, 그 소매 밖으로 드러난 손등이 트고 갈라져서 핏빛으로 보이던 친구도 있었다. 나도 손등이 종종 텄다. 예쁜 일제 보온 도시락통을 갖고 다니는 친구가 있었고, 보온은커녕 도시락을 안 싸 오는(아니면 못 싸 오는) 친구도 있었다. 나는 이 중간 수준에서 살았다.

　나의 모습은 이쪽, 저쪽도 아니었다. 다만 부자 친구에 대한 대단한 호기심을 잃은 적이 없었고, 가난한 친구에게는 더 큰 동질감을 느꼈다. 나는 극단의 수준에 처한 친구들 때문에 눈에 띄지 않을 만큼 평범하기만 했다.

같은 행정 명칭의 동네인데도, 우리 집을 기준으로 앞쪽 도로를 건너면 부자 동네, 뒤쪽 기찻길을 건너면 가난한 동네였다. 내가 살던 아파트는 기가 막히게 정확히 중간에 낀 지역에 있었다. 나는 부자 어른, 중간의 어른, 가난한 어른의 자식들과 모두 적당히 어울렸다. 어린이가 느낄 수 있을 만큼의 만족, 창피, 지루함, 충격, 호기심, 실망, 즐거움, 걱정, 괜찮음, 이런 감정들을 다 적당한 수준으로 느끼며 자라났다.

"참, 우리 가난했었지."라며 부모님이 회상하는 그 시절의 우리는 부자가 아닌 것이 분명했는데, 그렇다면 중간 수준과 가난 중 무엇이었을까? 찢어지게 가난하지 않았으니 가난은 아니라고 해야 하나? 그렇지 않을 것이다. 소희와 종웅에게만큼은 분명히 가난이었을 것이다.

나에겐 어린 시절의 사진이 거의 없다. 소희가 돈을 빌리기 위해 전당포에 카메라를 맡겼기 때문이다. 돈이 되는 물건이라면 닥치는 대로 맡기는 것이 소희에게 일상이 되었던 시절. 소희는 일흔이 넘은 지금까지도 그 시절에 카메라를 전당포에 맡겨, 내 어린 시절의 사진이 별로 없는 이야기를 한다. 그럴 때마다 소희의 얼굴이 슬퍼 보인다. 동시에 내게 미안해한다. 그녀로선 가장 가슴 아픈 사건이었기 때문일 것이다. 자녀에게 더 잘해 줄 수 없을 때는 어른의 마음마저 가난해진다.

대신 소희는 쭈쭈바 열 번 먹기를 참으면 본젤라또를 먹을 수 있는 방법을 알려주는 엄마였다. 소희와 종웅은 자녀에게 물질의 풍족을 줄 수 없을 때 다른 방식으로 애를 쓰는 것 같았다. 그들은 좋은 대안을 고안하느라 바쁜 사람들이었다. 나는 그들의 반대하지 않는 마음과 그들이 보이는 친절한 표정과 말들에 기대어 살았다. 그 시절 우리 집의 가난에 이름을 붙여준다면 '방법을 찾아가는 가난'이지 않았을까.

어른이 될 때까지 나의 자존감이 다치지 않고 보호될 수 있었던 이유는 받지 못한 물질이 아니라 받은 비물질적인 것에 있다. 자신을 지킬 수 있는 가장 높은 기술은 비물질의 무언가라고 믿고 있다. 물질은 내 살림과 외모에 영향을 주지만 '내 내면', '내 자아', '내 자존감'을 건드리면 안 된다. 자신의 자존감은 오직 스스로가 허락할 때에만 망가질 수 있다.

부자는 영원히 부자라고 확정되지 않았다. 가난한 사람에게도 마찬가지 원리가 작용한다. 살다 보면 우리는 부자, 중간, 가난, 그 어느 곳에나 배치될 수 있다. 어느 위치에 놓

이더라도 몸과 영혼이 다치지 않고 살아야 한다. 달라지는
위치에서 자족하는 마음 밭을 일구어내는 수밖에 없다. 그
것은 아마도 차선만 남은 상태에서 그 차선을 택한 후 최선
을 다하는 것이고, 나 자신 말고는 그 누구도 그 어느 것도
나의 자아를 가난하게 할 수 없다는 것을 인식하는 일이다.

　　내 자녀는 자신이 가난한지 아닌지, 결핍이 무엇인지, 주
변에는 어떤 사람들이 사는가에 대해 진지하게 생각해볼 기
회가 별로 없이 자라고 있을 것이다. 그것은 부모로서 좋으
면서도 무척 두렵기도 한 일이다. 소희가 전당포에 카메라를
맡긴 것과, 내가 불필요한 물건을 당근 마켓에 내놓는 것은
차원이 서로 다르다.
　　나는 가정의 결핍을 없애려 애쓰던 부모 밑에서 자랐고,
내 자녀에게는 '없는 결핍'을 어떻게 제공해야 하나 궁리하
는 부모가 되어 있다.

너는 안전할 거야.

**나는 이 사람들을 믿고
내 인생을 마음껏 용기 내서 살아도 된다**

소희는 종웅보다 무려 13살이나 어렸지만 결코 어린 여자라
할 수 없었다. 은행장의 장녀로 부유한 집안에서 성장했지
만, 소희 양친의 마음은 그들이 사는 집만큼 넓지 못했다. 외
할머니는 공부하라는 말을 새마을운동 구호처럼 외쳐댔고,
평소에도 우악스러운 욕과 모진 매를 서슴지 않았다. 쇳소리
가 나는 짜증도 자주 부렸다. 종웅이 보낸 모든 편지는 소희
에게 전달되지 않고 찢어 버려졌다. 소희는 마음먹는다. 의
사 부인이 되어야 한다며 늘 속물근성이 뚝뚝 흐르는 전략
을 짜는 모친과는 딱 반대되는 어른이 되겠다고. 아이를 낳

게 된다면 욕은커녕 화도 내지 않을 것이며, 단 한 대라도 아이를 때리지 않을 것이라고.

나는 외할머니에 대해 독특한 감정을 품고 있다. 그는 내게 사랑과 증오를 동시에 품게 하는 애증의 인물이라고 할 수 있다. 긴 세월 소희에게 모진 상처를 줘서 징그럽게 밉고, 소희로 하여금 당신처럼 살지 않겠다는 다짐을 하게 만듦으로써 지금의 소희를 소희답게 만들었으니 엄청 고맙기도 한 것이다. 어찌 보면 외할머니는 소희가 지금 모습의 '나의 엄마'가 될 수 있게 한 일등 공신일 수 있다. 나는 대박 운이 좋게도 외할머니 밑에서 변하기를 다짐한 소희에게 태어났다. 나쁜 역사가 반복되지 않았다는 것은 역사의 흐름길에서 변화하자고 결단을 내린 어떤 사람이 있었기 때문이다. 나는 그 결단의 수혜자였다.

소희는 사랑하는 남자의 가난에 불나방처럼 뛰어들었다. 아무리 돈이 급해도, 돈이 없어도, 친정에 손을 벌리지 않겠다는 말을 입에 단내가 나도록 중얼거리며 살았다. 소희는 반지와 카메라를 전당포에 맡기면서 교수 신분증을 내미는 것이 너무 부끄러웠다고 했다. 하지만 부끄러움을 질끈 눈 감아버리는 악착같은 면도 있었다. 그 악착은 모친이 가진 것과는 결이 달랐다. 모친이 해준 다이아몬드 반지 세 개는 전당포를 거쳐 쌀과 기저귀와 책으로 착착 변신했다.

　나는 태어나 보니 전 씨였고 여자아이였다. 출생과 동시에 소희와 종웅을 내 부모로 두고 살아야 하는 운명이 정해졌다. 세 살 때였다. 나는 저녁밥을 짓던 소희 몰래 대문 밖으로 혼자 걸어 나간 뒤 실종 아동이 된 적이 있다. 동네 아줌마들 대부분이 저녁밥을 준비하는 시간이었고 골목에서 놀던 아이들도 하나둘 집으로 돌아갔으며, 빠르게 일몰이 진행되고 있었다. 퇴근한 종웅은 울먹이는 소희를 두고 허공에 대고 고래고래 고함을 치며 뛰쳐나갔다. 둘은 곧 깜깜해질 골목을 미친 사람처럼 뒤지기 시작했다. 골목 모퉁이로 빠르게 사라지는 고양이를 쫓았다. 혹시 나였을까 봐. 뚜껑 열린 하수구 맨홀 아래로 얼굴을 들이밀었다. 혹시 내가 떨어졌을까 봐. 어른 손에 붙들려 걷는 아이의 실루엣이 보이면 심장이 방망이질 쳤다. 혹시 누가 나를 유괴라도 하는 중일까 봐. 종웅과 소희는 눈에 들어오는 모든 장면이 전부 나일 것이라 믿고 쫓아다녔다.

　내 역사 속에 실재했던 이 한 편의 에피소드를 처음 듣던 날, 나는 하나의 완벽한 확신을 했다. 종웅과 소희는 나를 사랑하는 자다. 나는 이 사람들을 믿고 내 인생을 마음껏 용기 내서 살아도 된다. 내가 바닥으로 떨어지면 안전할 것이라고 소리를 쳐주고, 누군가에게 굴욕과 모욕을 느끼고 돌아온 날에는 허공을 향해 고래고래 고함쳐 주고, 사라지면 끝내 찾아내리라는 확신.

둘에게는 눈앞이 깜깜해지는 딸의 실종 사건이었지만, 내게는 인생을 한번 믿어봐도 되겠다는 용기를 얻은 계기가 되었는지도 아무도 모를 일이다.

그것을 소희가 알도록 여기에 지금 기록하고 있다. '잃는 것이 곧 얻는 것'이 되기도 한다는 사실을 기억하고자, 또한 나를 위해서 기록하는 중이다. 기록이란 것 역시 언제든지 실종될 운명에 놓일 수 있지만, 기록하지 않는 것보다는 그래도 오래 기억될 것이다.

종웅은 2016년 지구를 떠나서 별이 되었다. 하늘나라에서는 하늘 아래서 일어나는 모든 일들이 정말 보일까. 말하지 않아도 다 들릴까. 내가 이 기록을 남기지 않아도 어쩌면 이미 모든 것을 다 꿰뚫는 능력을 얻고도 남았을까.

하늘나라 일은 도통 알 수가 없다.

가장의 지천명

이번 직업으로도
돈이 모이지 않았다

종웅은 일본 오사카에서 8남매의 막내로 태어나고 전남 벌교에서 성장했다. 겨우 8살에 엄마가 사고로 죽고, 무의촌 의사였던 아빠 밑에서 자랐다. 주변 어른들은 키는 땅딸막한데 머리는 기막히게 똑똑하다며 종웅을 두메산골의 인재인가 보다 했다고 한다. 청소년기에 학교나 동네의 깡패도 공부 잘하는 종웅을 건드리지 않았다. 공부하라고 안전하게 외톨이로 내버려진 종웅은 서울대 전자공학과에 입학했다. 가난한 고학생이라서 종로구 평창동의 한 가정집에서 과외교사를 하면서 학비를 벌었다. 한 학기 동안 돈을 벌고, 다음

한 학기는 학업을 이어가는 방식이었다. 종웅의 졸업은 당연히 늦어졌다. 대학을 졸업하면서 유학을 꿈꾼 것은 학문을 사랑하는 종웅의 당연한 행보였다. 유학 자금을 모아야 했다. 가진 것이라고는 기똥찬 머리밖에 없는 종웅은 또다시 동작구 흑석동에 소재한 어느 고등학교에서 당분간 수학 선생님을 맡기로 했다. 아, 바로 그곳에서 운명의 소희를 만났다.

소희는 부산의 은행장 딸이었다. 양친은 필사적으로 두 사람의 만남을 반대했다. 격렬한 반대에 부딪힌 종웅은 유학을 포기하고 소희를 기다리기로 인생의 방향을 틀었다. 유학을 간 사이에 소희의 양친이 그녀를 어느 놈에게 시집보낼지 모를 일이었기 때문이다. 꿈보다 여자를 택하는 것은 못난이가 될 수 있고, 진정한 사내도 될 수 있지만, 그 둘 중 무엇이 될지 누구도 알 수 없는 노릇이다. 종웅은 회사에 취직하고, 이후 사업을 했다. 회사 체질이 아니고 사업 체질은 더더욱 아닌 사람이었다. 체질이 아닌 일도 열심히 해야 하는 인생의 구간이 누구에게나 있다. 체질 타령을 하기보다 짝꿍과 같이 살 집이 절실했다.

결혼을 하고도 장인 장모는 사위를 미더워하지 않았다.

나에게 세상에서 가장 미더웠던 단 한 사람을 믿지 못했던 외할머니, 외할아버지가 너무 이해가 안 간다. 과거로 돌아갈 수 있다면 그들에게 종웅은 정말 훌륭한 사람이라고 말해주고 싶다. 그러나 내가 아는 훌륭함과, 조부모님이 아는 훌륭함은 같은 종류가 아니었을 것이 뻔하다.

종웅이 수입한 자재를 실은 컨테이너가 태평양을 건너 항구에 도착한 날, 외할아버지는 은행에 예정되어있던 융자 거래를 철회했다. 도대체 외할아버지가 왜 그런 만행 수준의 일을 저질렀는지 모르겠다. 아니 알겠다. 그것은 종웅이 하나도 미덥지 못했기 때문일 것이다. 불신은 모든 것을 물거품이 되게 할 만한 끔찍한 힘이 있다.

중고등학교 시절에 깡패도 종웅을 건드리지 않았는데, 종웅은 사업을 한 후에 멱살을 잡히고 주먹질을 당했다. 빚쟁이들이 하루가 멀다고 찾아왔다. 역시 체질에 맞지 않는 일을 해서는 안 되는 것일까. 어린아이들이 있으니 집만큼은 찾아오지 말라고 신신당부했던 종웅은, 기어코 찾아와 문짝을 막 쳐대는 사람에게 급기야 주먹을 날렸다. 드라마 같다. 태어나서 누군가에게 날린 첫 펀치였을 것이다. 살면서 타인에게 해를 끼친 적이 없던 종웅은 타인에게 해를 끼쳤다. 겁이 나서 옷장에 숨은 소희를 대신해서 주인집 아주머니가 어린 나를 맡아주곤 했다. 종웅은 하루 동안 철창에 갇혔다. 내가 기저귀를 차던 시절의 이야기이다.

종웅은, 만행을 당했다고 복수를 다짐하는 그런 부류의 사람은 아니다. 외삼촌들을 대신해서 해마다 장인 장모의 꽃구경과 단풍 구경에 동행했고, 손자 손녀와 떠나는 전국 방방곡곡 여행길에 운전기사를 도맡았다. 부모님이 다 하늘로 가고 없는 종웅은, 부모님이 다 땅에 있는 아내의 부모를 보살피고 존중했다.

종웅은 불혹을 넘기고 다시 공부를 시작해 지천명을 겨우 얼마 앞두고서야 교수가 되었다. 자신이 갔어야 했던 길을 깨닫고 다시 찾아간다는 것은 용기가 필요한 일이다. 지천명은 오십 세에 이르러 하늘의 뜻을 안다는 말이다. 종웅도 천명을 깨달았던 것일까.

큰돈은 아니지만 드디어 달마다 들어오는 불안하지 않은 수준의 돈을 만지게 되었다. 그러나 교수의 월급은 책값으로, 학생을 위해 써야 한다는 지론을 가졌던 종웅에게 이번 직업으로도 돈이 모이지 않았다. 월급에서 돈을 떼어 제자들의 동아리 활동에 후원했다. 매달 그 계좌이체 업무를 대신 맡던 소희가 깜빡하고 잊으면 불호령이 떨어졌다. 그걸

잊으면 아이들이 얼마나 불쌍하냐고. 나는 아이들도 불쌍하고 소희가 좀 더 불쌍했다.

성경을 독일어로 읽던 종웅이 가장 좋아했던 구절은 "헛되고 헛되며 헛되고 헛되니 모든 것이 헛되도다."라는 전도서 1장 2절의 말씀이다. 그에게는 삶이 헛된 것이 아니라, 욕심이 헛된 것이었다.

내가 "아빠" 하며 다정하게 운을 떼며 비싸게 산 물건을 보여주면서 금액을 알려주면 종웅은 "허허, 그렇게 싸?"라고 응대했다. 반대로 싼 물건을 보여주고 그 가격을 알려주면 "어이구야, 그게 그렇게 비싸?" 했다. 재화의 가치에 따른 그 가격을 매칭하지 못하는 병을 가진 것이 틀림없다. 종웅이 추측하는 물건값은 항상 틀렸고, 나는 매번 어이가 없었다. 세상 물정을 하나도 몰랐다. 거짓말 같겠지만 종웅이 은행에 간 일이 단 한 번도 없었을 거라고 소희는 자신했다. 그런 사람은 결코 사업을 하면 안 된다.

그가 가격에 대해 확고한 자기 주관을 지녔던 재화는 오직 책이다. 종웅은 책을 볼 시간이 없어서 머리 깎는 시간이 아깝다는 내용의 인터뷰를 한 적이 있다. 나는 책도 보고 머리를 깎는 것도 좋아하는 사람으로 자랐다. 학자나 작가가 책 한 권을 쓰기 위해 들인 연구 시간, 잠 못 잔 시간, "유레카"를 외치며 드디어 얻게 된 깨달음에 비하면 세상 대부분의 책값은 완전 거저라고 했다. 공부와 무욕(無慾)은 그를 대표하는 단어이다. 그런데 욕심의 반대는 무욕이 아닌 것 같다. 욕심의 반대말은 만족이다. 그는 외부로부터 자신을 채우지 않고도 만족을 챙기는 사람이었다. 부럽다. 나는 과연 그럴 수 있을까? 아니, 없다.

연민 테크닉

돈 벌고, 새끼들 키워내느라
머리·어깨·무릎·발·무릎·발이 다 아픈 세상

소희의 언어는 무척 짧고 명료한 편이다. 본인은 너무 잘 아는 이야기니까 무언가 빼고 말하는 일이 상당하다. 나는 소희와 대화하다가 인칭대명사 '누가', '누구한테', '누구를' 등을 끊임없이 묻고 확인하게 된다. 소희가 생략하는 게 주로 인칭대명사이기 때문이다. 나는 제발 주어와 목적어를 넣어 달라고 한숨을 푹푹 쉰다. 전화 통화를 하다가도 이제 나도 할 말이 있는데, 내가 말 할 차례인데, 당신의 용건만 말하고 바로 끊어버려서, 내가 다시 전화를 거는 일이 부지기수이다.

시어머니는 소희와 정확히 반대이다. 기승전결의 전부,

중심인물과, 주변 인물이 싹 다 소중하여서, 앞·중간·뒤의 서사와 시시콜콜한 등장인물의 모든 정보를 무한반복 재생한다. 시어머니와 통화하게 되면, 썸을 타는 남녀의 전화 통화 시간은 저리가라이다. 나는 점점 지쳐가서 빨리 끊고 싶어서 몰래 한숨을 쉰다. 남편은 그런 엄마를 두어서 그런지 용건만 간단히 하고 툭 끊는 장모님의 칼 같은 대화 스타일을 무척 마음에 들어 한다. 어쨌든 소희가 나를 키우며 들려준 짧고 명료한 말 중에는 유익하고 주옥같은 것들이 꽤 많다. 그중, 참 의외인 단어 하나가 있는데, 그것은 바로 '연민'이다. 소희는 10대·20대·30대·40대·50대·60대를 종웅과 함께했다.

"엄마, 아빠와 어떻게 그렇게 같이 오래 살았어?"
"연민으로 살지."

소희 입에서 단박에 나온 단어가 연민이었다. 내가 장담하는데, 둘은 사랑 없이 연민으로만 어쩔 수 없이 산 것이 아니다. 소희는 부부가 오래 함께하는 것은 연민으로 가능하다고 재차 강조했다. 연민하면, "동정 따위는 하지 마.", "연민은 필요 없어." 등과 같이 드라마에 심심찮게 등장하는 대사를 퍼뜩 떠올리게 하지만, 소희가 말한 연민은 그런 연민과는 차원이 다르다. 그것은 소희와 종웅의 슬하에서 먹고 자고 씻고 학교에 다닌 자만이 빠르게 알 수 있는 것이다.

사전에 연민은 '다른 사람의 처지를 가련히, 불쌍히 여기는 마음'이라고 쓰여 있다. 소희가 말한 연민이 사전적 의미와 크게 다르지는 않지만, 드라마 대사에 나오는 연민과는 급과 결에서 어딘지 다른 기운이 있다. 연민은 저 사람의 어깨에 놓인 짐, 그 무게를 알아보는 힘이다. 연민은 저 사람에게 문신처럼 새겨진 자격지심을 알아채는 힘이고, 저 사람의 수치, 굴욕, 마지노선, 분노하는 포인트, 흔들리는 눈동자가 도무지 내 것과는 달라서 다는 이해하지 못하더라도 '그래, 너는 그럴만하지…' 눈감아 주고 내심 응원하게 되는 힘이기도 하다.

연민이 쌍방향으로 움직일 때 서로에게 가장 탁월한 화학 작용을 일으키겠지만, 연민의 멋진 점은 최소 한 방향으로만 움직여도 효과가 있다는 점이다. 사실 이점이 연민의 본질 같다. 이해는 서로가 해주면 최상이겠지만, 한 사람만이라도 앞서 할 때, 그 커플은, 그 가정은, 그 집은 무너지지 않을 수 있다. 내가 가장 억울하고, 내가 가장 불쌍한 줄 알았는데, 가만히 보면 저 사람도 참 억울하고 나 못지않게 불쌍한 것이다. 소희가 말한 연민은 값싼 동정이 아니다. 드라마를 보면서 눈물 한 번 짜고 넘길 일회성 감정도 아니다. 소희의 말대로라면 연민이 작용할 때 비로소 부부는 함께 오래 살 운명을 얻는다. 그만큼 연민의 힘은 강하다. 연민은 사랑 중의 사랑일지 모른다.

내 남편에게는 지적 능력이 4~5살 수준인 발달장애인 동생이 있다. 내겐 둘째 도련님이다. 나보다 나이가 한 살 많다. 그가 초등학생일 때 남편은 여러 동네 가게의 주인아저씨와 주인아주머니를 찾아가 자주 이렇게 말했다.

"사장님, 제 둘째 동생이 여기 와서 돈 안 내고 물건 가져가면 제가 그날 밤에 와서 돈 드릴 거예요."

"야, 쟤가, 네 동생이냐?"

이렇게 묻는 친구들 물음에는 "어, 내 동생이야." 하며 손을 잡고 씩씩하게 집으로, 학교로, 중앙시장의 롯데리아로 데려가던 소년이었다. 남편에게는 이런 에피소드가 천 가지 너머 있다.

대학원에 진학하고 싶어 했던 남편은, 급성심근경색으로 쓰러져 갑자기 하늘로 떠난 아빠를 대신한 가장이 되었다. 아빠가 남겨놓은 어마어마한 빚과 빚쟁이의 독촉, 엄마 이름까지 빌려서 받아놓은 대출금이 쓰나미처럼 들이닥쳤다. 남편은 대학원 진학을 포기하고 증권회사에 입사했다.

나를 만나다가도 만나기를 포기했다. 그는 삼청동에서 우아한 파스타 따위를 먹는 데이트를 하고 앉아 있을 수가 없었다. 이 모든 사실을 나는 그를 만나는 동안 전혀 알지 못했다. 그와 헤어진 지 3년이나 지난 어느 해 10월 25일, 밤 11시 28분, 그가 다시 찾아온 날에서야 처음으로 알았다.

남편은 나와 결혼하고 애를 둘 낳고 우리가 불혹의 나이에 들어선 지 한참이 지나도록 부모의 빚으로 생고생했다. 아빠의 빚은 상속 거부를 했지만, 아빠가 빌린 엄마 명의의 빚을 대신 갚아나갔다. 규칙적으로 매달 시간을 내 지적 장애인 동생을 데리고 꼬박꼬박 영화관에 가고, 동생이 제일 좋아하는 돼지 양념갈비를 사준다. 실종된 도련님의 안전 문자가 종종 문자에 뜨면 인천, 전남, 강원도, 코엑스몰 등등에서 동생을 찾아서 데려온다. 피가 섞였다는 것은 도대체 뭘까. 나도 혈육이 있는데, 그는 해야만 하고 나는 하지 않아도 되는 것들에 대해서 생각한다.

나는 남편이 지금껏 시댁의 빚을 갚는 것이 아무렇지도 않다. 남편에겐 장모님보다 더 마음이 가는 그의 엄마가 있고, 나에겐 시어머니보다 더 마음이 가는 나의 엄마가 있다. 해야만 하는 일을 반대할 수는 없다. 우리 각자에겐 결코 도망칠 수 없고, 본인 스스로도 피하지 않는 자기만의 과업이 있다. 그와 피가 섞이지 않은 나는 남편 어깨 위의 짐을, 처지를, 상황을 종종 생각한다. 차마 부인에게 말하지 못하는 고민은 또 얼마나 많을 것인지. 그도 내 어깨 위의 짐을 안 볼래야 안 볼 수 없을 것이다.

남편을 알게 된 지 근 20년이 되는 동안, 나는 그가 우는 것을 정확히 딱 세 번 보았다. 처음은 그렇게 만나다 헤어지고 3년이 흘렀던 어느 날 밤, 집 앞으로 잠시 나와줄 수 있겠느냐고 물었고, 나는 천천히 나간 척했지만 이불킥을 하고 집 앞으로 뛰쳐나갔다. 그는 다시 만나고 싶다고 했고 죽을 죄를 지었다면서 울었다.

두 번째는 종웅이 하늘로 떠나고, 입관식을 할 때였다. 그동안 자신을 사위가 아닌 아들처럼 아껴주고 사랑해주셔서 고맙다고, 수영이와 행복하게 잘 살겠다고 장인어른에게 마지막 인사했을 때였다.

세 번째는 내가 열심히 벌어 맡긴 큰돈을 왕창 날렸을 때이다. 주먹으로 입을 틀어막는 소리를 내며 그는 꺼이꺼이 오래 울었다. 그의 직업은 20년차 증권맨이다. 주식으로 내가 맡긴 돈을 다 날렸다. 눈앞이 깜깜하고 어처구니없는 건 당연한데, 의외로 내 입에서 제일 먼저 튀어나온 말은 "너무 수고했어."였다. 털어놓기로 작정한 시간까지 얼마나 애가 탔을까 상상하니까 되려 안타까웠다. 이게 소희식 연민이었던 걸까. 그는 촐랑대지 않고 나대지 않고 신중한 사고형의 사람으로, (안 믿기겠지만) 20년 동안 단 한 번도 내게 피곤하다는 말을 한 적이 없는 사람이다. 남편이란 자고로 피곤하다는 말을 입에 달고 사는 존재들이 아닌가. 찔러도 피 한 방울 안 날 것 같은 사람인 줄을 알기에 나는 남편이 눈물을 보이면 깊은 안도감이 든다. 너의 약함을 발견해서 기쁘고, 네가 울 줄도 알아서 퍽 다행인 것이다.

자식을 낳고 나니 세월이 모터를 달고 달린다. 집을 사고, 대출금을 갚고, 짹짹 벌리는 입과 내미는 손에다 끊임없이 채워주고 나면, 어느새 흰 머리가 가득 차고, 얼굴에 주름을 몇 개 더 새기고, 또 세월이 저만치 가 있다.

"나 혼자서는 역부족이었어."
이 말을 상대방에게 해 본 적 있던가.
"나 혼자서는 역부족일 것 같아."

이 말을 미래를 두고 상대방에게 해줄 마음이 있는가. 어쩌면 이 말 한마디가 역사를 바꿀 수도 있는데, 우리는 이런 느끼하고 오글거리는 종류의 말을 아끼고, 다른 성질의 기적을 꿈꾼다.

한 사람은 운전석에, 한 사람은 조수석에 앉아서 같은 방향을 바라보고 같은 곳을 가고 있다. 하지만 서로 짐작도 못 하는 생각을 각자 하는 중인 것이 결혼일 수 있다. 수줍어 하던 순수는 이미 퇴색된 지 오래다. 사랑이라 부르던 순간을 제발 없던 일로 치고 싶을 때도 있다. 끝내 증오하다가 극단적 파국으로 치닫기도 하고, 싸움할 때마다 미칠 것 같다고 친구를 붙들고 토로하다가도 점점 남편이 또는 아내가 좋아진다고 말하게 되기도 하는 것이 결혼 같다. 지지고 볶다가 별안간 늦둥이가 태어나기도 하고.

그런 결혼이 세월과 대 격동을 겪으면 그 안에 100% 온전하게 남을 사랑은 없다. 사랑이 모양을 바꾸고 자리를 이동한 곳이 연민이면 좋겠다. 사랑의 축이 연민의 쪽으로 이동할 때, 좀 더 같이 가볼 힘을 낼 수 있는 것 같다. 연민은, '나는 그래도 너와 좀 더 같이 가보겠다.'라는 용기일 수 있고, 첫 약속을 지키려는 의리일 수 있다. 나는 연민이 소희와 종웅의 삶에 어떤 역할을 해냈는지 지켜본 목격자이다. 그래서 종종 그 기술을 내 삶에 가져다 쓴다.

나도 세월을 다 살아보지 않아서 부부가 오래 함께하는 방법을 모른다. 연민이 모든 부부에게 확실한 키로 작용하는지는 더 모르겠다. 적어도 소희가 알려준 연민의 마음을 가져다 써볼 때, 남편에게 더 잘해 주고 싶은 마음을 내가 더 자주 품는 것은 사실이다. 그래서 계속 써볼 참이다. 끝날 때까지 끝난 것이 아니게 하는 그 연민 테크닉.

　'이래저래 사느라 애쓴다.'
　'너도 참 안됐다.'
　'돈 번다고 못 볼 꼴 다 본다.'

　이렇게 연민의 마음으로 상대의 입장을 돌아봐 줄 때, "괜찮아. 나 아직 건재하다."라는 씩씩한 말을 돌려받을 가능성이 크다. 어쨌든 돈 벌고, 새끼들 키워내느라 머리·어깨·무릎·발·무릎·발이 다 아픈 세상에서 의지할 사람이 있고, 같이 미친 척하며 꽁냥꽁냥 사는 것은 위로가 된다. 사랑은 결혼생활을 시작할 때 힘을 썼고, 연민은 가정이 운행 중일 때 힘을 낸다.

마음의 태평

생을 유지할 정도의 적당한 돈을 번다면,
그 이후는 부와 무관한 것을 추구해야 한다

소희와 종웅은 부부가 된 후 스물세 번의 이사를 했다. 나는
그 중, 네 번 정도의 이사를 목격했다. 집에서 쏟아져 나온
이삿짐의 8할은 책이었다. 누가 보더라도 집주인의 직업은 선
생님이나 연구원, 또는 교수가 아닐까 하고 짐작이 가능한
이삿짐이다. 책 상자가 이렇게 저렇게 길바닥에 쌓이고 종웅
은 책 상자 더미 위에 걸터앉아 혼자 책을 읽었다. 이사하는
날인데 말이다. 상자에 앉아서 태평하게 독서하는 가장을
본 이삿짐센터 아저씨는 얘기했었다. 선비란 자고로 가족을
힘들게 한다고. 이삿짐 중에서 책 상자들이 제일 무겁지 않

나. 종웅은 아저씨들의 마음도 무겁게 했나 보다.

소희가 생활비를 모아 책 속에 끼워두면 종웅은 책을 탈탈 털어서 돈이 궁한 후배에게 홀라당 갖다줘 버리곤 했다. 미치고 팔짝 뛸 노릇이었겠지만 그것은 소희 탓이다. 돈을 책 속에 끼워둔 건 아이에게 콜라를 숨겼다면서 냉장고에 넣어둔 것과 같은 것이니까.

좁은 우리 집에서 반상회를 열었던 날이 기억난다. 윗집 사는 젊은이가 반상회 다음날 초코파이를 사 들고 다시 찾아왔다. 부모님이 이혼하고 여동생과 남동생을 돌보고 있는 고학생이라고 자신을 소개했다. 책이 많아서 너무 놀랐다며 종종 와서 책을 좀 읽어도 되겠느냐고 물어왔다. 종웅은 그러라고 했다. 그가 우리 집에 찾아온 이유가 나는 신기할 따름이었다.

내가 세상에 태어났을 때부터 책이 우리 집의 벽을 다 덮어서 벽지는 천장에만 보이는 게 늘 당연했기 때문이다. 내가 결혼하고 아이를 낳았을 무렵에는, 드디어 종웅의 공부방 중앙에까지 책장이 들어섰다. 책장은 레일을 달았고, 미닫이로 열리고 닫히면서 도서관처럼 책 수납을 최대한 겹겹이 해냈다. 언젠가부터 방바닥조차 보이지 않게 된 것이다.

우리 집은 책으로 시작해서 책으로 끝나는 집이었다. 한 노인이 죽으면 한 도서관이 없어지는 것과 같다는 말은 정확하게 종웅을 두고 한 말이다.

내 성장기는 바로 그 책을 끼고 사는 부모 밑에 맡겨졌다. 스물세 번이나 전셋집을 옮겨 다니면서도 복권 따위는 결코 사 본 적이 없는 종웅과, 아동복지학 전공자답게 박사과정을 중단하고 어린 남매 곁에 머물다 다시 학교로 돌아간 소희가 집안을 이끌었다.

특별히 소희는 김을 잘 구웠다. 김 굽기는 소금 뿌리고 참기름 칠하고 반듯하게 잘 구워서 라면 봉지에 착착 넣고 고무줄로 입구를 돌돌 묶는 작업까지 포함했다. 출근 전 도시락을 싸고, 도시락통 맨 위에 김 봉지를 올리는 일을 성실하게 잘 해낸 교수였다.

어린이 눈에 어떤 교수는 부자이고, 어떤 교수는 가난한 것 같았다. 소희와 종웅은 가난한 교수로 보였다. 왜 그런 구분이 발생하는지 어린이로서는 알 수가 없었다. 교수 부부가 이끄는 집에는 돈 냄새가 아닌 묘하고 특별한 냄새가 났다. 풍족하지 않은 것만은 확실한데, 걱정의 기운이 흐르지 않는 것이 묘하다. 가난한데 얼마나 걱정거리가 많았겠는가. 하지만 돈 가지고 싸우는 모습은 보이지 않았고, 엄청나게 성실하게 살고 있다는 기운이 돌았다. 어린이는 그들의 바쁨을 가뿐하게 받아주었다.

어린이는 이 집에 살수록, 부모와 함께 미래로 갈수록 안정된 정서를 복리福利로 제공받았다. 갑절로 불어나는 서정의 복리複利였다. 어렴풋이 알 수 있었다. 부모님이 가난한 것이 (혹시 계속 쭉 가난하더라도) 나의 미래에 어떤 치명적인 문제가 되지는 않으리라는 사실을. 당신들이 그렇게 살고 있어서 나에겐 분명 좋은 일이 생길 것이라는 믿음.

"생을 유지할 정도의 적당한 돈을 번다면, 그 이후는 부와 무관한 것을 추구해야 한다. 신은 우리에게 부가 주는 환상이 아니라, 사랑을 느낄 수 있는 감각을 선물했다. 나는 내가 이룬 부를 가져갈 수가 없다. 내가 가져갈 수 있는 것은 사랑이 넘쳐나는 기억들뿐이다."

이것은 스티브 잡스가 죽기 전에 한 말이다. 이 말을 접했을 때, 바로 동감했다. 내가 소희와 종웅의 슬하에 머무는 동안 받았던 정서의 복리가 이것이라는 걸 바로 알 수 있었다. 바로 이 감각을 나는 남매에게 물려줘야 한다. 부의 환상은 어디에도 없지만 사랑의 느낌을 감각해서 그 가치를 붙드는 훈련을. 이것은 말이나 글로 설명이 어렵다.

　"수영이 걱정은 하나도 안 해."
　"하나도 걱정하지마."
　이건 종웅이 소희에게 자주 했던 말이다. 하늘로 가기
전에는 더 자주 했다고 한다. 나에 대한 어떤 걱정도 되지 않
는다니. 어떻게 자녀에 대한 걱정이 하나도 안 될 수가 있지.
내가 뭘 그렇게 대단히 잘하고 있는 것도 아니었다. 부자 신
랑을 만난 것도 아니었고.

　내가 초등학교 6학년 때에 반 대표로 합창 대회에서 지
휘를 맡게 되자, 소희가 마땅한 옷을 사 주고 싶다고 시장에
데려갔었다. 그런데 아무 옷도 사지 못했다. 마음에 드는 옷
이 없었는지, 옷집이 문을 열지 않았는지, 시장표 옷마저 너
무 비쌌는지, 소희와 나는 기억하지 못한다. 그날 옷을 사지
못하고 빈손으로 돌아왔던 것만 둘이 생생하게 기억하고 있
다. 어린 나이에 시무룩했을 만도 한데 나는 아무렇지 않게,
아무 옷을 입고 지휘했었다. 살아보니 '아무렇지 않음'만큼
좋은 무기는 없다. 친구들이 한참 유행하는 작고 귀여운 일
제 보온 도시락통에다 점심밥을 싸 올 때, 나는 김치와 콩자
반 국물이 종종 흘러서 낭패를 보는 플라스틱 도시락통에

담긴 점심밥을 먹었다. 운동회 날에 엄마 아빠가 단 한 번도 학교에 오지 못했었고, 비가 와도 우산을 챙겨서 데리러 와 준 적이 없지만 아무렇지 않았다. 그것은, 그럼에도 불구하고 스스로 사랑받고 있음을 잘 알고 있는 자만이 느낄 수 있는 마음의 태평이었다.

어릴 때 내 주변에는 부잣집 친구들이 꽤 많아서 내가 풍족하지 않다는 것을 매일 체감할 수밖에 없었다. 아무리 그렇다고 해도 그 풍족하지 않은 뭔가가 내 세상을 해치지 않는다는 자신감이 있었다. 인제 와서 자신감이라는 단어를 쓰지만, 그때는 그 자신감이란 것이 '자신 있다.'라는 보편적인 사전적 의미가 주는 느낌과는 사뭇 달랐다. 잡스가 말한, 바로 그 사랑을 감각하는 능력에 가깝다고 해야 하나.

소희와 종웅이 비가 올 때 우산이 없는 나를, 운동회에서 혼자 도시락을 먹게 될 나를 잊을 리가 없다는 감각, 비를 좀 맞더라도 안전하게 집에 돌아와야 하고, 운동회에서 비록 내가 도시락을 혼자 먹더라도 맛있게 먹길 바라는 마음을 김밥 속만큼 꾹꾹 담았다는 것을 감각하는 것이다.

다른 부모가 다 해주는 것을 내 부모는 해줄 수 없던 이유는 바로 나, 내 부모가 성실하게 사는 이유도 바로 나, 내 부모가 하는 모든 것이 바로 나 때문이라는 것을 나는 그냥 알았다. 그들은 내가 사랑받고 있다는 사실을 무조건 알아차리게 하는 어른이었고, 나는 그 사랑을 잘 캐치하는 어린이였다.

딸에 대해 어떤 걱정도 하지 않는다는 종웅의 마음은 나를 믿는 믿음에서 싹튼 것이다. 종웅은 나라는 사람을 철저하게 믿었나 보다. 가난하게 살든 부자로 살든 단지 돈의 유무와 많고 적음이 나의 존재를 해치거나 망가뜨릴 리 없다는 믿음. 마흔 가까이 나이 차이가 나는 어른과 어린이가 이런 믿음을 주거니 받거니 하면서 가족으로 지내는 시절을 보냈다.

결코 걱정 없는 삶을 살아갈 수는 없다. 사실 내 걱정의 양은 유독 평균 이상인 것 같기도 하다. 그러나 여전히 그 많은 걱정거리가 치명적인 자상이 되지 않을 것이라는 이상한 믿음이 있다. 그것은 스스로 나를 믿는 믿음이다. 소희와 종웅이 나를 철저하게 믿어 준 믿음이, 내가 나를 믿게 했다.

이제 내 슬하에 있는 어린이에게 이런 믿음의 씨앗을 심어줄 차례이다. 줄 만큼 주다가 적당한 시기에 잘 빠져 주고 싶다. 아이가 부모에게 받은 믿음과 아이 스스로 키워낸 믿음으로 가볍게 세상을 살아가 주면 바랄 게 없겠다.

부모는 '내가 쟤 때문에 눈을 못 감지.' 눈 감는 날, 눈꺼풀에 이런 무거움은 없어야 한다. 종웅도 그렇게 나를 믿어 주다가 가볍게 하늘로 갔다. 적당한 때가 아니라 너무 빨리 내 삶에서 빠져 버린 것 같기는 하지만 말이다. 그래도 나에게 넘치도록 많은 믿음을 주고 갔기에 괜찮다고 말해 주고 싶다. 종웅이 하늘에 있어도 이제 나는 괜찮다고.

눈치 게임

**불편은 처음엔 불편하지만 결국 해소되거나
익숙해지는 것, 둘 중 하나이다**

17살이 되던 해, 다니던 고등학교를 자퇴하고 뉴욕으로 가겠다고 말했다. '유학 가고 싶어요.'라거나 '가면 안 돼요?'가 아니라, 내가 가겠다고.

　유학을 갈 만큼 넉넉한 가계가 아니었다. 유행하던 것이나 갖고 싶은 것들을 갖게 되는 날이 거의 없던 시절, 친구들 사이에 유행하던 켈빈클라인, 게스, 겟유즈드, 마리떼프랑소와저버 같은 브랜드의 청바지는 엄마 아빠가 강의마다 챙겨 입던 자켓이나 투피스보다 비쌌다. 나의 유학은 논 팔고 소 팔아 학교 보낸다는 옛 어른들의 말, 그 현대판 실행이 되어야 가능했다.

나를 유학 보낸 후, 연구실 책 무덤들 사이에 라꾸라꾸 간이침대를 펴고 잠을 청해야 했던 종웅. 대출이 대부분을 차지했던 집을 팔고 제자들이 거주하는 대학가 원룸으로 걸어 들어갔던 소희.

부모의 인생에 지름길은 없다. 매 순간 성실하기만을 결정했던 두 어른은 켈빈클라인 청바지를 갖지 못한 17살 소녀가 가진 최고이자 전부였다. 그렇게 내 곁에는 가난하지만 좋은 어른이 있었다.

어릴 때부터 교수는 매우 가난한 직업이라고 생각했다. 교수는 공부를 오래 하고 많이 해서 지식인이 되고, 그 지식을 학생에게 나누어 주기에 존경받는 사람이 될 수 있지만, 어쩐 일인지 부자는 될 수 없는 사람. 그것이 내가 어릴 때부터 파악한 교수라는 직업의 정체였다.

공부만 하는 종웅과 소희의 영향이었는지 나는 배우는 것과 책 읽는 것이 좋았다. 교수의 꿈을 가진 적은 단 한 번도 없었지만, 교수를 직업으로 택할 수 있는 대부분 과정을 충실히 거쳐 나갔다. 두 나라에서 유학을 하고, 박사학위를 받았고, 이후 전국 방방곡곡의 대학교를 돌며 보따리 장수라 불리던 강사직을 5년 이상 견디었고, 학회 발표를 이어가고, 논문을 썼다.

그러나 나는 가난했던 세월을 지낸 종웅과 소희의 영향도 받았기에, 교수가 되는 길에서 그 이상 더 애쓰지는 않았다. 돈을 벌어보고 싶었기 때문이다. 박사를 왜 해야 하나 하며 방황할 때는, 박사학위가 오로지 교수가 되기 위해서만 취득하는 것이 아니라고 종웅은 말해 주었다. 그것은 인생에서 배울 부분이 있는 일부인 것이지 전부가 아니라고도 했다. 그들에게 내가 받은 영향은 언제나 공부와 가난이었고 결과적으로 둘 다 좋은 영향이었다. 이 두 가지만큼 나를 꾸준히 움직이게 하는 원동력은 없다. 좋은 어른은 좋은 영향을 흘려보내 주었고, 나는 그 흐름에 올라타서 나의 바다로 가면 되었다.

태평양을 건너 뉴욕으로 갔다. 쌀을 씻고, 손등으로 밥솥 안의 물을 가늠하면서 학교생활을 시작한 17살이었다. 비가 오나, 발목이 눈에 빠지나, 학교에 가기 위해서 하루에 4번이나 버스를 타야 했다. 아침밥으로는 달걀을 부치고 스팸을 굽고, 저녁밥은 소희가 보내준 아껴 먹던 진미채를 보태서 먹었다. 설거지하고, 화장실 청소를 하고, 빨래하고, 다 된 빨래를 널고, 마르면 갰다. 가끔 세탁기의 호스가 빠져서 집이 물바다가 되고는 했다. 그러면 또 물을 퍼내야 했다. 친구들이 안 하는 이런저런 살림까지 해야 나의 유학 생활이 건재할 수 있었다.

　미국 학교에 가면서 끓어야 했던 한 학년을 열심히 공부해서 다시 제 자리로 돌려놓았다. 월반을 하면 1년 치 학비와 생활비를 절약할 수 있다. 유학생에게도 학비를 지원해주는 주립대에 들어가려면 영어성적이 다른 과목보다, 다른 학생들보다 좋아야만 했다. 한국인 친구가 없어서 놀러 다닐 약속이 없었으니 외로움은 내게 나름대로 잘된 일이었다. 소희와 종웅은 내가 공부를 잘하는지, 돈을 아껴 쓰는지에 대해서는 일절 관심이 없었다. 그저 살아 움직이기만을 기도했다. 살아 움직이기를 뛰어넘어서 나는 공부와 살림까지 퍽 잘 해냈다.

　소희는 그녀가 소속된 대학교의 주거래 S은행을 이용해서 나의 학비와 생활비를 매달 송금했다. 은행 업무는 있기도 하고 없기도 한 간헐적인 일인데, 그녀에게는 규칙적인 정규 업무가 되어버렸다. 창구 순번이 와도 소희는 직원에게 직행하는 법이 없었다. 달러 환율 시세를 좀 더 지켜봐야 했기 때문이다. 명절이면 온돌바닥에 어김없이 국방색 담요를 펼치고 화투판에 흥을 내던 가족과 친지들 사이에서도 소희는 평생 화투를 칠 줄 모르는 유일한 사람으로 남았다. 그런 그녀에게 달러가 제일 쌀 때 송금해야 하는 것은 일종의 도박 같은 것이었다.

은행에 도착하면 해외송금 업무 창구 앞에 서서 환율 시세판의 숫자에 눈을 고정했다. 지금 송금하는 것이 이익일지, 조금 더 있어 보면 환율이 좀 내려갈지, 알 수는 없었다. 그저 당장 보낼 수 없는 아쉬움이 늘 소희와 함께했다. 해외 송금은 딸이 베이글 한 번 먹을 것을 두 번 먹고, 코리아타운에서 먹고 싶던 한식을 오랜만에 먹을 수 있는지 없는지 그 여부를 결정하는 베팅이었다. 코리아타운 한인 식당의 밥값은 자주 사 먹기에는 너무 비쌌다. 그 시절 해외송금은 우주에서 딱 한 사람, 소희에게 가장 안쓰러운 일이었다.

소희가 해외송금을 꾸준히 지속하다 보니, 자주 만나게 되는 어떤 사람을 주목하게 되었다. 자기처럼 창구로 직행하지 않고 환율 시세판에 눈을 고정한 채 서 있는 사람이다. 바로 중국어과 교수님. 두 분은 어느 날부터 서로를 알아봤고, 살짝 까딱이는 목례와 말 없는 눈웃음을 주고받았다. 환율 시세판 아래에 부동자세로 서 있는 그 이유도 서로는 짐작했을 것이다.

저축하기 위한 노력은 한국에 있는 부모와 미국에 있는

자녀가 동시다발적으로 해내고 있었다. 누구도 그 점을 강조하거나 강요하지 않았고 오직 자발적으로 이루어진 일이다. 아무리 가족으로 묶여 있어도 각자의 고충이나 슬픔, 기쁨을 다 알지 못하고 지나가는 일은 허다하다. 동시에 가족이기 때문에 가족만이 알 수밖에 없는 것들도 있다. 그 시절, 어른은 기꺼이 감당하고, 아이 역시 묵묵히 감당하는 삶이 충실히 이어져 갔다.

　나는 그 중국어과 교수님의 자녀분을 생각한 적이 몇 번 있다. 이름도 성도 얼굴도 모르는 그 친구가 만약 이탈리아에서 유학했다면, 엄마의 송금 베팅으로 한 번 먹던 젤라또를 한 번 더 사 먹을 수 있었을까. 파리에서 유학했다면 버킷 리스트에만 있던, 별 몇 개 붙은 미쉐린 레스토랑에서 궁금하던 디너를 맛볼 수 있었을까. 나처럼 뉴욕에서 공부했다면, 한 번쯤 같은 베이글 가게에서 마주쳤을지도 모르겠다. 그 친구는 어디서 어떻게 지내는지 종종 궁금했다. 지금도 궁금하다. 어떤 중년이 되었을까. 되고 싶고, 먹고 싶고, 사고 싶은 것도 참 많던 시절에, 젊었던 우리가 그때를 잘 통과한 이유가 있다면 그 유일한 공로는 해외송금 눈치 게임에 충실히 참여한 엄마들 때문이 아니었을까.

　인간의 삶에 대단히 극적인 변화는 그리 쉽게 일어나지

않는다. 대학에 가고 외모를 꾸밀 나이가 되었어도 나는 여전히 잘 꾸미지 못했다. 심지어 나의 전공은 패션디자인이었는데 말이다. 5th Avenue의 Christian Dior 매장에서 옷을 사 입던 친구가 있었다. 그런데 나는 GAP 매장에서 옷 하나를 살 때도 가격표를 먼저 들춰야 했다. 특히 스웨터와 코트는 여름옷보다 배로 비싸서 늘 들었다 놨다 했다. 친구에게 쇼핑하러 가자는 말은 대부분 윈도우 쇼핑을 의미했다. 나의 이런 생활은 졸업할 때까지 크게 달라지지 않았다. 다행히 뉴욕은 아름다운 것을 접할 기회를 밤하늘의 별만큼 제공했다. 내가 다니던 학교가 패션계 학교이다 보니 학교 캠퍼스 안에만 살아도 넋 놓고 볼거리와 구경할 사람들은 차고 넘쳤다.

뉴욕은 천재들이 사는 도시다. 천재란 언제나 좀 압도적인 데가 있어서 사람들의 눈과 마음을 사로잡고 즐겁게 해준다. 카페테리아에서 1.5달러짜리 커피를 사 들고 뿜어낼 게 매력 밖에 없는자들을 찬찬히 구경하며 많은 시간을 보냈다. 멋진 공간과 천재들을 관찰하는 일이 언제쯤 얼마나 나를 달라지게 할지 궁금해하며….

남이 보기엔 조금 궁핍한 유학 생활이었을지 모르지만, 다행히 나는 모자란 쪽을 자꾸만 보지는 않았다. 아주 어렸던 시절부터 우리 가정에 스며 있던 자잘한 결핍은 어쩌면 굳은살 같은 것이어서 불편할지언정 나를 해친 적이 없었다. 소희와 종웅의 다정함은 적절한 타이밍에 굳은살 위의 재생 연고처럼 발라졌다. 우리 집에 돈이 많이 없다는 사실과, 우리 집에 다른 차원의 좋은 것이 꽤 있다는 사실은 둘 다 나에게 약으로 작용했다.

사는 것은 내내 아코디언 연주 같다. 팽창과 감소, 다침과 아묾, 있음과 없음이 인간에게 반복된다. 내야 할 돈과, 채우고 싶은 소비 욕망에 끊임없이 놓이다 보면 내가 어떻게 해야 하는지, 무엇을 하지 않는 것이 나를 보호할 수 있는지 모를 수가 없다. 타인이 나를 보는 시선과 내가 나를 보는 시선에서 무엇이 우위를 차지해야 하는지 알아야 한다. 그것을 파악하지 못하면 사는 것은 늘 곤혹이다.

그때도, 중년이 된 지금도 나는 나를 힘들게 하는 것들에서 나를 지키는 일을 결코 게을리하지 않는다. 풍부함에 처할 줄도 알고, 가난에 처할 줄도 아는 내공은 사는 내내 너무 유용해서 그렇다.

질병이 생기고 사라질 때마다, 통장 잔액이 달라질 때마다, 남매가 배우고 싶어 하고 사고 싶은 것이 생길 때마다, 사업이 흥하고 지지부진할 때마다, 환경에 따른 모드 변경이 잘 되는 것은 그 무엇보다 중요하다. 우리는 언제나 잘 살 수 없고, 그렇다고 언제나 못살아도 안 되기 때문이다.

불편은 처음엔 불편하지만 결국 해소되거나 익숙해지는 것, 둘 중 하나이다. 인간은 살면서 모드 변경만 잘 된다면 삶을 그리 겁낼 것도 없다.

조금씩 봐주면서 살아

개념 없게 굴더라도
개념 없는 것이 아니며

종웅이 하늘로 떠나고 나서, 혼자 북 치고 장구 치고 다녔다. 별안간 눈물이 뚝 흐르는 것은 드라마에서나 봤던 장면인데, 그런 드라마틱한 신체 반응이 내게도 왕왕 일어났다. 수다를 막 떨다가 별안간 화가 미친 듯이 확 올라오고, 해가 중천인 대낮에 침대에 파고들거나, 깜깜한 새벽에 깨서 몇 시간 동안 거실 소파에 우두커니 앉아 있는 일도 잦았다. 겉은 참해 보였겠지만 내 정신은 늘 롤러코스터를 탔고, 겉으로 웃어줬지만 속은 짜증이 나고 이유 없이 찝찝했다. 어떤 날은 너무 이렇고, 어떤 날은 매우 저랬다.

종웅을 다시 볼 수 없다는 사실은, 내가 예전과는 똑같이 살지 못한다는 말과도 같다. 뭔가 빠졌으니 달라질 수밖에 없는 것이다. 그런 낯섦에 빠진 나를 위해서 남편은 곁에서 많이 노력했다.

종웅이 떠난 후, 남편이 말해 주어서 알게 된 스토리가 하나 있다. 남편은 종웅의 부재가 나에게 가져다주는 현실적인 슬픔을 해결해 줄 수 없지만, 내가 몰랐을 종웅의 진심이라도 한 조각 알려주면 내가 마음을 잘 다스리지 않을까 생각했던 것 같다.

신혼 때였다. 종웅은 나 몰래 사위를 불러 한 가지 간곡한 부탁을 했다고 한다. 그 부탁은 이러했다. '사람이 컨디션이 안 좋을 때 만사가 귀찮아지니까 짜증이 난다. 괜한 트집을 잡게 되고 그냥 넘어갈 만한 일에도 버럭 화를 내게 된다. 그런 것은 본심이 아니고 피로가 만들어 내는 육체의 돌발 반응이니 마음으로 담아두지 말라.' 대충 이런 내용이었다.

종웅은 보건학 박사이니 인간의 일반적인 육체적 현상을 사위에게 강의하듯 잘 전달했을 것이다. 딸과 사위가 싸우지 않기를, 싸우더라도 그 내면의 기저를 알고 너그러이 이해해주며 지내기를 바랐을 것이다. 딸이 종종 개념 없게 굴더라도 개념 없는 것이 아니며, 때때로 못된 심보를 보이더라도 못된 애가 아니라는 것이 결국 종웅이 전하고픈 핵심이었을 것이다.

늘 중립적인 행보를 보여온 종웅인데, 전적으로 딸의 편에 서 있었다. 딸의 온갖 진상 짓에도 사위가 아랑곳없이 아껴주길 바라는, 그 한쪽으로 기운 마음. 그러나 사랑은 편파적이어서 사랑이다. 사랑은 이기적이고 구체적인 대상을 향하고 종종 일방통행이어서 사랑이다.

내가 막 돌이 지난 딸을 키우며 박사논문을 쓰던 해에 종웅은 두 번째로 남편을 불렀다. 내가 감당할 수 없을 정도로 바쁘고, 피곤하고 예민했던 때이다. 남편은 매번 장인이 하는 장황한 연설의 취지를 잘 파악했고, 장인과 사위 간에 오간 훈훈한 대화의 장이 되었다는 말도 잊지 않았다.

장인의 부탁 때문이어서였을까. 이후 발생하는 부부 전쟁에서 남편은 많이 참아줬던 것으로 기억한다. 실제로 남편은 참을성만큼은 나보다 월등하다. 인내심, 이해심, 심지어 본심도 나보다 나아 보인다. 내가 눈을 동그랗게 부릅뜨고 몹쓸 말을 막 뱉고, 그 말로 만리장성을 쌓을 때도, 남편은 늘 간단명료하다. 남자가 무슨 말을 저렇게 침착하게 잘하나. 게다 변호사처럼 전쟁을 바로 종식할 만한 뼈 때리는 말만 골라 한다. 초등학교 국어 시간에 이것만 배우고 졸업해도 괜찮은 것 딱 하나만 고르라면 나는 육하원칙을 들겠는데, 나는 남편 앞에서 꼭 이 육하원칙부터 망한다. 횡설수설의 끝판왕은 나를 두고 하는 말이다.

게다가 남편은 항상 사과하는 일마저 무진장 빠르다. 자기가 이긴 것 같지만 사과 또한 자기가 먼저 하겠다는 자세. 고단수이다. 그러니 남편이 매번 일방적 승리를 거머쥔 것처럼 돌아가는 양상이다.

전쟁이 끝나면 나는 패잔병이 되어 있다. 심장은 북소리를 내고, 마음은 물 젖은 휴지 같고, 몸은 콩벌레처럼 동그랗게 말아서 스스로 침대 구석에 나를 놓아둔다. 할 말을 다 못했다고, 서럽다고 운다. 아, 다른 총으로 쐈어야 했나. 마지막 한 발을 더 쐈어야 했나. 수류탄을 준비했어야 했나. 했어야 할 말들은 죄다 침대에 눕고 나서야 생각난다. 육하원칙이 빠진 허술한 말발에 전前흥분, 후後흥분하는 나를 탓하며 늘 혼자 부르르 떠는 것이 나의 일이다.

신혼 때에는 이런 일도 있었다. 남편은 증권맨이라는 직업적 타이틀을 방패로 쓰면서 새벽 출근, 새벽 퇴근을 정당화했다. 퇴근하면 곧장 집으로 오는 종웅을 평생 보면서 살아온 나는 좀처럼 이해가 안 되는 생활방식이었다. 여대생들이 선호하는 남자친구 직업 1위에 증권맨이 뽑힌다는 내용의 기사를 봤을 때, 그런 남자친구는 얻자마자 아마 얼굴 볼 날이 없을 것이라며 속으로 비웃었다.

귀가 시간 문제로 남편과 숱하게 싸웠을 때 나는 종웅에게 처음으로 고자질을 목적으로 전화를 걸었다. 소희가 아니라 종웅에게 고자질하는 것은 내게 한 번도 없던 일이다. 죽어도 같이 살고 싶어서 결혼했는데, 얼굴 한번 제대로 못 보고 죽겠다며 징징댔다.

종웅의 행보는 비슷했지만, 이번에는 사위 편이었다. 종웅은 내게 전화로 남자와 여자의 차이에 대하여 설명했다. 인간마다 다르게 가지고 있는 체내 단백질 보유의 비율과 그 구조에 대하여, 바로 그 차이가 만들어 내는 신체와 정신의 상호 작용에 대하여, 남자는 왜 그런 사회생활을 할 수밖에 없는지에 대해서였다. 유선으로 인간의 DNA와 단백질 강의가 시작됐다. 종웅은 언제나 이런 식이었다. 생명공학을 가르치는 교수다웠다. 종웅은 가족에게 무언가 하나를 이해시켜야 할 때면 몇 시간에 걸쳐 인문학, 물리학, 천문학, 의학, 미학, 생명공학 분야를 예측불허로 넘나들며 강의했다. 그 방대함과 삼천포에 나는 넋을 놓는다. 한두 번 겪어본 방식이 아니므로 익숙했으나 강의 시간은 기차처럼 길었다. 그래서 내가 종웅에게 전화를 거는 일이 좀처럼 없었던 걸일까.

마침내 나는 터트린다.
"아빠아! 쪼오옴! 단백질 얘기가 도대체 여기서 왜 나와?"

남편 늦게 오는 것, 얼굴 못 보는 것, 회식 때 술 조절을 못 하는 것 때문에 전화했는데, 종웅의 답은 단백질이었다. 끝날 것 같지 않은 단백질 강의에 귀에 마비가 올 것 같았다. 그날 남편도 장인어른의 강의를 듣다가 다리가 엄청나게 저렸을 테지. 어쨌든 나는 다 이해했다. 종웅은 내가 남편과 싸우지 않기를, 싸우더라도 내면의 기저를 한 번쯤 깊이 생각해보기를 바라는 것이다. 사위가 절대 나쁜 놈이 아니라는 것을, 남자로서 조언하고 있다는 것을 나는 다 안다.

전화를 끊고, 당장 현실적인 해결책이 하나도 없다는 사실에 씩씩거리지는 않았다. 이상할 정도로 나는 매우 차분히 가라앉았다.

종웅의 단백질 강의가 생각날 때는 생각보다 많다. 남매의 아침 기상 시간은 학기 중이든 방학 중이든 6시 30분에서 7시 사이이다. 어린이들치고는 일찍 잘 일어난다. 다만 여행을 다녀오거나 몸을 불사를 정도로 놀다 지쳐서 차 안에서 잠이 들면 집에 도착했을 때 발딱 일어나지 못한다. 나도 안다. 그저 잠을 이겨내기가 어려워 징징댄다는 것을.

"얘들아, 집에 다 왔어."

"짜증 내면 안 되지."

"후딱 내려서 집에 가서 또 자면 돼."

시작엔 나도 잘 달래 준다. 그러나 아이의 징징거림이 계속되면 내 목소리에 점점 힘이 들어간다. 아이가 짜증을 애써 누르면서 잠을 이겨내고 있는 것이 내 눈에 다 보인다. 그래서 안쓰럽다. 하지만 집에는 들어가야 할 것 아닌가. 이런 일이 종종 반복되던 어느 날 아이가 말했다.

"엄마, 내가 깨어나긴 했는데… 아직 잘 깨어나지를 못해서 그런 거야."

아이의 말에 머리가 번뜩했다. 내 정신이 다 맑아졌다. 나도 저 상태를 안다. 깨어나긴 했는데 깨어난 것은 아닌 상태, 화를 내려는 것이 아닌데 화를 막 내고 있는 상태, 별로 안 먹고 싶은데 먹어도 되는 상태. 내 안에 내가 너무도 많아서 내가 아닌 것 같은 수많은 날.

깨어났으나, 잘 깨어나지 못했다는 아이의 말을 처음 들은 날, 나는 기어코 종웅을 떠올렸다. 피곤하면 본심과 다르게 신체가 내는 짜증이 있으니 이해하고 조금씩 봐주면서 살라던 종웅의 목소리가 차 안을 채웠다. 아이가 버릇이 없어서 지금 짜증 내는 것이 아니란 것을 내가 모르지 않는다. 그런데도 아이가 잠 때문에 짜증을 내면 어른도 짜증이 난다. 피곤하면 운전을 한 내가 더 피곤하다며 후딱 들어가서 침대에서 자는 게 더 합리적이라는 생각뿐이다. 빨리 이 사태를 종결하고 나도 쉬고 싶은 마음뿐이다.

사는 일이 마음만 같으면 얼마나 좋을까. 그러나 사람은 그럴 수가 없다. 이젠 내 몸과 가족의 몸 상태를 유심히 관찰할 뿐이다. 타인에게 부리는 짜증을 합리화하는 것은 참 부끄러운 일이다. 더구나 나는 어른. 잠에서 깨어나긴 했는데, 잘 깨어나지 못했다고 어린아이도 먼저 어른에게 양해의 손을 내민다. 할 수 있는 설명을 어떻게든 해보며 자기를 좀 봐달라고 양해를 구할 줄 아는 것이다.

종웅은 죽어 사라졌지만 여전히 고마운 사람이다. 그의 단백질 강의는 살아서 종종 내 귀를 간지럽힌다. 탄수화물이 부족해서 당이 떨어질 때 그 누구에게도 친절하기란 역시 쉽지 않다. 사람이 짜증이 날 때면 수억의 단백질 세포부터가 저마다 다르기에 각자만의 독특한 내부 사정이 있다는 종웅의 말을 생각한다. 어른, 노인, 남편, 아내, 옆집 여자, 나무, 고양이, 모두에게 다 각자만의 기막힌 사정이 있다. 종웅이 오랜 세월 붙들고 공부해온 단백질이 내 삶을 다독이는 일을 해내고 있다.

한 번만 더 말하면 천만번

**후회 없는 사랑이
과연 가능이나 한가**

"할머니가 너희에게 왜 이렇게 잘해 주시는지 알아?"

남매는 모르겠다며 왜냐고 묻는다.

"할머니는 있지, 할아버지가 살아계실 때도 할아버지한테 아주 잘해드렸거든. 엄마가 보기에 더 잘할 수 없을 만큼 잘했단 말이야. 근데 너무 갑자기 할아버지가 하늘나라로 가버렸잖아. 할머니는 그렇게 잘했으면서도 자꾸만 '더 잘할 수 있었는데… 더 잘할 수 있었는데.'하고 생각하시는 거야. 못해 준 것만 생각나서. 또 후회할까 봐. 그래서 너희한테 엄청나게 잘해주시는 거야. 알겠어, 모르겠어?"

남매는 뭔가 비밀 이야기라도 듣는 것처럼 집중해서 들었다.

나는 소희의 마음을 몇 번이나 헤아려봤다. 더 이상 기회 없음의 답답함, 그것을 상상하면 내 마음도 마구 답답하다.

"할머니는 그 말을 지금도 엄마한테 백번 천번이나 말해. 더 잘할 수 있었다고. 그럼, 엄마는 할머니한테 빽 소리쳐. '한 번만 더 말하면 천만번이라고오오! 절대 더 잘할 수 없어!'"

남매는 놀라서 눈을 똥그랗게 떴다. 내가 조용하게 말하다가 '빽'이란 단어를 갑자기 호루라기 소리처럼 진짜 빽 냈기 때문이다.

"어떻게 그보다 더 잘했을 수가 있겠어? 그게 완전 최선이라고. 그것보다 더는 못해."

이렇게 또 한 번 강조하는 순간 내 웃음이 빵 터져버렸다. 몰입이 너무 컸던 탓이다. 연극배우의 독백처럼 혼자 흥분하니까 좀 민망하고 웃겼던 것 같다. 엄마가 막판에 웃으니 남매도 힘 들어간 어깨를 풀고 따라 웃었다. 모두 웃음으로 넘어가 버렸으니 잘 되었다. 남매의 눈은 〈도라에몽〉의 주인공 진구 눈처럼 땡그랗다가 반달눈썹이 되었다. 착한 사람의 눈매이다.

내 기준으로 소희는 이미 충분히 남매에게 잘해 준다. 충분이란 것은 언제나 상대적이고 주관적 개념이다 보니, 소희에게 충분은 '조금 더'가 가능하고 '잘해 주기'도 계속 가능하다. 남매에게 더 잘해 주려는 것은 다시 후회하고 싶지 않아서이다. '세상에 이보다 중요한 게 뭐가 있어?'라는 마음가짐이 작동하고 있다. 한번 웃을 것을 두 번 웃고, 맛있는 것 한 번 같이 먹을 것을 두 번 같이 먹고, 한번 야단칠 것은 한 번만 참아보는 것이다. 충분하다는 개념은 거기서 멈출 수 있고, 거기에서 아주 조금만 더 나아갈 수도 있다. 선택을 요하는 문제인데, 소희는 후자를 택한다.

꼬맹이들에게 더 잘해 줄 수 있는 것에는 어떤 것들이 있나 하고 소희는 날마다 생각하는 것 같다. 나도 그 대상에 포함된다. 아들, 며느리, 사위, 제자가 다 대상이다. 지난날에는 떠나버린 사람에게 더 잘해 주지 못한 것을 후회했지만, 지금은 본인이 떠나갈 차례라 여기고 있기에 남겨질 우리에게 후회되는 일을 하지 않기를 바라고 있다. 그러나 후회 없는 사랑이 과연 가능하기나 한가.

매일 더 잘하는 사랑을 궁리하는 소희를 매일 지척에서 본다. 다정한 말투로 열심을 낸다. 현직에 있을 때 가르치느라 바빠서 하지 못했던 요리에 열심을 낸다. 남매에게서 칭찬할 거리를 굳이 찾느라 열심이고, 칭찬한 것에 대한 상금으로 줄 빳빳한 천 원 지폐를 모으는 것에도 열심을 낸다. 종종 서울에 가면 우리가 자주 가던 식당의 음식을 포장해 서귀포까지 가져오는 데 열심이다. 야단칠 일을 앞에 두고서 목소리 톤을 높이지 않는 데 열심이다. 그 조절이 절대 쉽지 않다는 것을 내가 제일 잘 안다. 할머니가 잘해 주시는 이 모든 열심은 결코 당연한 것이 아니다. 당연한 것으로 받아들이지 않기를 바라는 마음에 나는 자꾸만 남매에게 할머니의 '잘함'에 대해 말한다. 그러면 남매는 종종 이렇게 말한다.

"할머니는 진짜 참 착하시구나."

참 착하다는 말은 또 왜 이렇게 슬프게 들리는지. 잘하고 싶다는 마음을 먹는 것은 사실 쉽고 간단하다. '마음먹은 대로' 실행이 되지 않으니 지구상에는 그 많은 후횟거리가 난무한다. 마음은 기필코 행동을 만나야만 바라고 작정한 것을 얻는다.

'잘함'에는 이로움과 뿌듯함이 있지만 귀찮음과 고단함도 있다. 어떻게 해서라도 잘할 수는 있는데, 조금 '더' 잘하는 것은 저세상 차원의 문제이다. 잘한 정도도 이미 엄청난 최선을 다한 거니까.

소희는 '워킹와이프'였다가 오빠와 나를 낳고 '워킹맘'이 되었다. 워킹만 했거나, 와이프만 했거나 또는 맘만 했다면, 그러니까 딱 하나에만 집중했다면 더 잘할 수 있었을까? 그렇지도 않았을 것이다. 인간은 대체로 주어진 환경의 조건에서 자신이 할 수 있는 최선을 다하며 산다. 인간이길 포기한 인간만 아니라면, 윤리를 지키고 자아를 훼손하지 않고 타인에게 피해를 주지 않는 선에서 할 만큼은 다 한다는 뜻이다. 그러니까 우리에게 주어지는 결과물은 대부분 최선의 결과라고 볼 수 있다. 나도 워킹와이프를 겸한 워킹맘으로 살고 있는데 지금 이 정도 '잘하는 것'도 대견하고 고단하다. 내 영혼을 갈아 부어 넣고 있다. '더' 잘하는 것에는 나를 초월하는 어떤 힘의 존재가 필요하다.

그렇게 잘했음에도 불구하고 결국 소희에게 아쉬움과 후회가 남았다는 사실을 기억할 필요가 있다. 그렇다면 잘하려는 노력조차 없는 삶의 끝에는 도대체 무엇이 남겠는가.

단테의 『신곡』 중 '천국' 편에는 지상에서의 일을 잊지 않고 영원히 기억하는 사람들이 등장한다. 나는 이 스토리 때문에 퍽 안심이 된다. 아무리 소희가 더 잘했어야 한다고 죽어라 후회해도, 종웅은 소희의 열심을 기억하고 있을 것이기 때문이다.

남매는 내 배 아파 낳은 내 자식인데, 나는 왜 소희가 남매에게 하는 만큼 잘하지 못하는 것일까. 그 수준이 되려면 나는 다시 태어나야 한다. 소희로.

숙면의 부재

너무 사랑해서
잠을 자꾸만 주시네

숙면은 이제 하루 한 번 꼭 달성해야 할 목표가 되어 있다. 잠에 빠진 순간만큼은 아픈 곳은 물론이고 그날의 쪽팔림, 들뜸, 억울함, 불안함, 분함 그리고 결코 잊지 못할 댓글 한 줄도 싹 잊힌다. 이 모든 것들을 싹 다 마취시키는 수면의 능력은 현실 세계에서 내가 유일하게 믿을만한 매직이다. 그래서 숙면하는 자는 복 있는 사람이라고 하나 보다. 구약성경의 '시편'에도 사랑하는 자에게 잠을 주신다는 구절이 있다. 늙은 아빠가 예배 시간에 졸면, 회전하는 헤드뱅잉의 지름이 점점 커져서 너무 부끄러웠다. 주변 눈치를 보느라 설교에 집중할 수 없었다. 그러다가 '하나님이 아빠를 너무 사랑해서 잠을 자꾸만 주시네.' 하고 한 번씩 피식 웃곤 했다. 아빠를 툭 치면, 헤드뱅잉은 잠깐 멈추었고 노인의 복을 깨트린 것 같아 조금 미안하기도 했다. 그런데 곧 다시 헤드뱅잉이 시작되어 나를 안절부절못하게 했다. 함께 드리던 복된 예배의 날들. 이제는 80년대 록커 뺨치게 헤드뱅잉을 하던 아빠가 여기에 없다. 어마어마한 복을 누리려고 영원한 잠이 들었으니.

너무 일찍 일어나고, 너무 늦게 자며, 죽도록 애만 쓰는 것은 헛되다는 말씀이 성경에 있다. 후세들에게 건네는 잘 쉬고 많이 자라는 조언이 2천 년 전의 책에도 똑똑히 기록되어 있다. 이것처럼 쉽게 지킬 수 있는 말씀이 없을 것 같지만, 자는 것이 제일 힘든 사람도 있다.

잠을 잘 자지 못한다는 사람이 이해되지 않았다. 그간 너무 잘 자면서 살아왔기 때문이다. 그러다 불면과 불규칙한 패턴의 잠으로 된통 고통을 받자 이해가 됐다. 몸 안에 장기가 있다는 사실을 우리는 몸이 아파야만 자각하지 않나. 숙면의 부재, 잠도 그랬다.

불면에도 점진적인 변화가 있었다. 자다가 깨는 것을 무한 반복하는 패턴이 처음으로 나타났다. 다시 잠들려고 온갖 노력을 들였고, 잠 못 드는 고통을 못 이겨 정말 머리가 터지거나 깨질 수도 있겠다는 생각에 빠져들었다. 이런 패턴을 가장 오래 겪다가 차라리 자지 말자고, 잠들려는 노력을 아예 하지 말자고 해버렸다. 몽롱한 정신으로 거의 기상 시간 직전까지 깨어있는 것이다. 사실 깨어있는 건지 아닌지도 알 수 없는 상태라서 이때 무척 불쾌하고 무능력하다는 느낌의 지배를 받는다. 머리카락을 돌돌 휘어잡고 쥐어뜯기도 했고, 어느 날은 화를 냈고 어느 날은 진짜 엉엉 울기까지 했다. 내가 어제 못 잤으니까 오늘 밤에는 내가 꼭 자야 하니까 낮잠을 허락해서도 안 되었다. 벌건 눈을 한 채 일하면서, 잘 자는 오늘 밤의 내 모습을 기대했다. 하지만 잠들어야 한다는 강박과 불안이 언제나 복된 잠을 무찌르고 이기는 밤이 되었다.

오복五福 중의 하나가 치아라는데, 처음 오복을 규정한 유교 문헌에는 치아가 없다. 오복은 오래 사는 것, 재물이 풍족한 것, 심신이 건강한 것, 덕을 쌓고 사랑하면서 착하게 사는 것, 수명대로 살다 편안하게 죽는 것이다. 근데 오복에다 누군가가 치아를 넣어둔 것이다. 아마도 치과의사이거나, 치아 때문에 떼굴떼굴 구르느라 잠을 못 잔 사람일 것이다. 아무도 치아가 오복에 속하는 것을 이상하게 생각하지 않는다.

아직 죽도록 사랑하는데 이별 통보를 받았을 때, 돈을 죄다 날렸을 때, 미치고 팔짝 뛸 억울한 오해를 받고 있을 때, 아이의 몸에 열이 팔팔 끓을 때, 사랑하는 이의 발인 전날에, 사람들은 보통 잠을 못 이룬다. 불면은 모든 슬픔의 한가운데에 대장처럼 우뚝 서 있다. 때린 사람은 못 자도 맞은 사람은 발을 쭉 뻗고 잔다는 말이 괜히 있는 게 아니다. 얻어터진 사람도 복 받았다는 소리를 듣게 하는 유일한 것이 잠이다. 오복에 나는 잠을 꼭 넣어야겠다. "푹 잤네, 아, 잘 잤다."라는 말을 뱉는 사람이라면 하루 단위로 복을 누리고 있는 바로 복의 챔피언.

종웅이 하늘로 떠난 지 얼마 되지 않은 날, 한번은 소희와 호텔 방에 나란히 누워 잠을 잔 적이 있다. 사실은 자지 않았다. '자려고 누웠다.'가 정확한 표현이다. 가버린 종웅으로 인해 나는 불행의 한가운데에 있었고, 불면쟁이가 되어 있었다. 너무 졸리고, 눈꺼풀은 이미 다 내려왔고 육체도 천근만근 고단한데, 인간의 육체가 어떻게 이렇게까지 잠들지 않을 수가 있는지. 이젠 인체가 신기한 단계를 넘어 진심으로 경이롭게 느껴지기까지 했다. 잠을 못 자게 하는 고문이 왜 있었는지 알 것 같았다. 새벽 1시에 시계를 확인했는데 다시 봤을 때 새벽 4시. 절망감을 느꼈다. 이불을 다 걷어차 버리고 육성으로 "아악!" 소리를 터트려야지만 내가 살아있다는 것이 확인되어서 안심되는 지경이었다. 지금도 침대에 혼자 앉아서 소리 내며 울던 날들이 생각난다. 아, 진절머리 나는 불면.

사실 추가로 더 비참한 문제까지 있었다. 눈을 감고 잠을 청하려 노력하는 동안, 지면에는 쓸 수 없을 정도로 눈 뜨고 볼 수 없는 잔인한 장면들이 내 의지를 무시한 채 머릿속으로 활개 쳤다. 코끼리 생각을 하지 말라고 하면 코끼리 생각을 하게 된다. 잔인한 범죄 장면을 없애려 할수록 끔찍한 스토리가 전개되었다. 밤이 두려운 시절이었다. 하나님, 제발 나 좀 도와주세요. 비극적인 상상까지 합세해 불면을 극도로 악화시킬 때, 나는 결국 정신과 상담을 결정했다.

하루의 끝 앞에서 내가 바라는 것은 오직 잘 쉬는 것, 잘 잠드는 것, 그뿐이었다. 다른 것은 아무것도 바라지 않았다.

우여곡절이라는 단어로는 부족하고 아수라장이라는 단어에 가까운 밤을 몇 해 보낸 후, 이제 나는 잠들지 못하는 자들의 전쟁을 생생하게 겪은 자가 되었다. 그간 안 해 본 노력이 없었기에 노력한 나를 칭찬한다. 드디어 서서히 잠들게 되면서 잠이 삶 속으로 내뿜는 에너지와 함께, 잠이 얼마나 복된 것인지 비로소 알게 되었다.

　무엇을 복으로 생각하며 살 것인가. 무엇을 사랑하면서 살 것인가. 그래서 바로 그 무언가를 어떻게 내 곁에 오래 머물게 할 것인가. 이러한 것들을 자주 생각한다. 사랑하는 자의 부재, 취향의 부재, 밤의 부재, 산책의 부재, 꽃의 부재, 책의 부재, 떡볶이의 부재, 와인과 커피의 부재처럼 나를 잘 살게 해주는 것들의 부재는 나를 아프게 한다. 애써 곁에 두어야만 한다.

　보들레르는 새벽 1시를 두고 자신 말고는 자신을 괴롭힐 것이 아무것도 없는 시간이라고 했다. 스스로 괴롭혔던 그 새벽 시간이 이제는 사라지고 없다. 나는 이제 9시 반이면 눈이 감긴다. 어떤 인간에게도 식사가 적절히 제공되고 충분히 잠을 잘 수 있다면, 그 개인은 차차 놀랄만한 성장을 이룬다. 중년이 되어도 나는 나의 성장을 좀처럼 포기할 수가 없었다.

　누구나 살다 보면 잠 못 이루는 시간을 만난다. 나도 또 만날지 모르겠다. 그러나 그 불행이 습관이 되지 않기를 신에게 기도한다.

물질의 복만을 비는 세상에서 나는 내가 알게 된 복의
종류를 빈다. 휴식하라고, 깊게 푹 잠들라고.

원래 더운 여름

불평거리를 상세하게 나열할 수 있을 때,
그 사람은 딱 그런 삶을 사는 사람이 되어 버린다

종웅은 수제비를 먹지 않았다. 어릴 때 매일 먹었기 때문이
라고 했다. 더 이상 수제비를 먹지 않아도 되던 때, 종웅은
자신에게도 마침내 행복한 시절이 도래했다고 어렴풋이 느
꼈을까. 무엇을 먹느냐가 중요하지만 무엇을 안 먹는 것도 행
복과 직결된다. 종웅은 수제비를 먹지 않는 것으로 자기 행
복에 기여했다. 나머지 가족은 수제비를 별미로 여기며 맛있
게 먹고 배를 두드렸다. 행복의 목적은 비슷하지만, 그것을
이루는 구체적 모습은 저마다 다르다.

밤만 되면 금세 어둡고 깜깜해지는 곳이 제주도이다. 밤에 집 밖으로 나서는 일은 거의 없다. 서울에서 살 때와 크게 달라진 점 중 하나가 바로 밤 외출이 거의 없다는 점이다. 일몰이 빠른 겨울철에는 모든 일과를 허겁지겁 끝내버리게 할 만큼 깜깜하다. 차를 타고 어쩌다 밤길을 달리면, 자꾸만 먼 옛날의 제주도민들을 상상하게 된다. 상상을 안 할 수가 없다. 간간이 불빛이 보여도 이렇게 암흑천지인데, 온갖 동물이 불쑥 나타나는 덤불 숲을 도대체 어떻게 헤치고 착착 누비고 다녔을까. 매번 대단하다는 생각이 든다. 기어이 목적지에 도착하고, 같은 길을 밟아 다시 집으로 돌아오고, 속히 잠에 빠져들고, 습기로 몸이 쩍쩍 달라붙는 높은 불쾌지수에 몸을 포개어 사랑을 나누기도 했을 것이다.

각종 불편과 비효율, 찝찝한 위생, 온갖 공포에 취약한 나는 눅눅한 이불에 몸을 누이는 것과 칠흑 같은 길을 걷는 것이 다 싫다. 그러니 제주도 조상들을 상상할 때마다 놀라움과 끔찍함과 존경심이 동시다발적으로 느껴진다.

지금 이 순간에도 제습기가 천장에 두 대, 바닥에도 두 대가 돌고 있다. 현대에 태어난 것만으로도 감사할 따름이다. 북한에서 태어나지 않은 것, 우리 엄마 아빠한테 태어난 것, 그저 한도 끝도 없이 다행인 것들을 나열하고 싶어진다.

제주도 조상님처럼 살던 그런 불편한 시절이 나에게도 있긴 있었다. 맷돌 돌리듯 손잡이를 열 번쯤 돌려야 창문이 열리던 종웅의 차. 그 차에는 에어컨이 없었다. 다른 장소에서도 에어컨이란 것을 구경한 적이 별로 없었다. 여름은 당연히 더운 것이고, 더위나 추위, 폭우 같은 것은 어쩔 도리가 없는 신의 영역이라서 불평거리가 되는지조차 모르던 시절.

　　뒤집힌 우산으로 비를 쫄딱 맞고 등교한 날이 수두룩했다. 교문을 들어서서 물체 주머니를 두고 온 걸 발견하면 핸드폰 1번을 눌러 엄마에게 전화를 걸면 참 좋았겠지만, 그때는 다시 집으로 냅다 뛰는 것 외에는 방법이 없었다. 지금은 그저 패션아이템인 털 부츠, 폼폼 털모자가 겨울의 필수품이었다. 내복은 그냥 내 피부였고.

　　요즘 보면 우리 인간의 종 자체가 아예 바뀌어 버린 것 같다. 에어컨이 있어도 덥고, 온풍기나 전기담요가 있어도 춥다고 난리 부르스이다. 배달 예정 시간이 되지도 않았는데, 음식이 빨리 오지 않는다고 식탁에 앉아 발을 달달 떨어 댄다. 식기세척기, 건조기, 제습기, 스마트폰과 같은 편리한 기계가 잔뜩 있는데도 더 빨리, 더 완벽하게, 덜 귀찮게 해줄 것들을 끊임없이 찾는다. 인류 역사 이래 최고 편한 날을 살면서 과연 더 행복해졌는가 하면 그렇지도 않다. 과거의 불편과 결핍이 해결된 환경이 기본으로 제공되면, 인간에게 예상되는 감정은 행복이고 남는 건 시간이어야 할 텐데, 우리는 불평거리를 더 발견하고, 더 바빠 죽는다.

이제 내가 기대하는 새로운 과학기술은 하나도 없다. 과학자들이 지금 어디서 무슨 놀랄 만한 연구를 하고 있는지 잘 모르겠지만, 하지 않아도 괜찮을 것 같다. 원숭이와 비글 강아지를 실험하면서까지 더 누리고 싶은 대단히 획기적인 생활환경이 없고, 얻고 싶은 신체적 능력도 없다. 딱 지금 세상에 나타난 기술만으로도 살 수 있다. 심지어 과거가 훨씬 살기 좋았다는 생각마저 자주 한다. 사실 우리는 딱 죽지 않을 만큼 춥거나 그만큼 더워도 된다. 냉동고에 갇힌 한 미국인이 '여기는 사우나다. 여기는 사막이다.'라고 생각하자 결국 죽지 않고 살아 나왔다는 실화는 아들이 정말 좋아하는 이야기 중 하나이다. 인생에는 기술보다 이런 정신이 더 유용하지 않나.

뉴욕에서 한 달간 머물던 소희가 서귀포로 무사히 돌아왔다. 누구도 자기 나라를 떠나려 하지 않고, 어느 나라도 타국민을 제 나라에 들여놓지 않으려는 코로나 팬데믹이 절정에 이르렀을 때, 일흔 넘은 노인에게는 기가 막히게 두려운 여정이었다. 30년째 뉴욕에 사는 친정 오빠가 갑작스러운 사고로 사경을 헤매고 있었고, 세 번째 수술을 받았을 때였다. 올케언니는 오빠가 어쩌면 죽을지도 모르겠다고 이메일을 보내왔다. 소희는 아들과 마지막일지도 모른다는 각오로 출국을 시도했다.

소희를 뉴욕에 보내는 일은 내게도 두려운 일이었다. 시신을 넣은 관이 맨해튼 도로에 층층이 쌓이고, 시신을 매장할 곳이 없어서 소각한 후 섬에 가져다 쌓아둔다는 뉴스가 연일 방송되던 때였다. 미국에서 일흔의 외국 노인이 코로나에 걸리면 어느 병원으로 보내질지, 어떤 대우를 받을지 아무것도 알 수 없는 시국이었다. 두려움을 쫓으려고 (어쩌면 각오하려고) 카뮈의 소설 『페스트』를 붙들고 있을 때였다.

마지막을 각오한다는 것이 어떤 것인지 나도 안다. 그것은 꼭 해야 할 것 같으면서, 동시에 절대로 하고 싶지 않은 모순 같은 것이다. 마지막일지 모른다는 나의 결연한 각오 때문에 혹시 종웅이 진짜 떠나갔나 하는 자책에 빠진 날이 내게도 있었다. 끝까지 희망만을 품었어야 했나 하고.

소희는 출국 하루 전 한국에서, 그리고 귀국 하루 전 미국에서, 입국 후 다시 인천공항에서, 마지막으로 제주 공항에서 모두 코로나 음성판정을 받았다. 여러 차례의 검사와

긴 시간의 대기, 그 생고생을 다 하고도 멋지게 집으로 돌아왔다. 그리고 일흔의 소희는 홀로 다시 2주간의 격리 생활을 시작했다.

남매와 나는 소희에게 그릭 요거트, 방울토마토, 떠먹는 연두부, 귤, 달걀, 식빵, 낫또 등 건강하지만 간단히 먹을 수 있는 음식들을 계속 사서 날랐다. 그것들을 나르고 있다는 것은 바로 소희가 무사히 살아 돌아왔다는 것을 의미했다. 감사한 배달 시간이었다.

"좀만 더 힘내, 이제 며칠 안 남았어!"
"할머니, 파이팅!"

내가 남매와 문밖에서 외치면 소희는 "격리도 즐거워!"라고 소리쳤다. 산책을 못 가는 것이 좀 아쉽지만 그래도 다 좋다고 했다. 새벽에 창문을 열면 차갑고 시원한 서귀포 공기가 최고라고 했다. 아직 시차가 회복 안 됐지만, 잠이 올 때 그냥 자면 되니까 괜찮다고 했다. 책 보고, 책 쓰고, 유튜브 들으면 심심하지 않고 좋다고 했다. 노인이 되면 아쉬운 것이 좀 있어도 다 괜찮다고 말할 수 있게 되는 경지에 도달하는 것일까.

불편하고 아쉬운 것을 다 괜찮은 수준으로 인식하는 소희가 누리고 있는 마음 상태를 경이롭게 바라보고 있다. 은퇴 후 수입은 줄고, 주름은 늘어났고, 머리카락이 빠지고, 만나는 사람은 제자들 외에는 없고, 심지어 이제 짝꿍도 없는데, 그녀는 괜찮아 보인다. 그날 주어지는 적당한 수준의 것들을 다 그러모아 괜찮은 하루를 보내고 좋은 날로 최종 마감한다.

격리 해제가 되는 날에 칼국수나 잔치국수를 같이 먹으러 가자고 하니 소희는 좋아했다. 잔치국수는 그녀의 구체적 행복이기 때문이다.

"수영, 누군가 다치지 않으면 다 좋은 날이야."

문을 사이에 두고 소희가 내게 말했다. 이 멋진 말을 듣고 나는 남매에게 달려갔다. 뜬금없이 겨울은 춥고, 여름은 덥고, 제주 섬은 원래가 습하다고 남매에게 말해 주었다.

불평거리를 상세하게 나열할 수 있을 때, 그 사람은 딱 그런 삶을 사는 사람이 되어 버린다.

다음날 남매는 나를 따라 뒷산에 오르면서 바로 더워 죽겠다고 말하겠지만, 나도 여름은 원래 더운 것이라고, 강력하게 말할 준비가 되어있다.

유산의 적정가

**조르지오 알마니와 롤렉스 시계를 몰라도
인간이 태어나서 사는 것에 아무런 문제가 없다**

종웅은 식사 전 기도가 점점 길어졌다. 가족 구성원은 물론이고, 사돈댁 청년을 위해서까지 잠시라도 기도했다. 종웅이 나의 두 도련님을 본 것은 꼴랑 두 번인가 세 번밖에 안 되었는데도 말이다. 평생에 걸쳐 소식을 했던 종웅은 식사를 종료할 때면, "밥, 참 감사하다."라는 특유의 간단한 인사를 했다. 자기를 위해 밥을 챙겨 준 사람에게 하는 고맙다는 인사이면서, "밥아, 감사하다." 마치 밥에게도 감사의 마음을 표현하는 듯 들리는 묘한 말이었다. 인간의 진심이 담긴 짧고 담백한 인사말이다. 따라 하고 싶어지는.

종웅은 평생 옷장에서 딱 한 칸만 빌려 쓰는 사람처럼 보였다. 그 칸에는 출강 때 입는 두세 벌의 재킷과 바지 몇 벌, 셔츠 몇 벌이 걸려있었다. 코트는 딱 한 벌이었던 것 같다. 학생에게 나눠줄 강의 자료들을 터질 듯 채워서 다니느라 곧장 손잡이가 떨어져 나갈 것 같던 가죽 가방은 그가 떠나고 난 후 불 꺼진 공부방에 덩그러니 남겨졌다. 닳아 해진 그 가방이 그저 종웅이었다.

종웅은 부동산, 재테크, 명품 브랜드, 수입차 이름을 몰랐다. 딸이 패션을 전공했는데도 좋은 브랜드라고는 전혀 몰랐다. 이탈리아에서 공부할 때 "아빠, 나 꼬르소꼬모에서 조르지오 알마니랑 어깨동무하고 사진 찍었어."라고 자랑하면, 그가 누군지도 모르고 그저 "오호!" 하고 반응했다. 어떤 차를 몰고, 어떤 시계를 차는 것은 종웅에게 자신감이나 용기를 주지 못했다. 종웅을 보면 조르지오 알마니와 롤렉스 시계를 모른다 해도 사람이 먹고사는 것에는 아무런 문제가 없다는 것을 알 수 있었다.

종웅은 살면서 가장 잘한 일은 수영과 재영을 낳고 키운 일, 그 딱 하나라고 했다. 일해서 주어진 봉급으로 비바람 새지 않는 집에 남매를 머물게 하고, 먹이고 입히고 배우게 했다. 삶은 덧없지만 이것만큼 감사하고 좋은 것은 일생에 없으며, 열심히 살다가 주님께 가면 되는 것이라고 자주 이야기했다. 매주 교회 앞을 지키던 노숙자의 깡통에 얼마간의 돈을 넣어주던 사람도 우리가 아니라 늘 종웅이었다. 매주 그랬다. 그것을 나는 유치원 시절부터 줄곧 지켜봐 왔다.

인간에게는 일이 필요하고, 인간은 일을 해서 돈을 번다. 돈이 필요한 이유가 있다. 종웅에게는 그 이유가 사고 싶은 것이 아니라 '지키고 싶은 것'이었다. 지켜낼 수 있을 만큼만 가지면 충분했다. 지키고 싶은 것이 너무 많아질 때 삶은 고통이 된다.

살면서 "지금이 천국이지."라고 말한 사람을 나는 종웅밖에 보지 못했다. 사는 것은 곤혹이고 전쟁이고 비극이고 지옥일 때가 있다. 누군가의 눈에는 종웅의 인생이 뭐 그리 대단히 좋아 보이는 인생은 아니었을 것이다. 그러나 본인의 입으로 지금을 천국이라고 말할 수 있다면, 그건 삶을 그만의 천국으로 잘 꾸렸다는 뜻이다. 종웅은 천국에 살다가 다시 천국으로 간 것이다. 인간인데도 말이다.

같은 뜻이어도 '고맙다'라는 단어 대신 꼭 '감사하다'라는 단어를 쓰고, 어디 가느냐고 물으면 '산책' 대신 꼭 '산보'

라는 단어를 쓰던 종웅. '감사'와 '산보'는 왠지 순하고 둥글둥글한 단어 같다. 나는 그가 쓰는 단어를 일부러 따라 쓰곤 했다. 그의 언어로, 그의 말투로, 그의 시선으로 언제나 순하고 둥글둥글하게 살고 싶었다.

　바쁘지 않은 사람이 어디 있고, 돈이 궁하지 않은 사람이 어디 있고, 쉬지 않고 싶은 사람이 어디 있을까. 고단한 시기를 지내고 있어도, 밥 한 끼 먹는 것이 감사하고, 북한에서 태어나지 않은 것이 감사하고, 아팠던 몸뚱이가 별안간 멀쩡해져서 감사하고, 아이들이 학교에서 학원을 두루 잘 거쳐서 아침에 박차고 나갔던 그 현관문으로 다시 들어왔다면 감사해야 한다. 모두 다 감사하다고 생각하면 지금 사는 곳은 분명 종웅의 말처럼 천국이겠지. 그저 각자만의 천국을 꾸려가면 된다. 천국인지 아닌지 그 여부를 누구에게 인정받을 필요도 없다.

　잘 살다가 오라는 말, 다시 꼭 만나자는 말도 없이 종웅은 사라졌다. 자신의 명의로 된 계좌에 900만 원을 유산으로 남겼다. 한 인간이 떠날 때 남길 만한 매우 적절한 액수 같기도 했다. 빈손으로 와서 빈손으로 살다가 빈손으로 돌아간 사람다운 액수처럼. 소희는 100만 원을 보태서 사 등분을 한 후, 아들과 며느리, 딸과 사위에게 각 250만 원씩 나누어 주었다. 250만 원이라는 유산의 액수까지 왠지 둥글둥글한 느낌이었다. 2조 5천억보다 소중하게 느껴졌고.

종웅의 얼굴을 보고, 종웅의 목소리를 듣고, 종웅과 먹고, 종웅과 걷고, 종웅과 웃으며 살았던 시간을 통해 내가 알아낸 것들이 생각보다 많이 있을 것이다. 그것들로 내가 잘 살아내면 좋겠다. 값비싼 쥬얼리나 근사한 자동차에서 얻지 않고(얻는다면 그것은 그저 취향의 문제), 소멸되지 않고 휘발되지 않는 것을 꼭 붙들고 사는 것이다.

천국에 가기 전에 천국을 맛보는 유일한 방법이 있다면 그렇게 산 사람을 따라 하는 것이 가장 유력하다. 우리에겐 사실 너무 많은 돈이 필요치 않다. 사람은 그렇게 무언가 대단히 많이 소유하지 않아도 잘 살다가 떠날 수 있다. 내가 이 사실을 아는 이유는 그런 삶을 살다 간 사람의 목격자이기 때문이다.

종웅처럼 사는 것이 쉽지 않은데 종웅처럼 살고 싶은 마음이 들 때가 많은 시절이다.

인스타그램에 없는 해골

모든 것이 끝장난 상황인데도
영화관 앞에 줄을 섰다

소희는 모든 집 장롱 속에는 남들이 모르는 해골이 있다고 자주 말한다. 우리 집에는 옮기기 힘들 만큼 큰 대형 해골이 기본으로 둘 셋 있으며, 작은 해골들은 줄곧 장롱을 들락날락하며 그 수가 늘었다 줄었다 한다. 어느 집에도 그럴 것이다. 해골은 그저 누구에게나, 어느 가정에나 디폴트 값이다.

인스타그램의 폐해에 대해 이러쿵저러쿵 말이 많다. 보여주기식 자랑, 남과의 비교, 자존감 하락, 우울의 원인 등 전문가들까지 말을 보탠다. 하지만 작은 창을 통해 무언가를 보여주고자 하는 것이 애초에 인스타그램의 탄생 이유였다. 나는 어떤 종류의 SNS도 원래가 보여주고, 보기 위해 만들어진 것이라고 무척 편하게 받아들인 편이다.

집에 해골이 다섯에서 열까지 있지만, 우리 아이들은 어쩌다 예쁜 짓을 하고, 나는 가끔 예쁜 물건이 있어서 샀는데 참 좋았고, 다 같이 이 식당에 갔는데 엄청 맛 좋더라는 등 나는 이렇게 좋은 기록들만 남긴다. 누가 아니겠는가.

집안의 험한 사정이나 사건 사고까지 굳이 탈탈 털어 보여주지 않아도 장롱에 있는 몇몇 해골들을 다들 껴안고 산다는 것을 우리는 알고 있지 않나. 저마다 해골이 있겠지만, 이리 행복한 날도 더러 있다. 이런 순간들이 인스타그램에 올라가는 것이란 걸.

샤넬을 구매하기를 유독 즐기는 분을 안다. 그 어떤 브랜드보다 샤넬이 자기 취향이라는 것이 눈에 보인다. 그러나 샤넬이 중요한 것이 아니라 취향이 뚜렷하다는 사실이 그분을 매력적으로 보이게 한다. 취향이 없는 것보다는 훨씬 근사한 것이다. 나의 취향도 내 SNS 계정에 드러날 것이다. 하지만 여전히 장롱 속 해골을 드러내고 싶은 마음은 전혀 없다. 해골을 드러내지 않으니 누군가는 나를 행복 덩어리로만 볼 것이다. 하지만 보이는 '전부'가 나의 '전부'가 아닌 것을 나도 알고, 보는 사람도 다 알 것이다. 그러니 폐해는 없다.

'너머의 면을 볼 수 있다면', 타인의 활보에 내 자존감이 하락하고 우울해질 수가 없다. 자존감이 하락하고 우울해진다면 그것은 SNS 폐해의 문제가 아니라, 내 마음이 병든 것은 아닐까. 폐해를 결정하는 건 남의 SNS가 아니고, 전문가의 고견이 아니고, 통계 회사의 데이터도 아니고, 오직 내가 생각하고 내가 하는 SNS의 정의와 행보이다.

'손실회피성 이론'이란 것이 있다. 대부분 사람은 같은 금액이라도 이익에서 얻는 기쁨보다 손실에서 오는 고통을 훨씬 더 크게 느낀다는 이론이다. 사람은 얻을 때보다 잃을 때 훨씬 더 분노한다. 더 강렬한 감정에 휩싸인다. 아무래도 평소에 잘 얻고 있는 행복은 일단 내 것이니까 됐고, 감당해야 하는 결핍이 훨씬 내 신경을 건드리고 괴롭히기 때문일 것이다. 빨리 제거하고 싶기 때문일 테다.

사실 인스타그램은 그것을 본다고 내가 잃을 게 없는데도 마치 잃고 있는 것처럼 느낄 수 있는 묘한 세상이긴 하다. 그러니 SNS 활동을 '손실회피성 이론'에 적용해서 본다면, 우리는 잃을 게 없어야 한다. 타인의 활동이 어떠하든 간에 내가 더 행복하면 그만이다. 결국 그저 각자의 행복을 위해 무척, 아주, 열심히 애써야 한다는 결론에 도달한다. 그냥 나는 나대로 잘 살고, 너는 너대로 잘살면 깔끔하다.

우리에게는 케이크가 있고 해골도 있는데, 우리는 자꾸 해골 쪽만 본다. 이 해골만 해결되면 나는 행복해질 것이며, 이 해골만 없어지면 내게 케이크만 남을 것이라는 생각에 빠져든다. To Do List에서 해골 없애기는 우리 삶의 절대적 과제이다. 그러나 이러면 정말 해골만 보면서 살아야 한다. 답 없는 인생이 된다. 해골이 장롱에 있어도, 케이크를 좀 먹어야 사람이 숨을 쉬고 살지 않겠나.

1930년대 미국 대공황 때 사람들이 굳게 믿었던 증권이 다 휴지 조각이 되었다. 모든 것이 끝장난 상황인데도 사람들은 영화관 앞에 줄을 섰다. 미키마우스와 타잔과 킹콩을 보기 위해서였다. 사람들은 사라진 돈을 애써 잊고, 귀여운 쥐와 자연을 보며 웃었다. 고통과 절망을 잠시 내려놓고 맛있는 팝콘을 먹으며 웃기도 해야 삶이 그나마 앞으로 전진하니까.

나의 SNS 계정에서 스크롤을 주욱 내려본다. 내가 키워낸 예쁜 꽃들과 식물이 한가득 보인다. '이렇게만 먹고 살면 장수하겠네.'란 말이 절로 나올 성싶은 제철 음식들을 식탁에 자주 올렸다. 좋아하는 라면을 건강상 이유로 한 달에 한 번만 먹기로 했는데, 피드에 올려둔 라면 사진을 보니, 진짜 맛있게 먹었었겠다는 생각에 흐뭇하다. 인형처럼 졸고 있고, 다음 날도 졸고 있는 귀여운 고양이 옥희, 하회탈처럼 웃고 있는 남매의 달덩이 얼굴도 많이 보인다. 그렇게 좋은 날들, 소중한 것들만 내 SNS에 박제되어 있다. 내 장롱에 해골이 박혀 있다면, 인스타그램에는 나의 작은 케이크들이 박혀 있다.

인스타그램의 사각형 창 뒤에는, 신랑과 전화로 대판 싸운 장면, 대출 연장서류를 작성하는 날, 내야 할 공과금과 세금에 한숨 쉬는 날들이 있고, 남매에게 이렇게 자꾸 어지르고 안 치우면 엄마가 정말 미쳐 돌아버린다고 소리 빽 지른 날들도 다 숨어있다. 그런 것들은 다 인스타그램 창 너머에 숨어있다. 너머를 볼 줄 알아야 한다.

좋은 날들과 함께 힘든 날들의 산을 넘고 있다. 좋은 날이 있어 그나마 꾸역꾸역 넘고 있다고 해도 틀리지 않다. 기록하여 박제하고 싶은 생의 좋은 순간들을 나는 더 많이 기대한다. 인스타그램 피드에 선택되어 올라갈 순간들이라면, 그건 다른 말로 인생이 품고 있는 아름다운 가능성이다. 나는 그것을 잔뜩 기대한다.

굴러다니는 먼지

제때 무사히 똥을 누는 것도 행복으로 치자면 행복이다.
행복으로 안 치면 아닌 거고

한동안 소희와 나는 전화보다 문자로 대화했다. 소희는 원래 문자를 거의 하지 않는 사람이었다. 카톡은 아예 깔려 있지 않았다. 그러니 문자를 통한 대화는 굉장히 생경한 상황이었다.

"뭐해?"
"오랜만에 컵라면 먹음."
"오늘 되게 덥다."
"잠이 안 오네."

"이 책 한 번 봐 바."
"밥은?"

별 내용이 없다. 그리 급하지 않은 짧은 문답들이 서로에게 마치 생사 확인용처럼 사용되었다. 너무 버라이어티한 일이나 부담되는 일상이 없기를 바랐다. 뭘 먹는지, 잠은 좀 잤는지, 청소는 힘들지 않았는지 등등 그저 의식주가 잘 굴러가는 것, 그것만 알면 되었다. 그것이 제일 안심을 주는 항목이었으니까.

소희 꿈에 종웅이 나왔나 보다. 새벽에 온 문자는 이랬다.
"아빠가 너희들이 너무 보고 싶은가 봐. 잘 차려입고 유모차를 끌고는 너희 집 앞에 서서 한참 베란다 안쪽을 보고 있었어."
지금까지 소희가 보낸 문자 중, 가장 긴 글에 속했다. 종웅이 떠난 바로 그날에도 내 꿈속에 나타난 그는 같은 자리에 서서 날 쳐다봤다. 꿈에서 종웅을 작게 외친 줄 알았는데, 실지로는 너무 크게 부른 탓에 남편이 잠에서 깨었다
좀 울었다. 별것도 아닌데 자꾸 울 일이 태반인 날들이었다. 그 시절에는 이런 사건들을 일일이 일기에 고스란히 적었다. 종웅이 떠나고 나니 이보다 더 큰 사건은 있으려야 있

을 수가 없다. 그러니 자잘한 일상이 다 사건이고 감동이고 놀랄 일이고 신기한 수준의 일로 등극이 되었다.

"딸, 할아버지가 집에 오셨다 가셨어. 네가 너무너무 보고 싶으신가 봐."
꿈속 이야기를 딸 귀에 속삭이자, 자고 있던 아이가 용수철처럼 튀어 올랐다. 당시 4살이었던 딸은 할아버지가 정말 하늘나라에 간 줄 철떡 같이 믿었으므로.

지구상에 있는 어떤 생물보다도 인간은 놀라울 정도로 긴 시간을 사랑하며 보낸다. 더 이상 사랑하며 지내지 못하게 되면 사랑했던 날보다 더 오랜 세월을 슬퍼하기도 한다. 다른 영장류가 그러한지는 모르겠다. 아마 그럴 리 없을 것이다.
오늘 한 번 더, 주어진 일상을 은혜라고 믿자. 다음날을 제대로 못 누리거나 아예 못 누리는 사람도 있기 때문이다. 사망사고를 알려오지 않는 오늘의 뉴스를 본 적이 없다. 기함을 토할 사건도 밥 먹듯 일어난다.

세상에 비극은 얼마나 많은지, 내게는 비극이 얼마나 없는지.

가까운 지인의 사고 소식을 접하면, 나는 막 초고속으로 내 가족에게 너그러워진다. 피곤하지만 감사할 거야. 답답하지만 야단치지 않을 거야. 별로지만 징징대지 말아야지. 이렇게 혼자 각오를 다진다. 가족이 있는 것보다 나은 것은 하나도 없으니까. 가족이 사라지는 것보다 불행한 것은 하나도 없으니까.

삶은 타인의 불행한 소식을 통해서라도 내가 더 다정한 모습으로 변하기를 독려한다. 질리는 일상에도 깨달은 것들이 너무 많다고 자꾸 알려준다. 결국 우리는 두렵고 불완전한 일상에서 가까스로 지혜를 찾아내며 전진해야 할 뿐이다.

사람으로 태어난 이상, 누구에게나 거북이 등처럼 짊어지는 인생의 무게가 있다. 그 무게를 좀 가볍게 해주는 것이 행복감이다. 그것은 찾아내는 정도에 따라 사람들 사이에 엄청난 격차가 생긴다.

"행복이 뭔가요. 배탈 났는데 화장실에 들어가면 행복하고, 못 들어가면 불행한 것이에요." 노은 화가의 말처럼 제때무사히 똥을 누는 것도 행복으로 치자면 행복이다. 행복으로 안 치면 아닌 거고.

폐허처럼 쌓이는 장난감, 또르르 굴러다니다 먼지를 껴

안고 가구 밑에서 튀어나오는 사료 알갱이, 남매 책걸상에 걸쳐있는 신랑의 양말, 보다 말다 한 책들의 피라미드 무덤, 밥풀때기, 고양이 털, 머리카락 등등. 나는 결코 이런 것을 행복으로 치지 않는다. 그러나 나에게 있는 것은 이것뿐이다. 이런 일상을 행복으로 치자면 칠 수 있을까. 행복으로 칠 수 있다는 것을 나는 남매가 처음으로 친구네 집으로 파자마 파티를 떠난 날에야 알았다. 그날 밤 집안의 큰 적막함을 잊지 못하겠다. 남매를 낮에 봤는데 벌써 너무 그리웠다. 같이 눕던 침대와 나뒹구는 장난감을 다정하게 쓰다듬을 뻔했다. 내가 이것들에 치여 사는 것이 아니라 사랑에 치여 사는구나. 내일 아침에 남매를 만나면 태어나서 누구에게도 보여준 적 없는 환한 미소를 보여줘야지.

그래서 우리에겐 이런 것이 필요하다. 존 버저가 말한 '아침에 찬물로 한 세수', 피천득이 말한 '제9교향곡을 듣는 것', 사라 티즈데일이 말한 '비에 젖은 솔 내음', 법정이 말한 '말동무가 되어줄 책 몇 권', 몽테뉴가 말한 '내가 나로 있는 것'. 종웅이 아끼던 '연필깎이와 4b 연필' 같은 것들이. 나는 깜깜한 종웅의 방에 남겨진 잘 깎인 연필 자루들을 붙잡고 대성통곡했다. 몽당연필이 될 수 있었으나, 그렇게 되지 못한 긴 연필들. 펑 하고 사라진 일상.

별것 아닌 것을 행복으로 쳐줄 때 나의 일상은 너의 일
상과 반드시 달라진다.

리처드 바크의 소설 『갈매기의 꿈』 1973년도 문고판이
나에게 있다. 모든 페이지가 누렇게 바래져 있다. 종웅이 남
긴 이 책에 연필로 밑줄 그어진 문장이 있다.
"네가 무엇을 하고 있는지 네가 알 때, 그건 언제나 되는
거야."

나는 내가 질리는 일상을 보내고 있다는 것을 안다. 그
질리는 일상을 왜 사는지 이제야 살짝 안다. 그래서 내일이
주어진다면 좋겠다. 분명 오늘과 별반 다르지 않을 테지만,
내일이 제공할 여러 가능성을 자꾸만 신뢰하고 싶어진다. 인
생은 결국 '축적'이라서 나중에 덩어리가 되어 있을 멋진 인
생. 우리는 그것을 상상하지 않으면 안 된다.

뭐, 아무럼 어때의 경지

많은 못생긴 것들, 많은 슬픈 것들,
많은 찌질한 것들

외모는 초연해지기가 참 힘든 영역이다. 어쩌다 생기는 뾰루지 하나, 티가 안 나는데 스스로 쪘다고 계속 우기고 있는 살, 바꿨는데 영 별로인 머리 스타일, 소희 닮아서 큰 골반, 그리 크지도 작지도 않은 평균 수준의 키 등등 별거 별거에 갖은 이유를 다 붙여 트집거리를 찾아낼 수 있다. 티끌만 한 것이라도 마음에 안 드는 점이 딱 걸리면 내 전체가 갑자기 통으로 못생겨 보여서 우울하고 짜증이 스물스물 올라온다. 스스로 나에게 갖은 행패를 부리던 그 숱한 날들. 그런 날들이 불혹을 넘어서도 진행된다는 사실이 좀 비극 같다는 생각이 갑자기 들었다. 세상에서 나에게 제일 관대한 사람이 바로 나 자신이면서, 외모에는 꼭 까다로운 사감 선생님처럼 군다는 점이.

소희를 생각했다. 내가 뭐 하나에 꽂혀서 짜증을 부릴 때마다 "예쁘다.", "괜찮다.", "남의 눈에 별로 안 띈다." 등의 말을 평생에 걸쳐 반복해 주었던 사람.

이십 대에 성형수술을 하고 싶다고 소희를 설득한 적이 있다. 소희는 딸의 얼굴이 바뀌는 것 때문이 아니라 의료사고로 나를 잃을까 봐, 오로지 그것만 걱정했다. 그럼에도 나를 데리고 성형외과에 함께 가주었다. 딸이 하는 말에 소희가 곧장 안 된다고 하는 것을 본 적이 없다. 강남역 어느 상가 2층에 있던 성형외과의 계단을 오르면서 사실 나는 무척 무서웠다. 범죄를 저지르거나 아니면 불법 시술 따위를 받으러 가는 느낌이었달까. 성형하고 싶은 것이 그다지 진심은 아니었다. 그러나 의사는 해야 한다고 했다. 의사의 허락을 받아서 소희를 쉽게 설득한 심산이었는데, 해야 한다는 의사의 말은 더욱 낭패스러웠다. 당시에 카톡이 있었다면 친구들과 자조뿐인 ㅋㅋㅋ 을 남발했을 것이다.

결국 나는 소희 손을 꾹 붙들고 성형외과의 계단을 내

려왔고, 강남역의 한 유명한 빵집에서 같이 빵을 사 먹었다.

소희는 언제나 반대하지 않았다.
"네 마음이고, 네 결정이고, 네 책임이고, 네 인생이다."
이 말이 소희의 인생 신조이다. 당연히 나에게도 늘 스스로 선택하게 했다. 그러면서 말했다.
"후회도 네 것이다, 하지만 후회는 실패도 아니고 낭패도 아니다. 거기에서 배울 점을 얻는 것 외에 아무런 다른 뜻은 없다."
그러나, 만의 하나이겠지만, 의료사고로 딸을 잃는 건 엄연히 다른 문제였다. 딸이 내린 선택에 딸이 책임을 지고 싶어도 지지 못하는 상황이 발생할 수 있는 것이다. 인간 세계의 일이기 때문이다. 그것은 그것으로 그냥 종결을 의미한다.

내가 태어난 이래 제일 늙은 때가 지금인데, 소희는 나에게 갈수록 멋져진다고 조목조목 들어 칭찬해 줄 때가 여전히 많다. 그 말은 나를 속여서 대충 불평을 달래기 위한 말이 아니라 소희의 진심이다. 내가 그것이 진심인지를 아는 이유는 뻔하다. 나에게도 딸이 있고 나도 딸을 바라볼 때 써먹는 하트 뿅뿅 눈을 달고 있으니까. 나는 내 아이가 너무 귀엽다. 덜 자란 코, 부정 교합, 토끼 이빨, 만지면 시원한 엉덩이, 숱 많은 머리칼, 살집이 잡히는 손등, 팬티 속의 소중한 곳도, 그냥 싹 다 귀엽고 좋다. 내가 낳았기 때문이다. 내 아이들을 향한 진심이 소희의 것과 똑같이 작용하고 있다. 소희는 그 오랜 세월 얼마나 사랑의 눈으로 나를 바라봤을까. 불평하는 나에 대해서 얼마나 애가 타고 안타까웠을까. 며칠 전에도 새로 한 머리 스타일이 마음에 안 든다며 툴툴대니, 소희는 꽤 새롭고 매력적이라며 잘 어울린다고 했다. 어느새 딸이 딸을 낳는 긴 세월이 흘렀건만 소희는 아직도 끝나지 않은 딸의 불평을 보고 있다.

낳아준 모습에 짜증을 부리는 딸을, 자신이 밉다고 우울해하는 딸을, 나는 상상만 해도 이미 슬프다. 얼마나 예쁜데. 얼마나 매력있는데. 사춘기를 향해 가는 딸에게 외모에 대한 궁시렁궁시렁 발동이 슬슬 시작되고 있다. 내 딸이 만약 마흔이 넘어도 별반 변한 것 없이 자신에 대한 자조와 불평을 계속한다면, 나는 어쩌면 이제 제발 그만 좀 하라고 빽 소리를 지를지도 모르겠다.

이에 대해 소희는 단 한 번이라도 대충, 시큰둥하게 반응하지 않는다. "또 시작이다."라거나 "됐다, 그만해라."와 같은 타박은 당연히 없다. 귀찮아 죽겠다는 표정도 없다. 오직 충실히 듣고 답변해 준다. 한마디로 사랑과 피곤의 역사일 것이다.

얼굴이 커 보이든, 엉덩이가 축 처지든, 주름이 늘든, 뾰루지 자국이 좀처럼 재생이 잘 안되든, 이제는 외모 콤플렉스에서 벗어날 만한 때이다. 아니 이미 벗어났어야 했다. 사춘기를 앞둔 딸의 엄마가 되었는데 외모에서 홀가분해지고 싶다는 마음이 이제야 든다. 어쩔 수 없으니까 포기해서 홀가분해지는 차원은 싫다. 체념에서 나온 홀가분이 아니라 '그래, 완전 인정!' 그런 홀가분에 가까워야 한다. '뭐, 아무렴 어때?'의 경지가 되는 것이다. 이 얼굴이 나야. 이 몸이 나야. 있는 그대로 나를 처음으로 팍 받아주는 것이다. 한번 마구마구 나를 사랑스럽게 보자는 마음을 가져보기로 했다. 내가 딸을 보는 딱 그 눈으로 내가 나를 보는 것이다. 불혹이 넘어도 외모에 휘둘리는 감정과 그것으로 인해 빼앗기는 시간에서 자유로워지자. 그로 인해 알게 모르게 잃어버린 유무형의 것들이 많았을 것이다. 그것들을 좀 회복하자.

아예 이런 마음 자체를 한 번도 안 먹어 봐서 그렇지. 이 '마구마구 사랑의 눈'을 나를 향해 놓고, 그 눈으로 찬찬히 보기 시작하면 실제로 꽤나 자유로워진다. 평생을 한결같았던 소희의 눈으로 내가 나를 보아주고 있다. 많은 못생긴 것들, 많은 슬픈 것들, 많은 찌질한 것들과 나를 동일시하려는 과민

한 눈이 조금씩 부드러워진다. 그래. 나, 이 모습으로 꽤 오래 나쁜 일 없이 잘 살았지. 심지어 연애도 하고 결혼도 했네.

태어나 피부과 시술이라고는 한 번도 받아본 적 없는 칠십 대의 소희를 본다. 왼쪽 눈 옆에 매우 길고 깊은 흉터가 있는 것도 그대로다. 외할머니는 볼 때마다 소희에게 수술을 권했지만, 소희는 들을 때마다 거부했다. 소희는 탈모가 심해지고, 볼의 살이 꺼지고, 피부는 그을려서 거뭇하고, 키도 좀 줄어든 것 같다. 그런데 소희는 마냥 자유롭다. 화장실에 있는 아무 토너, 누가 선물한 아무 크림이나 대충 쩍쩍 찍어 바르며 산다. 한번은 소희 집에서 못 보던 클렌징크림 한 통이 반으로 줄어서 화장을 안 하는 사람이 이걸 왜 이렇게 많이 썼느냐고 물었다. 소희는 의아하게 답했다.

"클렌징크림? 이거 그냥 크림 아니었어? 어쩐지 잘 스며들지 않더라니…" 하면서 깔깔거린다. 저 자유로움. 클렌징크림 발랐다고 인생이 망가지지 않는다는 저 편안함.

소희의 경지까지 갈 수 있을지는 모르겠다. '마구마구 사랑의 눈'으로 나를 바라보기 시작했지만, 이 눈은 예상대로 꾸준하지 않고 오락가락한다. 그래도 예전보다는 확실히 낫다. 한번 발동하면 마음이 좀 편안해진다. 일단 그걸로 됐다.

해가 갈수록 주름은 더 늘 테고, 중년의 살은 더 찔 것이 분명하다. 액면 그대로라면 나는 점점 더 볼품이 없어지는 상태가 되겠지만 이 '마구마구 사랑의 눈'으로 열심히 보다 보면 죽기 직전에 가장 자유로워져 있을 내 모습을 상상한다. 그 순간이 태어난 이래 내가 나를 가장 마음에 들어 할 때일 것이다. 그때 하늘나라에 간다니? 좀 멋지다.

운이 좋은 남자

좋아하는 것을 통해
내게 어떤 나아짐도 없다면 무슨 소용일까

종웅은 평생 지식 얻기를 즐기는 남자였다. 지식 쌓는 일에
자신의 시간을 쓰고, 열정을 쓰고, 그 지식으로 돈을 벌어
처자식을 먹였다. 그러나 들인 시간과 열정이 돈으로 변환되
지 않은 것, 정확히 비례하지 않은 것은 안타까운 일이었다.
고흐처럼.

　　사람은 평생의 밥벌이를 자신이 잘하는 것으로 할지, 좋
아하는 것으로 할지에 대해 고민한다. 종웅은 양자택일 없
이 좋아하면서 동시에 잘하는 것을 밥벌이로 택했다. 자신의
영혼을 채우는 밥 벌이었다. 그런 점에선 무척 운이 좋은 사

람이었다. 고흐처럼.

　　종웅의 관심사는 한결같아 보였지만 한 자리에 고여 있
지도 않았다. 종웅의 전공은 학부 때는 전자공학, 박사 때는
보건학이었는데, 두 전공이 통합되어 의용공학과 교수가 되
었다. 변화와 전진이 결국 최종 직업을 만들어 냈다.
　　다행히 그에게는 이과 성향 외에 문과 성향도 있었다. 전
공서 외에 유독 많았던 기타 분야의 책은 식물이었다. 그다
음으로 미학 관련 책들이 그의 서가를 차지했다. 식물은 그
에게 샘솟는 호기심의 대상이면서 유익한 여가가 되었고, 돈
으로 변환되지 않아도 괜찮은 취미이자 취향이었다. 종웅과
함께 산을 자주 오르던 어릴 때나, 성인이 되어 함께 공원을
거닐 때마다 그의 해박한 식물 지식에 놀라서 질투하면서도
존경했다. 나에게만큼 종웅은 비공식 식물 박사였다. 내가
시험 삼아, 또는 실제로 궁금해서 이 나무, 저 나무, 이 꽃, 저
꽃을 손가락으로 가리키면 그는 모르는 법이 없이 답변해 주
었다. 묻는 곧장 "아, 이건 ○○나무야.", "이건 ○○꽃.", "이건
○○풀이야."라고 말해 주었다. 너무 다 잘 알고 있어서 혹시
아무 이름이나 막 던지는 것은 아닌지 의심한 적도 있다.

　　검색 중에 인터넷 뉴스에서 발견한 오래된 사진 한 장이

있다. 제주도 김녕 초등학교의 꼬마탐험대들을 이끌고 만장굴을 발견했던 부종휴 과학 선생님. 그는 종웅의 외삼촌이다. 그 빛바랜 낡은 사진을 처음 보자 "와" 소리가 절로 나왔다. 아, 종웅은 외탁을 했구나. 종웅의 젊은 시절 생김새가 외삼촌과 판박이였다. 신문 기사에 의하면 부 선생님은 제주의 자연을 너무 사랑해서 두 자녀를 부를 때, 이름 대신에 "만장아, 한라야…" 하고 별명으로 부른다고 했다. 제주의 오름을 타고, 늪지대를 헤치면서, 한라산의 희귀 식물 발견에 큰 공헌을 했다는 기사를 읽었다. 종웅은 외삼촌의 과학도 기질과 식물 사랑의 피를 물려받았던 것일까.

그러나 종웅의 행보는 외삼촌과 사뭇 달랐다. 그는 원래 몸이 아닌 머리를 쓰는 사람이다. 내가 지켜본 바로는 그가 집안에 식물을 들인 적은 단 한 번도 없었다. 그가 나의 입학식과 졸업식 날에 꽃다발을 산다거나, 조리개로 화단에 물을 주거나, 퇴근길에 꽃집에 들러 화분을 옆구리에 끼고 온다거나, 휴일에 잎 위의 먼지를 닦아주는 일 따위를 하는 것을 본 적이 없다. 그는 자기만의 방식으로 식물을 좋아했다. 식물에 관한 책을 사 모으고, 식물을 읽고, 식물에 대한 지식을 머리에 입력했다. 죽기 전까지 그 꾸준했던 행보만으로도 식물을 좋아한다는 것을 모를 수는 없다. 롱 디스턴스 연애처럼, 또는 짝사랑처럼 곁에 두지 않고 소유하지 않는 방식으로도 사랑은 확실히 있다.

친탁한 유전자를 받아서인지 나는 종웅과 생김새와 식성이 비슷하다. 그에게 물려받은 신앙과 가치관을 삶의 무기로 종종 휘두른다. 식물은 종웅과 나의 공통된 관심사 중 유일한 것이었다. 그러나 나의 행보는 그와 비슷하면서 좀 달랐다. 식물 관련 책을 무진장 사 모으고, 한동안 그 책을 읽고 그 책으로 공부만 하는 시기를 보내는 것까지는 똑 닮아 있다. 그러나 큰 차이가 하나 있다. 결국 나는 좋아하는 것을 곁에 두려 했고, 종웅은 전혀 아니었다는 것.

좋아하는 것을 보면서 싫어하는 것을 잊고, 어떡해서든 좋아하는 것들 가까이 머물면서 억지로 참아야 했던 시간을 보상받을 수 있으므로, 나는 끝내 식물을 내 곁에 두었다.
좋아하는 것을 왜 좋아하는지 설명하는 것은 쉽지 않다. 이유가 거의 없다. 그것들은 그냥 나를 끌어당기는 그 무엇이기 때문이다. 무언가 좋아하는 일을 계속 이어간다는 것은 거기서 발산되는 좋은 기운을 통해 내가 더불어 나아지기 때문이다. 좋아하는 것을 통해 내게 어떤 나아짐이 없다면 무슨 소용일까.

종웅의 책장이 식물 책들로 채워져 가는 한편, 내 식탁 위에는 꽃병이, 베란다에는 화분이 놓였다. 마당에는 꽃과 나무가 심겼다. 책을 내려놓지 않으면서 식물을 나의 현실 세계로 직접 데려오는 일을 했다. 그것은 품이 무척 많이 드는 일이다. 평생 도시인이었던 내가 도시를 떠났고 마침내 작은 마당을 얻게 된 것은 식물을 좋아하는 방식이 전진한 당연한 수순이었다. 마당 하나로 드라마틱하게 바뀐 것은 없다. 마당으로 인해 엄청나게 늘어난 노동량에도 불구하고 그저 나의 어딘가가 천천히 미세하게 더 나아져 갔다.

식물은 나에게 무심하고 때로는 다정하다. 밀당의 천재이다. 극적이지 않은 방식으로 나를 '보다 나은' 삶 안에 있게 했다. 건기나 장마 때, 불볕더위 때, 여행을 떠났을 때, 나는 식물들의 생사를 염려했다. 그것들이 시들고, 잎을 떨구고, 이유 모르게 죽어갈 때 슬펐다. 죽은 줄 알았는데 살아 있는 걸 확인했을 때, 팔짝팔짝 뛰며 남매를 불러 모았다. 야단법석, 난리 부르스를 치는 나와 달리 식물은 딱 식물답게 잠잠히 일하고 식물다운 영향력을 퍼트린다. 좋은 기운은 얌전히 일할 때조차 삶을 장악할 만큼 힘이 세다. 그래서 나는 내 식물 외에 남의 식물에도 늘 사랑에 빠져있다. 특별히 동네 할머니들 댁의 마당에 심긴 식물들은 조촐하고 촌스럽지만 늘

나의 구미를 당긴다.

　　좋아하는 것을 만나는 일은 자주 일어나지 않아도 되고, 잔뜩 행하지 않아도 괜찮다. 가끔, 조금씩이어도 충분하다. 우리는 모두 잘 알고 있다. 당최 내가 뭘 좋아하는지조차 몰라서 우왕좌왕 헤맸고, 초조의 시간이 길게 이어져 왔다는 것을. 자녀가 뭘 좋아하는지 모르겠다고 애타는 부모도 많다. 좋아하는 것을 앎, 그것은 어쩌면 인간사의 구원 같다. 삶이 나아질 기회가 아직 있다는 뜻이다. 이제 나는 좋아하는 것 열 가지쯤은 바로 댈 수 있다. 남매가 무언가에 푹 빠지면 그것 자체로 퍽 안심이 된다. 끼니를 건너뛰면서 몰입할 수 있고, 몇 년이 지나도록 지속되는 일을 한다는 것은 생에 좋은 기운을 주고도 남으니까.

　　실내 화분에 물을 듬뿍 줄 때와, 테라스에 있는 식물들에게 호스의 물줄기를 휘두를 때 나는 조금 신이 나고 안심이 된다. 내게 딱 알맞은 평안을 느낀다. 무언가에다 애정을 쏟을 힘이 여전히 있다는 것, 그리고 그것이 잘못되지 않도록 적절한 시기에 내가 조치를 잘 취하고 있다는 사실에 안도감을 느낀다.

　　종웅도 실제로 식물을 키워봤다면 어땠을까 생각해본

적이 있다. 우리는 사람이 식물을 키우고 돌본다고 생각하지만, 식물은 이미 스스로가 생명이고, 스스로 알아서 생명 유지 활동에 열심이다. 우리에게 그 좋은 생명의 기운을 나눠준다고 생각하니, 종웅이 자신의 뇌가 아니라 자신의 곁에다 식물을 좀 두었으면 어땠을까. 생명의 기운을 좀 받지 않았을까. 이미 종웅은 죽고 없는데, 오 헨리의 단편 『마지막 잎새』 같은 희망을 자꾸 상상해 보곤 했다. 화분 하나에 종웅 생명 일 년 연장, 화분 두 개면 종웅 생명 이 년 더 연장. 이런 식으로.

  일본 작가, 사노 요코는 소설 『시즈코상』을 통해 치매 걸린 자신의 엄마 이야기를 했다. 요코의 엄마가 머물렀던 요양원에는 미국 컬럼비아대학교에서 재직했던 교수가 함께 머물렀는데, 그는 키가 무척 크고 얼굴이 훤한 할아버지라고 했다. 그는 치매였다. "대학교수라도 치매에 걸린다."라는 문장에서 나는 잠시 멈췄다.
  종웅은 그 컬럼비아대학교 교수와는 모든 게 반대였다. 키가 작고 훤칠하지 않고, 요양원에 머문 적도 없다. 은퇴 후, 구급차에 실려 가기 직전까지 집에만 있었다. 기억을 잃지도 않았다. 방문하는 학생들과 토론하고 상담했다. 더 이상 한 권도 더 채울 수 없을 정도로 책이 가득한 방에서였다. 그는 치매에

걸리지 않은 교수로 요양원을 거치지 않고 곧장 하늘로 갔다.

종웅에게 『마지막 잎새』의 소망은 어쩌면 필요 없다는 생각이 다시 든다. 숨 쉬는 마지막 날까지 자신이 평생 좋아해 온 것에 둘러싸여 있었던 것, 그 충만한 기억을 전혀 잃지 않은 것, 좋은 기운이 장악한 방에서 마지막 시절을 보낸 것, 이런 것들이 바로 큰 복이니까 말이다. 종웅은 역시 운이 좋은 남자였다.

약이 되는 비법

라면 국물, 똠얌꿍, 담배,
눈썹, 돌바닥

옛날에 소희는 라면수프만 따로 팔았으면 좋겠다고 말한 적이 있다. 며칠 전 사위는 쿠팡에서 라면수프를 검색해 장모님께 주문해 드렸다. 소희가 단독으로 판매하는 라면수프를 처음 발견했을 때 무척 신나라 했던 기억이 난다. 라면수프는 소희의 약이기 때문이다.

감기 기운이 있거나 몸이 으슬으슬하면 소희는 꼭 라면을 끓인다. 면은 안 먹고 김치를 풀고 국물만 마신다. 그러면 한결 몸이 좋아진다며 라면 국물 예찬론을 펼치곤 한다.

소희가 다 먹은 라면 냄비에는 퉁퉁 불어 터진 뽀얀 면만 남는다.

　"아프면 라면을 끓여서 국물을 좀 마셔 봐."

　내가 몸살 기운으로 비실대면 소희는 라면 국물 마시기를 권유한다. 효과를 맹신할 때, 골골대는 대상이 사랑하는 사람일 때, 자신만의 비법을 힘껏 권유하게 된다. 죽기 전에 마지막 먹고 가고 싶은 음식으로 일찌감치 라면을 정해났을 정도로 나도 라면을 좋아하지만, 국물은 입에 대질 않는다. 내 뇌는 담배는 몸에 해롭다는 명제와 라면 국물 마시기를 비슷한 위험 선상에 놓아두고 있다. 라면 국물 마시기는 소희만의 낫기 방법이다.
　그런데도 나는 그녀의 힘찬 권유를 좋아한다. 한 번도 그 권유를 따른 적이 없는데도, 몸살 날 때마다 끈질기게 권유하는 자기 비법에 대한 그녀의 무한신뢰가 나는 좋다. 그저 담배와 라면 국물은 나의 기호가 아닐 뿐, 나름 인정하는 부분이 있다. 누군가에게 담배 한 개비는 극도의 긴장감을 해결해 준다. 증권맨인 나의 남편도 증권 장이 끝나는 시간에 사무실을 빠져나가 담배를 피웠다. 그 문제로 숱하게 싸운 날들이 있었다. 여의도 바닥에 쌓인 담배꽁초 높이로 국가 경제와 가장들의 스트레스를 가늠한다고 하니, 인정.

 김치를 푼 라면 국물도 땀을 뻘뻘 흘려 노폐물을 싹 빼주는 사우나 효과 같은 것이 있을 것이다. 어떤 비법에도 나름의 기특한 구석은 있다. 거기에 자기만의 확고한 플라시보적 믿음이 잘 기능하면 된다. 아마 낼 수 있는 한, 최고의 시너지를 낼 것이다. 내가 바라는 시너지는 소희가 꼭 라면 국물을 마시고 만병이 낫고 그녀의 장수에 반드시 영향을 주는 것이다.

 서울 후암동 가는 길에 태국 음식점 창수린이 있다. 몸이 으슬으슬한 상태가 되면 나는 창수린에 가서 똠얌꿍을 먹곤 했다. 아예 꼼짝하지 못할 땐 남편에게 테이크아웃을 요청하기도 했다. 어떻게 보면 라면 국물 마시기와 비슷한 방법이다. 20대 시절, 목소리가 전혀 나오지 않고 몸에 오돌오돌 한기가 가득 찬 상태에서 좋아하던 오빠를 굳이 만나러 나간 적이 있었다. (현재의 남편은 아니다.)

 "그렇게 아플 땐 똠얌꿍을 먹어 봐."

 그 오빠는 내게 똠얌꿍을 권했다. 엄마가 내게 라면 국물을 권하는 만큼 힘이 찬 권유는 아니었지만(나를 좋아하지 않았을 테니) 그나마 우리는 그날의 메뉴를 쉽게 정했다. 신기하게 그날 똠얌꿍을 먹자 아픈 게 싹 사라졌다. 똠얌꿍 때문인지, 좋아하는 오빠의 제안을 다정인 양 느껴 버려서 엔도르핀이 팍 돌아서인지 모르겠다. 아무튼 나는 나았다. 효과를 봤으니 그 후부터 몸살 기운이 느껴지면 똠얌꿍을 찾게 되었다. 게다가 "아, 너무 좋다."란 말을 남발하며 먹는다. 내가 이렇게 아픈데, 굳이 이걸 먹으러 온 것이 너무 좋고, 맛도 너무 좋고, 같이 먹어주는 사람도 좋고, 점점 다 너무 좋아지는 그 느낌. 좋은 것들에 '너무'를 남발하는 사람이 된다. 똠얌꿍에는 생강이 들어간다. 살균 작용의 덕을 봤을 것이다. 하지만 나는 스스로 좋다고 믿는 믿음에 더 신뢰가 간다. '이게 나를 진짜로 잘 낫게 하네.' 하고 믿어버리는 것.

이건 딸의 이야기이다. 기저귀를 차던 아가 시절, 손이 얼굴을 다 가리고 있길래 혹시 숨을 못 쉬고 있는 건 아닌가 하고 깜짝깜짝 놀란 적이 자주 있었다. 기회가 될 때마다 유심히 지켜보니, 아가는 뒤척이다 모르고 손으로 얼굴을 덮은 것이 아니었다. 손가락으로 보들보들한 자기 눈썹 털을 만지고 있었다. 기저귀를 갈아 주려고 눕혀도 눈썹을 만졌고, 낮잠을 잘 때도 왼손은 우유병을 쥐고 오른손은 눈썹을 만지면서 천상에 사는 아가처럼 눈을 감았다. 좀 더 자라서는 차 안의 카시트에 누워 속이 느글느글 차멀미가 날 때 눈썹을 만졌고, 처음으로 자기 침대에서 혼자 자기 시작했을 때도 눈썹을 만지다 잠들었다. 불편한 순간, 안정이 필요한 상황마다 스스로 발견한 비법을 붙잡고 편안한 모드로 진입한 것이다.

인간에게는 자신의 마음을 달래고, 신체를 돌보려는 자동적인 자기 사랑이 있다. 그 사랑을 느끼면서도 어쩔 줄 몰라 하는 사람이 있고, 뭐든 시도해 보려고 하는 사람이 있다. 아기도 탐구해서 자기 방법을 찾아냈는데, 어른은 더 잘 할 수 있지 않을까.

기분이 나빠지기 시작할 때, 불안할 때, 나는 다 읽은 책들을 몇 권 꺼내서 펼친 후 내가 그어놓은 밑줄들을 다시 읽을 때가 많다. 맨발로 마당에 나가서 발바닥과 엉덩이로 차가운 돌바닥과 땅의 기운을 느낀다. 콩나물 다듬듯 시든 잎과 꽃을 똑똑 따고 잡초를 뽑는다. 달달한 케익 하나 사다 달라고 부탁하기도 하고, 볼륨을 없애고 영화 〈리틀 포레스트〉 화면을 계속 틀어 놓는다. 수시로 눈길을 화면에 돌려도 다 좋은 장면이니까.

이 정도의 급한 처치도 무척 소용이 있다. 딱 이렇게만 평생 지내도 나쁘지 않겠다는 생각에 점점 빠져든다. 겨우 몸살감기 한 번에도 일상의 틀이 무너지니 매사에 빨리 낫고 멀쩡해지는 방법을 궁리한다.

나를 즐겁게 할 계획을 더 짜야겠다. 너한테는 라면 국물, 나한테는 똠얌꿍. 너한테는 눈썹, 나한테는 돌바닥.

비법은 나를 보호하는 무기이니 남한테는 안 통해도 나한테만 잘 통하면 된다. 사는 동안 차곡차곡 모인 비법만큼 든든한 것이 없다. 무엇보다 이것이 나를 낫게 한다고 믿는다.

있는 그대로의 가정사

내 몸뚱이가 지금 죽도록 아프지만,
너의 몸은 아프지 말라고 약 봉투를 건넨다

가족은 좋으나 싫으나 감동과 재미, 지루함과 피곤이 담기는 역사의 길을 함께 간다. 죽을 때까지 짐이고, 또 기쁨이다. 그 길에서 끊임없이 서로를 지켜보고, 점검하고, 챙기는 일을 반복한다. 인간은 제 몸 하나만 건사하며 살기도 쉽지 않은 존재인데, 나는 비틀거리면서 가족에게는 똑바로 걸어보라며 돕고, 내 몸뚱이가 지금 죽도록 아프지만, 너의 몸은 아프지 말라고 약 봉투를 건넨다.

'나는 앞으로 도대체 어찌 되려나.' 인간은 늘 자신을 먼저 염려하고 자기 앞날을 골몰하느라 바빠서 자신 외에 또 챙겨야 하는 다른 인간 존재란 부담되고 번거롭다. 그러나 가족은 그 숨이 찬 일을 해낸다. 그럼으로써 다른 인간 존재들과는 질과 급이 다른 존재가 되어간다.

부모만 아이를 챙기냐 하면 그렇지 않다. 아이도 아이 버전으로 활약한다. 아이는 어른의 삶을 관찰하기 때문이다. 돕고, 따르고, 참아내고, 맞춰 주는 고된 업무를 나름대로 해낸다. 어른은 아이의 그 대견한 발맞춤의 행보를 좀처럼 인식하지 못하지만, 아이는 가정의 흥망성쇠를 스펀지처럼 빨아들이고, 있는 그대로의 가정사에 고개를 끄덕이는 제일 작은 존재이다. 가족 구성원 중 유독 누구만 희생한다는 개념으로 접근할 수 없다. 크든 작든 다 자기 역할을 어떻게든 수행하고 있고, 누구든 다 피곤하고, 무슨 일을 했든 다 감동 포인트가 될 수 있다.

서울에 있는 남편에게 어느 날 와인잔 하나를 사다 달라고 부탁했다. 우리 집에서 취향품을 구매하는 일은 내가 일해서 내가 번 돈으로 내가 직접 사는 구조이다. 그런데 이 와인잔 구매는 서울의 한 편집샵 앞에서 줄을 서야 하는 것이 문제였다. 남편은 그런 것을 기꺼이 해주는 사람이다. 남편은 오픈 시간보다 30분 먼저 도착하려고 이른 아침부터 움

직였다. 도착해서는 아직 열지 않은 가게 문 앞에 길게 늘어
선 인파를 인증 사진으로 보내왔다. 득템을 위해 줄 서는 세
상에 대해 알 리 없고 관심도 없는 남편은 와인을 마시지 않
는데도 본인의 와인잔까지 하나 더 사서 나타났다.

"오빠, 와인 안 마시잖아."
"어, 이제 마셔 보려고."
"누구랑?"
"너랑."
그러면 나는 또 묻는다.
"계속 나랑 살려고?"

남편과 나는 언제나 이런 식의 놀림, 냉소, 장난, 블랙 개
그 비스름한 말들을 막 던져 대며 실없이 군다. 내가 한 달
에 한 번 얼굴에 달고 사는 뾰루지를 들여다보느라고 하루
종일 거울에 코를 박고 있으면, 더 못생겨지게 얼굴에 왜 그
런 걸 달고 있냐고 놀리고, 남편이 머리랑 수염을 안 깎고 있
으면 "노숙자가 우리 집에 왔네." 하면서 우리 집은 노숙자를
무척 환대한다며 내가 지금 밥을 차려주겠다는 식이다.

어떤 결핍과 지루함, 못생김과 지저분함 속에서도 나는
여전히 너와 함께 사는 길을 선택할 것이라는 뉘앙스를 살짝

꼬아서 서로 블랙 농담을 던져 대는 것이다. 못생긴 것을 참고, 지루한 순간을 넘겨 가며 살아도 그리 나쁘지 않을 것이라는 마음을 우리는 사실 느끼고 싶은 것 같다.

딸이 그려준 아이스크림콘 그림이 내 침대맡에 붙어있다. 불면으로 힘들어하던 어느 날에 직접 그려서 내게 가져다준 그림이다.

"엄마. 잠이 자꾸 안 오면, 여기 이 토핑을 색깔 별로 하나씩 세어 봐. 그러다 보면 분명 잠이 들거든."

아이스크림콘 위에는 오색 빛 별사탕 토핑들이 잔뜩 흩뿌려져 있다. 그림만 봐도 예쁘다. 실제로 토핑 수를 세 보지는 않았다. 그날 평소랑 다르게 잘 잤다. 몸살을 심하게 앓느라 밥을 못 차려주고 세수도 못 할 만큼 침대에서 꼼짝 못하는 날이 이틀째 되었을 때는 아들에게서 그림 하나를 받았다. 초록색 네모들이 그려진 미역국 그림.

"엄마, 이 미역국 좀 먹어봐."

나는 먹을 수 없는 아이스크림과 미역국으로 편하게 앓고, 겁내지 않고 잠들곤 했다.

그 무렵, 소희는 나를 대신해 서울의 한의원에서 보약을 지어 왔다. 손목에 맥 하나 짚히기 위해서는 넘어야 할 산이 많다. 집 앞에서 공항리무진을 타고, 제주공항에서 비행기를 타고, 서울에서 지하철 환승을 몇 번이나 하며 한의원을 찾아가는 길. 그 길을 거꾸로 반복해 다시 제주로 돌아오는 길은 이제 내게 심각한 막노동처럼 느껴진다. 중간에 밥은 어디서 먹지, 서울 간 김에 들를 곳, 사 올 것은 없나, 이런 것들을 시뮬레이션해 보는 것만으로도 나는 이미 지쳐버린다. 이미 갔다 온 사람의 피곤함을 고스란히 느낀다. 보약을 매우 싫어하지만 골골거림이 장기화되자 어쩔 수 없었다.

"엄마, 혹시 서울 갈 일 있을 때 나 대신 보약 좀 지어다 줄 수 있어?"

일흔을 넘긴 소희에게 딸의 보약을 지어다 달라고 부탁했다. 소희는 딸 걱정에 "그럴게." 했고, 나 대신 산을 넘는 막노동을 했다. 서울에서 무사히 배달되어 온 보약으로 나는 그 골골대던 시기를 통과했다.

남매와 외식하거나 늦게까지 밖에서 놀다 집에 들어갈 때는 혼자 있을 착한 옥희 생각이 난다. 건강하다면 옥희의 수명은 대략 10~15년 정도 될 것이다. 그때면 남매가 독립해서 집을 떠났을 때이고, 소희는 90살에 이르렀을 것이고, 옥희도 할아버지 고양이가 될 것이다. 나는 이 '그때'를 종종 상상한다. 남매, 소희, 옥희가 모두 한꺼번에 사라져 내 삶에 없는 때가 다 엇비슷한 시기이기 때문이다.

모두가 사라졌을 때, 나는 어떤 모습일까. 어떤 일을 하며 지낼까. 혹시 상실감을 깊게 겪고 있을까. 그때면 나는 알게 될 것 같다. 내가 그들을 보살피고 지킨다고 믿던 무척 비장했던 시절이 있었는데, 정작 나를 지키고 지탱해 준 존재들은 바로 그들이란 것을 말이다.

소희는 종종 마흔 넘은 나에게 인형을 사준다. 아무 인형이 아니다. 해녀복을 입은 눈 큰 소녀 인형, 섬 소녀인 디즈니의 모아나, 앞치마를 한 몬치치 엄마 인형, 요가를 하는 바비인형 같은 것이다. 아동복지학과 교수답다. 소희는 자신이 세상을 떠난 후에도 내가 제주에서 씩씩하게 살아가길 바라는 것이다. 해녀처럼 강하게 살아남길, 모아나처럼 용감하길, 아이들과 좋은 삶을 보내길, 요가를 하면서 평안하길 바라는 것이다. 나는 그 마음을 안다.

아들이 일어났다. 우리 집에서 제일 훌륭한 요기yoggie이다. 브릭샤 아사나, 나무 자세를 제일 좋아하고 완벽한 다운독 자세를 할 줄 아는 아이이다.
아들은 거실 테이블에 앉아서 물에 불려 둔 콩 껍질을

손 지문이 다 쭈글쭈글해질 때까지 전부 까주었다. 소희는 손주가 깐 그 콩으로 땅콩죽을 끓였다. 땅콩죽은 내가 아기 때부터 먹고 자란 유아식이다. 삼대가 다 같이 둘러앉아 땅콩죽을 먹고 있는데 딸이 말한다.

"할머니, 할머니한테 귀여운 데가 하나 있어요. 그게 뭔지 알아요?"
"그런 게 있어? 그게 뭔데?"
"앞머리요. 할머니 앞머리 너무 귀여워요."

나는 고소한 땅콩죽을 먹다가 이 귀여운 대화를 듣고 '아, 좀 행복하다.'라고 잠깐 생각했다. 앞머리, 땅콩죽. 이 아무것도 아닌 것 같으면서 너무나 아무것이기도 한, 이 순간이 왠지 좋았다.

배우 공유. 내가 공유를 참 좋아한다. 바빴던 이유로 정신과 체력과 시간을 빼앗기기 싫어서 그가 주인공이었던 드라마 〈도깨비〉를 당시에는 보지 않았다. 언젠가 한 번 날을 잡고 보겠노라 하다가 방영이 끝난 지 5년이 지나서야 넷플릭스를 통해서 정주행했다.

공유는 그 드라마에서 아름다운 대사를 읊조린다. 얼마

나 모두의 마음을 터치했는지, 이미 유명해진 그 대사.

"날이 좋지 않아서 날이 적당해서 모든 날이 좋았다. 너와 함께한 시간 모두 눈부셨다."

그림을 그려 날라다 주던 남매, 앞머리가 귀엽던 소희, 고양이 세계의 천사였던 옥희가 한데 북적이다가 내 곁에 없을 무렵, 자주 이 대사가 빙빙 맴돌지 모르겠다. 이 표현 외에 달리 나의 날들을 묘사할 말이 없다는 것을 훗날이 아니라 지금부터 알 수 있다. 그때는 남편하고 뭘 하면서 둘이 놀아야 하나.

갑상선 기능저하증으로 조금만 움직거리고 조금만 부지런 떨어도 금방 피곤해지는 나에게 남편, 남매, 소희, 옥희는 끊임없이 재미와 감동과 귀여움을 제공한다. 자식 키우느라 힘들어 죽겠다고, 나한테는 귀찮은 일투성이라고 징징대면서도 같이 사는 것 외에는 그 무엇도 더 나은 가치가 없다는 사실에 나는 매번 백기를 들겠지. 언제나 삶이 이긴다.

시절을 채우며 지나간 사소한 모든 순간이 끊임없이 말해 줄 것이다. 모든 날이 좋지 않으냐고.

아름다운 전설

**우리는 언제든지, 얼마든지 별안간
혼자가 되어 버릴 수 있다**

종웅은 하늘나라로 갔지만 소희는 내 곁에 아직 잘 있다. 매우 잘 있는지, 약간 잘 있는지의 진실은 그녀만 알 것이다. 잘 있는 것은 바로 나다. 평안이나 위안 같은 단어를 내가 종종 꺼내 쓸 수 있는 것은 온전히 소희 덕이다. 은신처가 있다고 느끼는 사람은 살고 싶은 대로 살아볼 용기가 생긴다. 소희는 내게 그런 은신처와 같은 대상이다. 내가 인지하며 살지 않던 순간까지 포함하면 그녀가 내게 위안이 되지 못했던 순간은 단 한 번도 없었을 것이다. 그저 움직이고 있음, 먹고 있음, 말하고 있음, 보이는 저쪽에 있음만으로 소희의 존재감이 지금만큼 폭발한 적은 없다. 부모 중 한 명이 사라지면 남은 부모의 존재감은 두 배가 된다. 나는 어릴 때 한 번, 중년이 되어서 다시 그녀와 함께 살고 있다.

서울에 다녀왔다. 자정까지도 불이 죄다 켜진 빌딩 숲은 무척 익숙한 광경이면서 하나도 안 익숙했다. 서귀포는 8시만 되어도 깜깜하다. 남매에게 지하철 체험을 시켜주었다. 남매는 신났지만 나는 답답했다. 교보문고가 그리워서 광화문점을 방문했다. 남매는 섬 어린이답게 책과 장난감, 문구류의 성지를 다시는 못 올지도 모른다는 듯 신나게 누볐다. 보고 싶은 만큼 다 보지 못해서 다음 날에도 갔다. 교보문고에는 교보문고만의 냄새가 있다. 그 냄새를 맡고 있으니, 내 집처럼 교보문고를 들락거렸던 시절이 생각났다. 나도 섬 아줌마가 된 이상, 도시의 물건 많음과 사람 많음에 좀 들뜨는 것 같았다.

소희와 종웅은 예배를 마치면 어린 나와 오빠를 꼭 광화문 교보문고에 데리고 갔었다. 책을 한 권씩 사주고, 바구니에 담겨 나오던 감자튀김이나 후라이드 치킨 한 조각을 사주었다. 어떤 날에는 우동과 김밥을 맛보게 해주었다. 교보문고의 우동과 김밥은 동네에서 사 먹는 맛과는 달리 왠지

고급스러운 맛이 났다. 마음껏 먹지 못했지만 한 조각, 한 입이라도 설레었다. 외식이 좀처럼 없던 시절이었다. 예배를 본 후 서점에 가는 일은 부모가 애쓰는 어떤 좋은 의식처럼 느껴졌다.

이번 서울행의 목적은 소희의 은퇴식 참석이다. 29살부터 교수였던 사람이 드디어 강단을 떠난다. 내 인생에 그녀가 교수이지 않았던 날은 단 하루도 없어서 소희의 은퇴는 내게도 일종의 대박 사건처럼 느껴진다. 예상했던 대로, 은퇴식 중에 나에게도 마이크가 넘겨졌다.

소희의 제자 중 나를 모르는 사람은 거의 없다. 아동복지와 부모교육을 가르치는 소희의 강의실에서 나의 이야기는 줄곧 유용한 샘플로 활용되었다. 아기가 태어나 거쳐 가는 모든 성장발달 단계를 통과할 때마다 내가 소개되고, 함께 생각해볼 문제가 되거나, 강의 분위기를 한번 바꿔줄 만한 웃긴 에피소드의 주인공이 되었다. 그랬던 내가 성인이 되고 아이를 낳으니 부모교육 강의에서도 '엄마' 예시의 주인공이 되었다. 소희의 직업과 나는 긴 세월을 함께했다.

유치원 시절부터 소희를 따라 그녀의 모교이자 강단인 숙명여자대학교에 자주 갔다. 교정에 들어서면 본당 앞의 연못으로 바로 달려갔다. 붕어들에게 조리퐁을 던져주며 소희를 기다렸다. 오빠와 가위바위보를 하며 계단 오르기를 하거나, 지겨워지면 운동화 끝에 힘을 주어 나무 벤치 아래의 흙을 파냈다. 돌멩이와 열매를 줍고, 그것들로 땅바닥에 그림을 그렸다. 삼삼오오 무리 지어 어디론가 사라지는 언니들을, 발밑에 떨어진 조리퐁에 몰려드는 개미들을 오래도록 관찰했다. 호기심에 다른 곳으로 자리를 이동하는 일은 없었다. 혹시 누군가 다가와 "너희는 왜 여기에 있니?"라며 물을까 봐 겁이 나기도 했었다. '저는 보호자가 있는 아이예요.' 이 말을 속으로 반복하며 괜찮을 것이라고 마음을 다독였던 일이 기억난다. 그러다 보면 어느새 소희가 짠 하고 나타났다.

연말에는 소희의 제자들 앞에서 오빠는 바이올린을 켜고, 나는 바구니에 담은 사탕을 소희의 제자들에게 팔았다. 그것은 부끄럽기도 하면서 설레는 이벤트였다. 소희를 따라 좁고 어두운 계단을 오르면 비밀의 장소가 나타났는데, 언니들은 그곳을 일일 찻집이라고 불렀다. 일일, 그 뜻이 무엇인지 몰랐지만, 찻집은 알았다. 언니들이 어린이가 마실 차는 이것밖에 없다며 율무차를 내주었다. 세상에 이것밖에 없어도 좋겠다고 생각할 만큼 맛있었던 율무차의 기억.

나는 지금 그날의 교정, 그날의 연못 앞에 서 있다. 소희가 내게 그랬듯 나도 남매에게 조리퐁 봉지를 쥐여 주며 말한다.

"뿌려 봐. 붕어들이 순식간에 나타날 거야. 저기 뒤에 못 받아먹는 새끼 붕어들한테도 던져줘야 해."

아들딸이 17살에 유학길을 떠나다 보니 돈이 너무 많이 들었기에 소희와 종웅은 집을 팔고 이사해야 했다. 대학가 원룸과 연구실에 들인 라꾸라꾸 간이침대가 그들에게 가능한 선택지였다. 돈을 벌고, 돈을 안 쓰고 자식의 비싼 학비를 대는 것만이 그 시절의 그들에게 설정된 목표였다. 삶의 낙이라 믿었던 날들이기도 했을 것이다.

오징어포, 장조림이 뉴욕으로 도착했다. 한번은 꽁꽁 얼린 김치찌개가 페덱스 익스프레스로 도착한 적도 있다. 소희는 자식에게 먹이고 싶은 것, 보낼 만한 것을 궁리하고, 포장한 음식을 상자 안에 넣었다가 빼기를 여러 번 했을 것이다. 어떻게 하면 무게를 줄이고, 어떻게 하면 녹거나 흘러내리지 않는지, 무슨 요일에 부치면 가장 빠르게 뉴욕에 도착하는지, 그 자잘한 요령이 소희의 또 다른 지식으로 쌓여갔다.

소희의 구체적인 희생과 사랑을 다 말하고 싶은데 그럴 수 없는 노릇이다. 쉼 없이 달리는 폭주 기차가 되어야만 했던 그녀에게도 종착역이 있다니 믿기지 않는다. 참 다행이 아닐 수 없다. 더 달릴 수 없을 만큼 달렸기 때문이다. 그녀의 성실, 최선, 모성으로 굴러간 직장의 마지막 근무 날에 나는 가장 큰 덕을 입은 자, 산 증인, 그런 타이틀로 은퇴식에서 마이크를 붙잡고 섰다. 소희는 명예교수직을 받았다. 종웅이 함께 하지 못했다. 마음이 너무 아프다는 것을 말하면 입만 아플 것이다.

"희야, 미래에는 아이들이 정말 중요해져."

50년 전, 소희에게 아동복지학을 전공하길 권하고 교수의 길을 걷게 해준 일등 공신은 종웅이었다. 아이는 낳으면 그냥 크는 거지, 그걸 왜 대학까지 가서 공부하느냐 하며, 돈 잘 버는 약사가 되라고 하시던 외할아버지와 종웅은 서로 매우 다른 남자였다. 외할아버지의 압박은 무용했고 호통은 허공에 흩어졌지만, 종웅의 조언은 소희의 마음 밭에 색다른 씨앗을 심게 했고, 그녀의 전 인생을 걸게 했다.

서귀포의 산방산은 옥황상제가 한라산의 꼭대기를 날려버려 저만치 뚝 떨어져 박힌 산이라는 설화가 있다. 한라산과 한 몸인 줄 알고 살다가 날벼락처럼 홀몸 처지가 된 것이다. 갑자기 혼자가 된 산은 어이없고, 당혹스럽고, 외롭고, 두려웠을 것이다. 그러나 지금의 산방산의 자태는 말할 수 없을 만큼 아름답다. 우리는 각자 산방산 같은 아름다운 전설이 될 수 있을까. 우리는 언제든지, 얼마든지 별안간 혼자가 되어 버릴 수 있다. 뉴스와 주변에도 그런 이야기는 두려울 정도로 수두룩하다.

　　소희는 산방산이 되었다. 서귀포는 그녀가 마지막 삶의 터전으로 고른 곳이다. 한 번도 뵌 적 없는 시어머니의 고향이기도 하다. 이제 혼자서 걷는다. 영화계에 '걷는 남자' 하정우가 있다면 서귀포에는 '걷는 소희'가 있다. 바람이 불면 바람막이를 걸치고, 비가 오면 우비를 입고, 눈이 오면 모자를 뒤집어쓰고, 산에 오를 때는 스틱을 들고 집을 나서는 소희를 매일 볼 수 있다. 소희는 병원 예약이 10시라면 8시에 이미 집을 나선다. 서귀포의 지인들은 운전하다가 발견되는 소희의 위치를 내게 카톡으로 알려온다.

　　"말도 안 돼, 어머니가 여기까지 걸으셨어!"

　　내게는 말이 된다. 그녀가 인생을 어떻게 걸어왔는지 아니까. 나는 소희가 왜 그렇게 열심히 걷는지 안다. 늙어가는 자기 몸과 뇌가 자신을 돌보게 될 딸에게 고통을 줄 만큼 낡아지지 않길 바라기 때문이다.

종웅에게 소희를 잘 돌보겠다고 약속했었다. 그런데 그녀를 잘 돌보는 날이 있고, 전혀 그렇지 못한 날도 있다. 그녀가 자신을 잘 돌보고 있기도 하지만, 내가 나를 돌보는 일에 더 바쁘기 때문이다.

자녀가 있는 사람이 자신을 돌보는 것은 결국 자녀를 위한 길이다. 소희는 치매 따위는 걸리지 않고 건강해서 내게 걱정을 끼치지 않을 작정을 하고 있다. 나는 건강해서 최대한 남매를 키워내려고 하고.

사랑의 지분은 언제나 공평하지 않다.

사랑이 자꾸만 아래로 흐르는 시절이다.

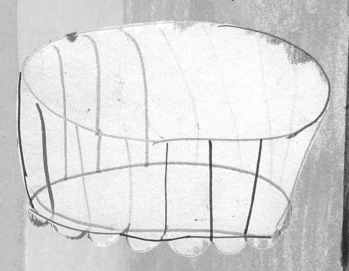

2부

영리한 어른과
엉망인 어른 사이

적합한 행보

이 문제가 평생
나를 쫓아다니겠구나

압구정동 오렌지족에 대한 이슈가 대단했던 때는 내가 20대
를 보낸 시절과 정확하게 일치한다. 뉴욕에서 패션을 전공하
는 유학생이었던 내가 어쩌다 한번 압구정동에서 놀았다고
말해도 다 나를 오렌지족이었다고 생각했을지도 모른다. 모
두가 오렌지족에 대해 모르면서 오렌지족 이야기를 하던 시
절이었다. 오렌지족을 궁금해하거나, 오렌지족으로 분류되면
화를 내거나, 오렌지족과 놀고 싶거나, 아니면 이유 없이 그
들을 욕하고 싶어 하던 시절이었다. 실제로 오렌지족이 어떻
게 생기고, 어떤 종류의 사람들인지 정확하게 구분해 내는

사람이 있었을까. 구분된 그 사람들이 과연 다 오렌지족이었을까?

내가 유학 중 방학을 맞아 한국에 나오면 압구정 지하철역에서 내릴 일은 거의 없었다. 집이 강북이었는데, 어쩌다 압구정동에서 약속이 잡히면 옥수역을 넘어갈 때부터 심장이 막 두근거렸다. 놀다 오는 건데 집에 돌아올 때의 몸은 10시간 홀서빙을 막 끝낸 파김치 행색의 알바생처럼 지하철에 실려있었다. 저 세상 몸매와 눈 돌아가게 근사한 착장을 관찰하는 일은 재미있는 일이었지만, 에너지와 영감을 받기보다는 기가 빨리는 일에 훨씬 가까웠다. 아무도 나를 보지 않는데도 자꾸만 내 몸과 옷을 신경 쓰게 되는 일은 스스로 몹시 민망해지는 일이기도 했다.

혼자서 남대문 시장과 동대문 시장 구경을 자주 갔다. 압구정동보다 사람들이 더 미어터져도, 혼자서만 옷을 구경하고, 입고 싶은 옷을 봉다리에 담아 오는 일은 아예 달콤한 휴식처럼 느껴질 정도였다. 나는 앞으로 어떡하지? 내가 패션을 공부하는 사람인데, 패션의 최첨단을 달리는 압구정동, 청담동의 피플과 그 동네 분위기가 나랑 너무 안 맞아서 어쩌지.

압구정동과 뉴욕은 둘 다 패션의 성지였지만 내겐 서로 다른 성격의 피로함을 지닌 도시였다. 소희와 종웅은 학생을 가르쳐서 받은 월급과, 강의 의뢰와 원고 청탁을 닥치는 대로 수락해서 번 돈을 바리바리 내게 보냈다. 내게 무엇이 되라고 한 번도 말 한 적 없는 사람이 번 돈으로 나는 뉴욕과 이탈리아에서 패션 학교에 다녔다. 딸이 스스로 발 담근 분야를 전적으로 신뢰한 사람이 보내주는 돈, 그분들의 시간과 땀이 몽땅 스민 돈으로 패션을 공부했으니, 나는 어쩔 수 없이 꼭 패션의 일을 해야 하나 보다, 하고 생각했다.

그로 인해 일정 부분에선 항상 겁을 집어먹고 있었던 것 같다. 아름답고 독특한 것을 좋아하고, 그것을 공부하는 것에 재미를 느끼고 있었지만, 이 화려한 패션 세계에서 느끼는 이질감과 민망함이 불편했다. 이 세계에서 재능을 펼치고 훨훨 날고 싶은 생각조차 든 적이 한 번도 없다. 큰일!

늘 도망칠 궁리를 했으면서도 도망가지 못했다. 그 외의 다른 길, 다른 방도가 없었다. 아름답고 독특한 것을 보면 행복해서 이 세계에 있고 싶었다. 패션을 공부한 사람들이 다 압구정동과 청담동에서 일하지 않는다는 명징한 사실이 나에게 종종 위로가 되었다. 나라는 사람과, 내가 하는 공부와, 내가 몸담을 미래의 직업과, 내가 살게 될 세상을 일치시키는 것은 아마도 내 평생의 필사적 과제가 되겠구나. 이 문제가 평생 나를 쫓아다니겠구나. 이런 생각을 자주 했다.

나에게 적합한 행보를 찾을 필요가 있다. 호기심으로 좇은 공부와 밥벌이를 해내야 할 직업 사이에서 그 괴리를 줄이는 방법을 찾고, 이질감과 민망함을 없애고, 숨통이 트일 방식을 무조건 찾아야 한다. 둘 다 해낸다면 더 좋을 일이었다.

닭을 못 먹는 내가, 세상 사람들이 모두 닭을 뜯고 맛보고 즐긴다는 이유로 떠밀려 닭을 먹을 수는 없는 노릇이다. 모두가 닭을 먹는 자리에 동석해서 어울리더라도 닭을 제외하고 내가 먹을 만한 것을 따로 주문해야 한다. 누가 시키지 않아도 내가 나에게 내주고, 내가 풀어야 할 숙제란 늘 있기 마련이다.

나는 내가 만들어 판매하는 것들을 다 좋아했다. 내 마음에 드는 내 취향의 것만 만들기 때문에 그랬다. 돌아보건대 많이 파는 것을 바란 적도 없다. 나랑 비슷한 취향을 가진 극소수의 고객이 남고 그들이 단골이 되어가는 것이 내 마음에 더 드는 일이었다. 다만 "나의 물건은 실용적이면서 동시에 예쁘기도 하다"고 고객에게 말을 거는 일은 이상할 정도로 매번 부끄러웠다. 내가 배운 것들로 돈을 벌어 쌀을 사고, 차에 기름을 넣고, 사무실 월세를 내면서 앞가림을 해나가는 것이 말도 못 하게 자랑스러웠으면서, 남에게 무엇을 자꾸만 소비하라고 권하는 일과, 저번 제품도 좋고 이번 제품도 좋다고 말해야 하는 일은 좀처럼 적응이 안 됐다. 어떻게 내 제품은 계속 좋을 수 있지? 돈을 많이 번 날이나 아주 못 번 날에도 매번 같은 생각이 들었다. 다른 상인들도 나같은 생각을 하는 걸까 늘 궁금했다.

소희는 내가 너무 우아하게 장사하려고 해서 그렇다는 말을 자주 했다. 배가 덜 고파서 그렇다고 한 적도 있다. 늘 직설적인 말을 잘하는 소희였다.

'팔고 싶어.'와 '팔기 싫어.' 사이의 갈등은 20년 가까이 징하게 이어진다. 아니, 어떻게 실용적이고 멋까지 있는 것이 끊임없이 나와. 나도 매달 옷 안 사는데, 왜 내 고객들은 그렇게 해주길 바라지. 이 모든 옷과 가방이 당신을 행복하게 해줘요? 이렇게 물어보고 싶기까지 했다. 나는 장사에 적합하지 않은 사람이면서도 장사를 계속하는 사람이었다. 나는 예쁜 것들이 너무 좋아서 예쁜 걸 만드는 사람이었는데, 이 예쁜 것을 사라고 말하는 것이 너무도 싫은 사람이기도 했다.

그래도 이 업계에 몸을 담았으니 일단 잘해 나가야 한다. 그런데 이게 잘 팔리면 신이 나고, 안 팔리면 또 고통스럽

다. '아, 나는 정말 이 일과 잘 안 맞는 사람'이라며 백날 똑같
은 고민을 하면 가족들은 어처구니없다며 백날 웃었다.

"네가 무슨 말을 하는지는 알겠지만, 사업하는 사람이
다 너 같은 고민을 하지 않아. 사업하는 사람은 물건을 만들
고 파는 사람이야."

소희와 남편은 당연한 것을 친절히 알려주었다. 정말 귀
찮았을 것이다.

"게다가 사업하는 사람은 쭉 팔아야만 하는 사람이야."

나는 이런 말을 들으면 사실 바보처럼 마음이 평안해졌
다. 다음 달에 또 팔아도 된다는 허락을 얻어낸 것처럼. 이
말을 늘 듣고 싶어했는지도 모른다.

적어도 나는, 내가 실제로 입을 옷을 만들고 팔았기에
몇 해가 지나도 그 옷을 입고 있다. 내가 착용하지도 않을 옷
을 딱 그때만 팔고 없애거나, 고객은 내가 판 옷을 입고, 나
는 팔아서 번 돈으로 고가의 명품 옷을 사는 일은 없다. 이런
사실들은 나를 좀 편안하게 한다. 일 년에 열 번 정도만 작업
하자는 원칙을 세우고, 이 방식을 고수한 것도 이런 미치광
이 내적 갈등을 해결하기 위한 방식이었던 것 같다. 끝도 없
는 소비를 조장하는 사업가가 내 정체성의 일부라면 파는

간격이라도 좀 두어서 안심하고 싶었나 보다. 직업을 통해서 자식을 먹이고 키울 수 있게 된 것에도 감사한 마음을 갖고 있다. 돈은 가계 운영과 양육의 큰 동력이기 때문에 직업은 돈이 되어야 한다. 직업적 딜레마를 달래가면서 지속하는 힘을 키우는 수밖에 없다.

직업이 있다는 것은 이토록 감사할 일이면서 동시에 더없이 쓸쓸하다. 성격에 맞지 않는 부분과 겁 나는 부분을 자꾸만 발견하게 되는 직업의 세계는 춥다. 그러면서도 그 추운 곳을 떠날 수가 없다. 그 줄다리기의 힘겨움을 뚫는 것이 모든 직업의 하이라이트 파트일 것이다. 특별히 화려한 것들을 많이 보게 되고 물욕이 팔팔 끓어오르는 옷의 세계에서 일하다 보면 내면을 동시에 매만지지 않는 이상, 좀처럼 오래 견디기 힘들다는 것을 알게 된다. 반드시 직업 밖에서 정신적인 즐거움을 얻어야 한다. 긴장을 풀고 헐렁해질 수 있는 것들을 적극적으로 만나고, 거기에서 오는 좋은 기운을 꽉 꽉 채워서 다시 일터로 돌아가는 것이다.

직업은 결국 누군가를 돕게 되어 있다. 누군가가 나의 직업으로 어떤 물질적, 정신적, 육체적, 미적 이로움을 얻었다면 그것으로 되었다고 끝없이 나를 칭찬해 주는 것도 몹시 중요하다. 이제 갈등을 멈추어야 할 때이다.

내 딸 이름 '루디아'는 성경에 딱 한 줄 등장하는 여인의 이름이다. 당시에 값비싼 자색 옷감을 파는 신앙심 좋은 여자 상인이었다. 옷을 만드는 나를 염두에 두고 소희가 손녀에게 지어준 이름이다. 내 딸이 나와 같은 직업을 갖게 될지 알 수 없다. 어떤 직업을 갖게 되더라도 일해서 먹고사는 일은 얼마나 골치가 아픈지, 또 일이 좋다면 자기만의 방법을 찾아내는 것이 왜 중요한지, 직업의 딜레마에 대해 딸에게 다 알려주고 싶은데 그런저런 것들을 내가 아는 데도 20년 넘게 걸렸다. 일하는 것과 먹고 사는 문제와 미래는 여전히 나에게도 오리무중이다.

림프 순환에는 어떤 오일로 마사지해야 좋은지, 장미는 어떤 흙에 심어야 잘 자라는지, 끈적이는 스티커는 뭘로 말끔히 제거할 수 있는지, 그릭 요거트를 어떻게 먹어야 안 질리는지 이런 방법들을 딸에게 더 알려주고 싶다.

소희는 얼마 전에 파프리카는 바닥 면의 뽈록뽈록 튀어나온 부분이 3개가 아닌 4개짜리를 골라야 한다고 알려줬다. 그래서 나와 남매는 파프리카를 고를 때 일일이 뒤집어

보고 꼭 4개짜리 뽈록뽈록을 찾는다. 40년 교수 생활을 끝
낸 소희는 결국 이런 지식을 알려주며 아주 기뻐하고 있다.

자질구레한 걱정

걱정과 싸우는 방법을
모르는 사람은 단명한다

"있잖아, 겨울용 부츠로는 노란색이 잘 안 나와. 잘 안 팔아. 혹시 없어도 속상해하지 말고, 없으면 그다음으로 좋아하는 핑크색으로 사자. 알았지?"

어렸을 때 딸이 노란색이 좋다면서 한겨울에 꼭 노란색 부츠를 사야겠다고 한 적이 있었다. 겨울에 노란 부츠가 웬 말. 부츠 사러 갈 요일만 기다리던 터라, 만약 없다면 딸이 실망할 것 같았다. 당연히 안 팔 줄 알았으니까 미리 당부해 둔 건데, 아, 그런데 노란색 부츠를 팔고 있었다.

"엄마, 이거 봐, 있잖아. 엄마는 걱정을 너무 많이 해서 탈이야."

딸은 노란색 부츠는 놔두고 다른 색 부츠를, 심지어 다른 종류의 부츠들을 꼼꼼히 살펴보러 떠났다. 마음이란 얼마든지 바뀐다면서 나비같이 가벼운 몸짓으로 매장 안을 누볐다. 맞다. 나는 자꾸 걱정을 사서 한다.

옛날에는 안 그랬던 것 같은데 점점 온갖 걱정을 사서 하고 있다. 돌발 상황에 자꾸만 대비 태세를 갖추려 든다. 돌발은 말 그대로 돌발, 변수는 말 그대로 무한대이니 상상을 죄다 할 수도 없는데 말이다. 그렇다면 나는 하나라도 겨우 떠오른 그 걱정거리를 열심히 걱정한다. 통장 잔고에 돈이 있고 없고의 문제가 아니고, 췌장에 암이 있고 없고의 문제도 아닌데, 백화점에 노란색 부츠가 있고 없고까지 걱정하면 인생이 피곤할 수밖에 없다. 부츠 재고를 걱정했다고 대단히 심각한 탈이 나는 것은 아니지만, 이런 종류의 걱정은 분위기를 깨는 데 한몫한다. 어린이는 밥보다 기대를 먹고 큰다. 초대받은 친구의 집에 갈 기대, 생일에 받을 선물 기대, 주말에 외식할 기대가 어린이를 즐겁게 살게 한다. 걱정으로 종종 어린이의 기대에 초를 치는 엄마가 돼버린다.

지금, 이 순간이 다 지나가지도 않았는데 자주 미래에

미리 가 있곤 한다. 뜻한 대로 잘 안됐을 상황의 대안도 좀 생각해 두고, 그때 느껴질 감정마저 미리 상상하는 편이다. 자녀를 낳고 나니 이 작업을 두 배 세 배로 하고 있다. 아이들의 눈으로 보고 느낄 세계도 상상하게 되는 것이다. 노력하지 않아도 그냥 그렇게 오토매티컬리, 저절로 애가 써지는 마음은 사랑이라는 단어로밖에 설명이 안된다. 어쩌자고 사랑은 이런 본질이 있어서 어린이의 미래에 먼저 가 있고, 어린이가 느낄 실망도 미리 해 보는지. 내 실망도 도무지 어쩌지 못하는 날들인데 말이다.

하지만 준비해둔 대안은 언제나 쓰일 일이 거의 없다. 실망하는 상황이 종종 발생하지만, 기억도 없이 다 사라진다. 이것 또한 걱정의 본질 중 하나일 것이다.

괜한 걱정을 했네 싶은 상황과 걱정의 효율 없음을 숱하게 반복하고 확인하며 살지만, 나는 여전히 별별 걱정을 그만두지는 못하겠다. 이런 자세가 지금까지 내 세상을 견고하고 안전하게 만들어줬다고 믿기 때문일까. 안전보다 내게 큰 평안은 없어서 안전을 해칠 만한 것들에 대비하는 자세로 자꾸만 산다. 나도 안다. 퍽 고단한 일이다.

어느 노벨 의학상 수상자가 말했다. 걱정과 싸우는 방법을 모르는 사람은 단명한다고. 프랑스 시인 랭보도 말했다.

자질구레한 걱정 탓으로 인생을 망쳐버렸다고. 잠자는 동안
에도 돈이 들어오는 방법을 찾아내지 못한다면, 당신은 죽
을 때까지 일해야 한다고 했던 워렌 버핏의 말을 읽었을 때
생각했다. 걱정을 누그러트릴 나만의 방법을 찾아내지 못한
다면, 죽을 때까지 걱정해야 할 거라고.

　　자잘한 걱정거리들로 하루의 수다를 몽땅 채울 수 있지
만 나는 또 빠르게 낙관주의자가 되기도 한다. "너는 걱정이
많아서 탈이야."라고 누가 대놓고 말해주면 나는 즉각 수용
한다.
　　"에이, 엄마 걱정하지 마. 그런 게 어딨어."
　　나보다 서른다섯 살이나 어린 딸의 말도, 이미 세상에서
사라진 현자들의 명언도 다 좋다. 그들은 괜찮아도 될 것 같
은 내 마음의 스위치를 탁 켜준다. 나는 상습적으로 걱정하
는 사람이지만, 걱정 안 해도 된다고 말해주는 책, 영화, 노
래, 가족의 말에 기대어 잘 살아가는 사람이기도 하다. 혼자
서는 영 안 되는 사람이란 얘기이다.

　　남매는 내가 웃겨주는 개그 한 방으로 학교에서 있었던
사건에서 느낀 억울함과 민망함, 또래에게 삐쳤던 마음, 선
생님 앞에서의 부끄러움을 훌훌 털어낸다. 다른 곳에서 했으

면 (하지도 않겠지만) 바로 망했을 내 유머와 몸 개그는 남매에게만 통한다. 어린이의 비판 없는 웃음을 보면 나는 내일도 모레도 막춤 따위와 개그를 막 시전하고 싶어진다. 나는 정말 웃긴 엄마가 되는 것이 좋다. 개그란 원래가 어렵기 때문이다. 남매는 피곤해지면, 슬프면, 아프면, 억울하면, 말하기 싫기는 한데 왠지 말하고 싶은 복잡한 느낌이 들면 나에게 온다. 마주 보고 앉아서 대화를 좀 나누고, 눈도 좀 마주치고, 살도 적당히 부비부비하고 나면 남매는 제 자리로, 학교로, 친구에게 돌아간다. 어린이가 성장할수록 아무리 좋은 어른이라도 어린이가 어울려 놀고 싶은 또래 집단을 대신하기는 어렵다. 내가 대신해 줄 수 없는 미래의 그때가 벌써 슬퍼지고 그리울 것 같다며, 또! 미리 걱정하고 있다. 적어도 가까운 시일은 아닐 것이므로 당장 할 수 있는 역할을 놓치지 말고 구석구석 잘하자고, 빠르게 또 마음을 먹는다. 걱정을 꽤 하고 낙관도 꾸준히 하는 방식으로 나는 오늘을 또 내일로, 내일을 모레로 옮긴다.

어린이에게도 슬럼프와 걱정을 이겨내는 자신만의 방법이 꼭 있어야 한다. 그리고 어린이의 안전을 진심으로 걱정하는 단 한 명의 어른이라도 동시대를 같이 살아줘야 한다. 바로 그 어른이 유통기한이 없는 치유의 방울이 될 수 있기 때문이다.

어른의 자리에 오기까지 그 마법 같은 치유의 한 방울을 찾으려고 오랜 시간, 여기저기, 이 사람 저 사람을 헤집고 다녔던 터다. 과거에 내가 무엇으로 그 많은 외상과 내상들을 치명상이 되지 않도록 소독하고 치유하며 살아왔는지 기억이 안 난다. 그저 시간이 흐른 덕에 해결되었다고 생각한다. 부모님이 해결해 준 기억도 없다. 그러나 한편으로는 부모님을 믿고 내가 안전 속에 거했다는 어떤 느낌이 내 안 어디선가 웅웅거린다. 떠났다가 돌아오고 다시 떠나도 될 것 같은 안전한 느낌, 삶을 이대로 계속 전진시켜도 될 것 같은 느낌, 망해도 칭찬받는 무한 지지의 느낌 같은 것 말이다.

사람이 가장 오랜 시간을 들여 하는 것은 아무래도 걱정을 견디는 일일 것이다. 걱정되는 시절을 견디고 무사히 통과하려면 서로에게 서로가 몹시도 필요하다.

건강왕

아프면
이젠 부끄럽다

남매가 편의점에서 컵라면을 맛있게 먹고 있다.

"엄마도 먹고 싶어?"

"응."

"근데 왜 안 먹어?"

"그냥."

"사실 난 엄마가 왜 안 먹는지 아는데."

"?"

"건강해지려고 그러는 거지?"

"오, 맞아."

"내가 어떻게 알았는지 알아?"

"어떻게 알았어?"

"엄마가 너무 힘들어 보이니까, 알지."

"아…"

아이도 안다. 내 전반적인 상태가 보기에도 맛이 갔다는 걸. 저 사람이 지금 스스로 몸을 아끼는 중이라는 것을 다 알아본다.

아이는 춥고, 뜨겁고, 졸리고, 배가 아프고, 똥꼬가 간지럽고 따갑고 등등 자신의 이상해진 몸을 스스로 잘 발견한다. 그리고 꼭 나에게 와서 자신의 현재 몸 상태가 얼마만큼 심각한지, 안전한지를 즉각 확인하고는 아픈 것은 아프지 않게 만들어 달라고 적극적으로 요구한다. 얼마나 현명한지! 아이는 자기 몸을 잘 관찰하는 것을 넘어서서 적극적으로 자신을 돌볼 줄 아는 사람이다.

어른은 자기 몸은 제대로 돌보지 않으면서, 아이에게는 이불을 덮고 자야지, 반찬을 골고루 먹어야지, 물은 천천히 마셔야지, 집에 돌아오자마자 가글을 하는 게 좋아, 10시에서 2시 사이에는 꼭 잠들어 있어야 해, 성장호르몬이 그때 나오거든, 그때 몸이 재생돼… 등등 온갖 조언을 하며 잘난 척만 한다. 자주 어지럽고, 손목이 욱신거리고, 잠이 오지 않고, 간헐적으로 허리와 어깨가 아팠는데도 늘 좀 더 두고 보기로 하다가 종국에는 망한 어른이 말이다.

처음 허리랑 어깨가 몇 달 간격으로 반복해서 아팠지만, 허리랑 어깨는 죽을병으로 번질 위치는 아니라서 일단 내버려 두었다. 끊임없이 신호를 보내는 몸에게 '괜찮아, 거긴 대단한 위치가 아니야, 시간이 약일 수 있어.'라며 달래기만 했다. 분명히 '피곤하다, 아프다.'를 입에 달고 살면서 자기를 자꾸 방치한 어른이 된 것 같아서 아프면 이젠 부끄럽다.

잊을 만하면 심한 몸살을 꼭 한 번씩 앓고 간다. 어른이 아픈 이유는 두 가지밖에 없다. 너무 부지런해서 아프고, 또 너무 게을러서 아프다. 일에는 부지런하고, 건강 유지에는 게으른 것이다. 남매가 등교한 후에, 딸아이의 친구 엄마가 소고기뭇국, 잡곡밥, 반찬 몇 개가 담긴 쇼핑백을 건네주고 갔다. 나에게 밥 하지 말고, 어서 이것만 먹고 다시 푹 자라고 하며 서둘러 갔다. 손만 쑥 넣은 현관문 틈은 배려의 거리였다. 갖다준 소고기뭇국을 평소보다 더 오래 뜨겁게 데우고 잡곡밥을 한 그릇 다 먹고 약도 챙겨 먹었다. 약을 먹기 위해 먹는 한 끼라도 혼자 차려 먹지 않게 대신 챙겨 주고 싶은 마음은 아이를 두고 아파본 사람은 다 안다. 동병상련의 마음. 밥 먹은 힘으로 겨우 내 몸을 질질질 끌고 주사든 링거든 뭐든 맞으러 갔다. 아픈 지 열흘쯤 되어가는 걸까. 날짜도 모르겠다. 잘 살아가다가 죽을 듯 한 번씩 앓을 때 비로소 시간도 계획도 나도 멈춘다. 의사 선생님 앞에서 죽어가는 목소리로 말했다.

"선생님, 제가 지금 진짜 아프면 안 되는 때거든요. 지금이 저한테 진짜 중요한 때라…."
"아파도 되는 때는 없습니다. 그리고 안 중요한 때도 없습니다."

심한 몸살을 앓을 땐 엄마 아빠 없이 뉴욕에서 청소년기를 보냈던 유학 시절이 꼭 떠오른다. 한눈 안 팔고, 나쁜 일탈에 빠지지 않고, 열심히 공부하고, 그림만 그리던 나는 정말 착한 유학생이었다. 그러나 한 학기 끝나면 하나의 성대한 의식처럼 꼭 앓았다. 홀가분하고 자유롭게 펄펄 아팠다는 말이 맞을 정도로 학기가 시작하면 열심히 달리고 방학의 시작과 함께 정신이 혼미해질 만큼 아프기만 했다.
타국에서 엄마 없이 혼자 지낼 때 아프면 안 된다는 걸 어린 나이에 너무 잘 알아서 학기 중엔 정신력으로 이기는 싸움을 했고, 방학이 시작되면 '자, 한번 앓고 갈게요.' 했다. 청소년기 그리고 그때 내 곁에 '엄마 없음'은 일종의 전투 같았다. 공부와 살림으로 여러모로 외롭고 고단한 시절이었다.

이제는 함부로 아파도 안 되는 엄마 사람이 되었다. 내 집만큼 아무것도 하지 않고 지내도 되는 곳이 없으면서, 또 아무것도 안 할 수 없는 곳도 내 집이다. 엄마가 되면 방학마저 없다. 중년은 견디는 일과 책임지는 일이 그냥 하드코어 수준으로 레벨업 된다.

살면서 아픈 날이 왜 없겠는가. 몸과 마음이 아프기와 회복하기를 반복하는 것이 인간의 일생 같다. 참 지겹도록 반복하는데도 아픈 상황을 맞이하는 일은 좀처럼 단련되지 않는다. 빨리 아프고 빨리 낫는 수밖에. 근처 사는 지인들의 마음 써줌과, 일하다 틈틈이 걸려 오는 남편의 안부 전화와, 엄마를 배려해서 조용조용 둘이 잘 노는 남매의 모습에 힘입어, '이번에 나으면 진짜 건강왕이 될 거야.' 하는 다짐으로, 한 번씩 찾아오는 '앓고 갈게요!'의 날들을 맞이한다. 아프고 나면 멀쩡한 몸과 일상에 대한 애정이 쑥쑥 자란다.

남매가 다니는 학교에는 아침마다 손주를 등교시키는 할아버지가 있다. 손주의 엄마 아빠는 둘 다 교사라고 했다.

폭염 뉴스가 전해진 아침, 눈이나 비가 오는 아침, 매일매일 손주 손을 잡고, 한쪽 어깨에는 손주 가방을 걸치고 천천히 걸으며 학교에 온다. 나는 거의 매일 할아버지와 손주를 마주치는데 이상하게 뭔가 숭고한 느낌이 든다. 아침에 등교를 챙기는 업무는 몸살 중에도 해야 하고, 날씨가 별로이고 기분마저 괜히 별로인 날도 해야 한다. 아이가 옷 입고 나도 옷 입고, 아이가 먹고 나도 먹고, 아이가 가방을 챙기면 나도 가방을 챙기고, 내 몸뚱이만 멀쩡한지 돌아보는 것이 아니라, 2인분 3인분을 점검해야 한다.

남매의 등하교 업무는 특별한 일이다. 전날의 미국 증권 시장을 확인해야 해서 새벽에 일터로 나가는 남편은 절대로 할 수 없는 일이다. 나 역시 워킹맘이지만 남매의 등하교는 나의 모든 스케줄 중 가장 센터에 자리 잡으며 기준을 담당한다. 일단 우리 가정에서 나만 할 수 있는 일이란 생각이 든 후, 등하교 업무를 일찌감치 축복의 시간이라 정해버렸다. 애초에 귀찮거나 싫은 적도 없었지만 이젠 이 시간이 진심으로 좋다. 할아버지에게서도 그러한 뿌듯함과 기쁨과 헌신이 고스란히 보인다. 동창회, 등산, 병원 예약 등 할아버지의 모든 스케줄도 손주의 등하교 챙김을 기준으로 조정되고 움직일 게 분명하다.

꽤 회복된 몸을 일으켜 남매를 학교에 보내고 식은땀을 살살 날려주는 바람을 맞으며 혼자 집으로 걷는데, 남매가 자주 가는 놀이터에서 미끄럼틀에 페인트를 칠하고 있는 아저씨가 눈에 들어왔다. 미끄럼틀을 뱅뱅 돌며 아주 정성을 다해 칠을 하고 있다. 그를 멀찌감치 서서 바라보는데 이상하게 고마운 감정이 불쑥 든다. 오전 8시를 겨우 넘긴 시간, 동이 트고 각자의 일을 시작한 사람들. 그들을 보니 기분이 좋아진다.

너무 아픈 사랑은 사랑이 아니라는 말이 있듯, 너무 아픈 몸은 내 몸이 아니다. 건강은 결국 삶의 가능성에 대한 기대이다. 제대로 작동하는 몸을 중차대한 목표로 삼고 있다. 현재 무럭무럭 자라는 남매랑 즐겁게 사는 것만큼 내게 좋은 것은 없다.

아파도 되는 때란 없고, 중요하지 않은 날이 없는 지금, 아무쪼록 늘 건강하기로 한다.

특별하게 무계획

일하기 싫은 마음 반,
그만두고 싶은 마음도 반

코로나 사태로 오랫동안 함께했던 거래처 사장님이 폐업했다. 그분이 없으면 나는 일할 수가 없다. 그분을 대체할 곳을 알지 못했다. 또 다른 한 거래처의 사장님은, 최장수 거래처로 거의 15년을 함께했는데, 나의 주문량이 갈수록 적어져서 일이 효율적이지 못하다는 이유로 조심스럽게 거래 종료를 요청했다. 하나도 못 팔던 나에서 출발해서 너무 잘 팔던 나를 거쳐, 이제는 못 팔 때도 잘 팔 때도 있는 아슬아슬한 내가 되었다. 효율을 세상 무엇보다 중요하게 여기는 나는 사장님의 말이 너무나 맞아서 할 말이 없었다. 그 사장님에

게 "그동안 감사했어요."라는 말밖에 하지 못하고 그 공장과
의 15년 인연을 유선으로 정리했다. 충격이 컸다. 하지만 일
이 손에 잡히지 않는 시기이기도 했고, 일하기 싫은 마음 반,
그만두고 싶은 마음도 반 있었다. 돈을 못 버는 이유에 대한
핑계를 대기 좋은 것으로는 코로나 시대만 한 것도 없었다.
슬픈 일이다. 결국 나는 자의 반, 코로나의 반으로 한동안 일
을 거의 안 했다. 안 한 건지 못 한 건지 모르겠다.

팔지 않을 때, 팔 것이 없을 때 나는 계속 행복해한다. 그
런데 팔 때가 다가오면 몸과 마음이 슬금슬금 이상하다. 옛
날의 생활과 비교하면, 내가 할 수 있는 능력보다 분명 적게
일하고 있으며, 더 많이 팔 수 있을 것 같은 물건도 판매를
바로 종료해 버리기도 한다. 일종의 무기력인가 하고 의심해
보기도 하고.

일하고 싶은 마음의 정도가 줄어든 건 확실하다. 늘 내
마음속에는 어떻게 하면 일을 줄일 수 있는지, 어떻게 하면
좀 가만히 있는 시간을 획득할 수 있는지가, 지속되는 초미
의 관심사이다. 그러면서도 자녀를 둔 어른으로서 밥벌이를
멈출 수 없으니 올해는 어떻게 해야 하나, 내년엔 어떻게 해
야 하나, 답도 없는 고민을 계속한다.

나는 뭔가 아귀가 딱딱 맞아떨어지지 않는 허술한 상태
가 좋다. 그런 좀 흐트러진 상태에서 안정감을 느낀다. 실상
은 정확하고 질서 있는 것을 원하지만 그것을 추구하는 과
정의 정신 상태가 너무 힘겨워서, 내 안에서 보호 작용으로
발현되는 방어 기제가 아닌가 싶다. 그래서 좀 대충 살려고
많이 노력한다. 실제로 새로 산 옷에 실밥이 많이 달려 있어
도 오케이, 방금 택배로 온 물건에 흠집이 있어도 오케이, 치
수가 조금 작거나 커도 오케이 하며, 교환을 요청하거나 따
지려 하지 않는다. 지금도 교환, 환불과는 거리가 먼 삶을 살
고 있다. 배송받은 옷이 이상하면 그냥 수선하고, 제품이 잘
작동하지 않으면 그냥 "별로네." 해버린다. 심지어 사은품이
나 뭔가 부속품이 빠진 채 배송이 되어도 대세에 지장이 없
으면 넘어간다. 개인적으로 이런 말랑말랑한 정신 상태가 갈
수록 삶에 큰 도움이 된다는 것을 느낀다. 나를 복잡하게 하
지 않고, 귀찮게 하지 않는 모든 것을 환영하게 된다.

우리 집에는 줄 맞춘 것과 각 잡은 패브릭이 하나도 없
다. 책들과 그릇이 적당히 대충 쌓여 있고, 테이블과 선반은
대부분 삐딱하게 놓여있다. 가구들이 벽에 붙어있지 않아서
섬처럼 둥둥 떠 있는 꼴이다. 질서를 무시하고 죄다 어질러
져 있는 것 같지만, 나만 아는 질서 속에 모든 게 잘 놓여있

다. 정신없어 보이지만 질서가 있고, 불편해 보이는데 아늑함을 유지하기는 사실 무척 어렵다. 가장 좋아하는 취향의 상태를 누리려면 어쨌건 약간의 노력은 필요하다.

새집을 짓고 새롭게 살기 시작했지만, 집은 한 해도 빠짐없이 손 볼 곳이 나타났다. 큰돈과 적은 돈이 끊임없이 투자되었다. 돈을 모아서 깡그리 없애고 다시 만들고 싶은 곳도 당연히 보인다. 그러나 그런 일은 하지 않을 것이다. 자꾸 낡아지는 게 걱정되면서도 낡은 것이 아주 사라져 버리는 것은 또 싫은 마음 때문에. 사람의 마음이 이렇게 복잡하다.

계단 입구 벽에 그려진 남매의 키 표시는 처음에는 모두 똑같은 펜으로 체크를 했다. 체크를 하긴 하되, 외관상 너무 지저분하게 보이는 것은 또 살짝 싫었기 때문이다. 그러나 같은 펜이 같은 자리에 늘 놓여있을 리 없고, 아이들이 당장 키 재 달라고 하면 그 펜을 찾는 중에 남매는 연필, 사인펜, 볼펜, 굵은 매직 등 아무거나 막 들고 온다. 기대하지 않았을 뿐, 그때그때 주어진 대로 그려진 것은 그것대로 또 아름다운 모습을 만들어 냈다.

남매의 그림을 붙였다 떼기를 반복하다가 껍질처럼 홀라당 벗겨진 벽의 페인트, 옥희가 기지개를 켠 후 이쪽저쪽 문짝마다 박박 긁어 놓은 스크래치, 샛노랗던 해먹이 태풍과 햇빛을 맞아서 희끄무레한 살구색으로 변한 것도 어쩔 수 없다. 다 어쩔 수 없는 것이다.

생텍쥐페리는 소설 『인간의 대지』를 통해, 집이 경이로운 것은 집이 우리를 보호해 주거나 따뜻하게 해주기 때문이 아니고 나무 벤치의 벌어진 틈새 사이로 바로 이끼가 끼었기 때문이라고 했다. 시간의 때를 묻혀야 집은 비로소 경이로워진다고.

옛날 집에는 옛날이야기가 있듯이, 우리 집에는 우리만의 이야기가 있다. 남매가 어른이 되면 우리 집도 이제 옛날 집이 되고 옛날이야기를 품게 될 것이다. 어쩔 수 없었던 것들이 만들어 낸 것은 또 어떻게 아름답게 보일지, 그건 우리끼리만 알고 인정해도 괜찮은 일이다.

최고로 몸을 사리고 움츠러들었던 코로나 첫 1년이 지나가고, 코로나 두 번째 해가 시작하는 새해 첫날을 맞았을 때, 태어나 처음으로 특별한 계획을 세우지 않았다. 되는대로 (이렇게 말하면 좀 이상하고) 내게 주어지는 대로 일하고, 펼쳐지는 대로 살아야 할 테니 새해 계획이 뭐 필요한가 하는 생각이 든 것이다. 앞으로 몇 년은 그럴 것 같기도 해서 나는 무척 편안한 마음으로 무계획 새해를 맞았다. 영화 〈기생충〉에서도

특별하게 무계획

기택(송강호 역)은 살던 집이 홍수에 잠겨 온 가족이 체육관에서 지낼 때, 아들 기우에게 모든 일에 계획을 세우지 말라고 했다. 나는 이런 말을 접하면 행복해져서 웃는다. (나는 MBTI 유형에서 '계획 아니면 죽음을 달라'고 할 만큼 철저히 계획적인 J 유형이지만, 실제로는 J의 삶이 버겁고 벗어나고 싶은 것이다.)

행복은 온수가 안 나오다가 갑자기 나올 때, 변기가 막혔다가 뻥 뚫릴 때 느껴지는 기분 같은 것이다. 이런 어이없을 만큼 소소한 기쁨들만 생각하며 한 해를 보내 보련다. 책 볼 시간을 더 만드는 것, 걷는 것을 멈추지 않는 것, 그리고 꽃과 고양이를 다정하게 돌보는 것, 남매에게 많이 웃어주는 것. 나는 이 정도만 일단 나를 위한 새해 계획에 넣어둔다. 그런데 이건 늘 하던 것들이니, 하던 것만 해도 된다는 생각에 마음이 또 날아갈 것 같다.

새해 첫날, 소희는 꿀 몇 단지를 내게 가져다주었다. 작년에 귀한 인삼을 선물 받았는데, 먹기 좋게 또각또각 썰어서 꿀에 재어 두었으니 하나씩 건져 먹으라는 것이다. 나는 인삼이나 홍삼을 좋아하지 않는데, 이건 마음에 쏙 들었다. 젓가락으로 걸쭉한 꿀을 달고 나오는 인삼 조각 하나를 건져 먹으니 생각 외로 맛있다. 약이 될 것만 같은 향이 난다.

분명 몸에도 좋겠지. 아침에 인삼 한 알씩 건져 먹으며 스스로 말할 것이다.

"힘내, 나야. 새해잖아."

실패하는 돈 이야기

우리가 돈 때문에 때때로 미련하고,
속물스럽기는 하다

"병들 날을 대비해서 돈을 모으고, 낡은 장롱이나, 벽돌로 지은 은행에 넣어두려고 돈을 벌다가 병들고 만다."

소로는 그의 저서 『월든』에서 돈, 돈 하는 사람을 힐책했다. 책 여기저기에서 돈을 향한 소로의 냉정한 태도가 참 많이 나온다. 사실 우리가 돈 때문에 때때로 미련하고, 속물스럽기는 하다. 그럴 수밖에 없는 건 숨만 쉬어도 돈이 나간다는 세상에서 돈으로 해결되는 것들이 있고 일단 그건 돈으로 해결해야 하기 때문이다. 실제로 매달의 고정 비용은 정확하게 딱 숨만 쉬어도 나간다.

그러나 내게 돈을 생각하는 일은 가족을 생각하는 일이다. 돈을 벌고 모으고 싶다는 건 방패를 구하는 것과 다를 바가 없다. 가족이 아픔, 빈곤, 절망을 자신처럼 반복하지 않도록 자신의 모든 생을 걸고 방패를 찾는 사람들의 역사는 셀 수 없이 많았다. '내가 이렇게 희생했는데, 너는 나를 위해 뭘 해주겠느냐.'고 묻지 않는 사람들이 만든 역사이다. 자신은 하나도 힘들지 않다고 말하면서 실지로는 혼자 억수로 고생한다. 가족이 필요한 것이 없다고 했는데, 그래도 필요한 것이 있으면 꼭 말하라고 한다. 이미 많이 먹는 중인데, 계속 많이 먹으라고 한다. 이런 든든한 말들 속에서 많은 가족의 연대가 깨지지 않고 이어져 왔다.

같은 시간 속에 같이 살았으면서도 내가 종웅과 소희가 겪은 만큼, 아픔, 빈곤, 절망을 맛보지 못한 이유도 똑같다. 그들이 힘들다는 소리를 하지 않았기 때문이다. 남매를 낳고 기르고 있는 나도 그렇다. 내가 지금 좋아하는 세 가지 일을 하고 있다고 말할지언정 쓰리잡을 뛴다고 표현하지 않는 이유도 그와 같을 것이다. 고통을 내색하지 않는 것은 힘든 일이지만, 내색하는 것도 힘든 일이다.

뉴스를 접한 이래, 세계 경제는 한 번도 침체기가 아닌 날이 없었다. 작년은 미국발, 올해는 유럽발, 내년은 중국발 경제위기라고 한다. 돈이 충분해서 살만하다는 국민 여론은 한 번도 들어본 적이 없다. 인류는 한결같이 먹고살기가 힘들다. 우리 집 골목의 길고양이부터 세렝게티 평원의 치타까지, 지구상에서 먹고 사는 것이 힘들지 않은 생명체가 있을까.

소희는 결혼한 후 단 한 번도 풍족한 시절을 누려본 적이 없었다면서도 여전히 돈을 문제아 취급하지 않는다. 돈 벌기가 힘들어서, 돈을 갖는 게 지겨워서, 돈이 살짝만 더 있었으면 좋겠다는 소리를 하면 소희는 항상 말했다.

"돈으로 해결될 수 있는 것들이 세상에서 제일 쉬운 문제야. 돈으로도 해결할 수 없는 문제, 그게 진짜 무서운 문제지."

이 말을 수백 번 들었다. 맨 처음 들었을 때는 돈에 관련된 세상의 조언 중 유일한 진리로 삼고 싶을 만큼 위로가 되었다. 그래, 돈만 있으면 바로 해결될 문제가 문제 축에나 들겠어? 돈이 양동이로 넘쳐나도 해결되지 않는 것이 진짜 문제겠지.

지혜로 해결하라는 교과서적인 말은 하등의 위로가 안 된다. 지혜가 없어 종종거리는 것이 우리니까. 돈을 단순히 장롱 안에 넣어 두는 것을 목적으로 삼는 사람은 없다. 식비, 학원비, 대출, 병원비 등처럼 일단 돈으로 해결할 수 있는 문제들을 처치하기 위해 돈을 바란다. 그 문제라도 없애지 않으면 안 되기 때문에.

종웅은 돈 욕심이 없었고, 나도 돈 욕심이 없는 편 같은데 두 혈육 간의 다른 점은 종웅에겐 부럽게도 불안이 없었고, 나에겐 불행하게도 불안이 있다는 것이다. 내가 돈을 벌어야 한다고 생각할 때는 혹시라도 닥칠 비극들이 잘 해결될 수 있어야 한다는 강박적 사고가 발동할 때이다. 그 외에는 돈이 있어야 한다는 생각이 잘 들지 않는다. (돈이 있어서가 아니다. 돈이란 건 언제나 사람에게 없다고 여겨지는 것이니까.)

나는 종웅의 혈육답게 불안 없이 꽤 오래 잘 살아왔는데, 종웅이 사라진 후로 별안간 정신 상태가 이상해졌다. 사람이 별안간 펑 하고 사라질 수 있다는 사실을 알면서도 몰랐다. 그것은 상식이었지 실체가 아니었다. 이 경험은 얼마든지 그런 비슷한 일들이 또 있을 수 있다고 나를 극도로 겁박했다. 상상의 본질은 경계가 없다는 것. 비극의 영역은 상상의 날개를 달고 건강, 일, 자녀, 집, 교육, 수많은 카테고리로 확장된다. 중국 공장에서 날아오는 먼지 티끌부터 시작해서, 일본의 휴화산 폭발까지, 사소하면서 동시에 거대하고, 나와 무관하면서 기막힐 만큼 내 일처럼 여겨진다. 세상 모든 것들이 잠재적 비극을 안고 있었다.

나는 다시 종웅을 생각한다. 종웅은 태어나 숨 쉬는 동안 한 번도 부자인 적이 없었다. 그는 돈이 없어도 잘 살아갈 수 있는 비밀 병기를 갖고 있던 것은 아닐까. 종웅은 밖에서 채우는 것이 아니라, 안에서 채우는 사람 같았다. 스스로가 풍요롭게 채워진 사람의 태도에는 큰 위엄이 있었다. 돈 없는 위험이 아니라 돈 없는 위엄이라니. 나에게도 그런 위엄이 있었으면 좋겠다. 내 안 어딘가에도 종웅에게 물려받은 DNA가 있을 테니, 그것이 언제라도 튀어나와 잘 작동해 주기를. 이 기도로 24시간을 채울 수 있지만, 그 시간에 차라리 돈을 버는 것이 나을 것이다.

돈을 벌어봤고, 돈을 바닥이 날 만큼 잃어도 봤고, 돈을 써보기도 했지만, 돈을 '쓴다'는 행위만으로 행복하다고 느낀 적은 없다. 그렇다고 나는 '삶에는 돈보다 중요한 것이 더 많잖아요.'라는 말 따위를 하는 사람도 아니다. 나는 자본주의를 사랑하고 돈은 정말 어마어마하게 중요하니까. 세상에 돈보다 중요한 게 많다고 말하는 사람치고, 막상 큰돈을 가져본 사람을 나는 보지 못했다. 돈을 완전히 사랑할 수도, 완전히 외면할 수도 없는 세상이라서 돈 때문에 신나고, 돈 때문에 슬퍼서 돈을 향한 애증을 갖고 살아가는 중이다.

믿으려고 애쓰는 것은 있다. 돈은 절대 목적이 될 수 없고, 돈은 무조건 도구라고 믿는 것이다. 그런데 돈 벌기보다 어려운 것이 바로 이 '믿는다'는 행위이다. 남편이 담배 끊었다고 했는데 진짜 끊었나? 믿기. 모태 신앙인데 하나님은 정말 있는 걸까? 믿기. 이 사업을 하고 싶은데 잘 되는 것이 맞겠지? 믿기. 이렇게 치료받으면 정말 낫겠지? 믿기. 이렇게 영어 공부를 시키면 아이들이 영어를 잘하겠지? 믿기. 인간에겐 이런 믿는다는 행위가 가장 어렵다. 그러니 믿음도 노력해야 한다. 노력할 게 넘쳐나는 어른이다.

호미와 삽, 곡괭이, 드라이버 등 도구는 많을수록 좋다. 많으면 작업은 수월해진다. 그냥 도구만 갖고 있겠다고 난리치는 사람은 없다. 밭을 일구어 오이를 따는 것처럼, 도구를 사용해 이룰 수 있는 어떤 좋은 것, 어떤 가치 있는 목적을 찾아야 한다.

옥희는 하루에 츄르를 하나 주든 두 개 주든, 나를 더 좋아하지도 덜 좋아하지도 않는다. 늘 똑같은 태도를 유지한다. 나에게도 옥희 같은 면이 있다. 사정이 시궁창일 때, 나는 크게 요동치지 않는 모습으로 일상을 그냥 쭉 이어간다. 큰 돈을 잃었을 때 나는 가진 것을 잃었다고 생각하지 않는 편이다. 원래 내 돈이 아니었다. 애초에 없던 돈이다. 이렇게 생각해 버린다. 이상하게 큰돈에 의연해진다. 내 것이 아니면 얌전한 마음이 된다. 이런 내 태도는 사실 칭찬할 만하다. 요동치는 나를 보고 싶어 하는 가족은 없을 것이기 때문이다. 요동은 몰래 치고, 어서 빨리 할 일을 하는 편이 낫다.

가난은 시詩 안에서는 종종 아름답게 표현되지만, 집 안에서는 아름답지 않다. 내가 지금 돈을 생각하는 중이라면 여전히 가족을 생각하는 중일 것이다. 가족을 생각하는 중이라면 돈 생각이 따라올 것이다. 결국 둘 다 맨날 생각한다는 뜻이다.

돈 이야기는 늘 어렵다. 어쨌든 돈에는 형편없이 휘둘린다는 것이 결론이다. 돈에 대한 이야기만큼은 매끄럽게 잘 정리해 두고 싶은데, 매번 이렇게 실패하고 만다.

분명 내 짝

나는
잘못되지 않았다

『목적이 이끄는 삶』이라는 기독교 서적을 읽었을 때가 28살 무렵이었다. 그때는 지금의 남편과 만나다가 헤어졌던 시기였는데, 도저히 잊을 수가 없어서 오빠를 기다려 보기로 작정한 때였다. 의기소침이 아니라 의외로 매우 의기충천했었다. 기다릴 거라고 호기롭게 말을 던져 놓았기 때문이다. 기다린다고 했던 나의 말을 믿고서 오빠가 돌아왔는데, "뭐야, 안 기다렸네." 할까 봐서도 기다리는 것을 매우 잘해보기로 했었다. 일단 통보했다. 그의 대답이 "기다리지 마."였는지 아무 말도 안 했었는지는 지금은 기억이 가물가물하다. 기다려 달라는 대답이 아니었던 것만은 확실하다. 헤어지던 날, 구김 하나 없는 양복에, 어찌나 단호하고 강직한 뒷모습으로 멀어져 갔는지, 그 모습마저 멋져서 마음이 울렁거렸다. 한 주 정도는 심란해서 맥을 못 추었지만, 곧 정신을 차렸다.

다른 방법이 없네. 나는 앞으로 내가 할 일만 하면 되겠구나 싶었다. 물론 마음 밑바닥에 보고 싶은 마음, 슬픔 같은 울렁거림이 전혀 없진 않았다. 그렇지만 보고 싶어 하며, 슬퍼한들 어쩌겠는가. 안 보고 싶고, 슬프지 않은 것이 더 이상하다. 이런 생각을 할 만큼 나는 좀 현실적이고 이성적인 사람이기도 했다.

대학원 박사 과정에서는 내가 들어야 할 수업과 내가 가르쳐야 할 강의가 빡세고 벅찼다. 가끔 친구들과 오빠를 안주 삼아 술잔을 기울였다. 내 상황을 묘하게 잘 묘사하는 음악들만 선정해 틀어 놓고 여의도 증권가 하늘을 보며 주야 장천 들었다. 2층에 있었던 내 다락방에서는 어쩜 그렇게도 오빠가 일하는 여의도가 잘 보였는지 모르겠다. 맑은 날에는 한강이 잘 보여서 마음이 출렁거리고, 9월엔 불꽃놀이가 빵빵 터져서 여의도가 빛났고, 겨울에는 매서운 흰 눈이 날려 여의도가 추워 보였다. 불꽃놀이를 할 때는 바라던 미래가 올 거라는 희망에 취했는데, 눈보라가 창문을 더럽힐 때는 불안감이 휘몰아쳤다. 젊어서 감정이 구구절절했다. 여하튼 이런저런 업앤다운의 날들을 보내면서 기다리는 것만큼은 기막히게 잘했다. 목적이 참 분명했다. 저 사람은 분명 내 짝 같은데. 저 사람은 왜 저러지.

그즈음의 내 생활은 이 남자에 대해서는 별도리가 없었고, 주어지는 일들을 잘해 나가는 것만이 내가 어떻게 해 볼 수 있는 것이었다. 논문을 써야 했고, 동시에 조교를 해서 박사 과정 등록금을 벌고, 매주 돌아오는 발표를 해내야 했고, 교수님 명을 받아 지방 곳곳으로 강의도 뛰어야 했다. 전공을 살려 의류 사업을 시작했던 때도 딱 그 무렵이었다. 가슴 한편이 허전하게 뻥 뚫려 있는 건 변함없었지만 해야 할 생활을 분명히 알고 있었다. 원하는 도착지에 도달할지는 확신할 수 없지만, 방향은 확실히 잡았기에 부디 내가 무사히 항해를 잘해 나가길 바랐다.

'자기만의 목적을 가진 삶을 살고 있는가?'라는 질문은 사실 대부분의 자기계발서에서 볼 수 있을 만큼 무척 고루하다. 이만큼 교과서적인 질문이 없고 뻔한 대답도 없다. 하지만 뻔하다는 것은 보편적이고, 보편적인 것은 모두에게 통할만큼 중요하다. 좋은 사람을 만나 행복하게 살겠다는 목적은 누구에게나 있을 수 있지만, 꼭 이 남자여야 한다는 것은 특별하고 고유하다.

내가 하는 짓은 바보 같은 짓이 아니라 나에게만큼은 명확한 목적이 있는 짓이 되어갔다. 그래서 결국 나는 오빠를 몇 년을 기다렸는가 하면 헤어진 후 다시 만나기까지 3년, 결혼까지 다시 4년, 총 7년이었다. 더 놀라운 것은 헤어져 있던 3년 동안 서로가 단 한 번의 문자를 보내지 않았고 전화도 하지 않았고, 술김을 빌려 잘 지냈느냐는 등의 연락도 하지 않았다는 사실이다.

고무적인 것은 그 기다리는 기간 동안 나는 박사 과정을 수료했고 사업을 잘 이끌어가기 시작했다는 것이다. 인생에는 커리어, 배우자, 건강, 의식주 등 큼직한 카테고리마다 개인 나름의 목표와 목적이 있는데, 내가 배우자를 두고 그때 설정한 목적은 너무나 프라이빗하고 무모하고 청승맞아 보이기도 했지만, 나에게는 인생을 건 도박이었다. '언제'를 알수 없는 것만큼 답답한 것은 없다. 인간은 한 번쯤 인생을 건도박을 할 때 어른의 길로 들어서는 것이 아닐까. 결국 오빠는 내 짝이 맞았다.

다들 말려도 '나는 잘못되지 않았다.'라는 마음은 그렇게나 중요하다. "너 그러다 큰일 나! 후회하면 어쩌려고!" 하고 조언하는 사람이 있다면, 들어보고, 한번 진지하게 생각해보고, 그래도 내 마음이 변하지 않는다면 다시 나 자신으로 돌아오면 된다. 남들이 내 미래로 가서 그러다가 큰일 날 일을 백만 개쯤 가져온다면, 나는 적어도 백만 한 개쯤은 가져올 수 있다. 그만큼 내가 미래로 더 숱하게 날아가 봤을 것이다. 나만큼 내 인생을 사랑하는 이가 없으니까.

오빠가 돌아오지 않았더라도, 나는 이학 박사가 되고, 사업하는 재미와 고충을 알게 되고, 돈을 벌어 경제적 독립도 이루었을 것이다. 기다리는 시간 중에 소희는 내게 말했다.

"스스로 결정했고, 마음도 섰다면, 그렇게 해."

살면서 소희가 내게 한 말 중 가장 많았던 것은 '네 결정이고, 네가 책임지면 된다.'이다. 그 말은 늘 차갑게 들린다. 대단히 무서운 말이다. 그러나 반대하지 않는 마음은 부모로선 뼈를 깎는 일이겠지. 부모는 자식이 위험에 빠지는 것을 두고 볼 수 없기 때문이다. 소희는 분명 안타까웠을 것이다. 결국 이리되어야만 한다면, 그저 딸 자신이 바라는 바가 기적처럼 성공하길 같이 기도하는 수밖에. 작가 공지영도 『즐거운 나의 집』을 통해 딸에게 조언했었다.

"위녕, 세상에 좋은 결정인지 아닌지, 미리 아는 사람은 아무도 없어. 우리가 할 수 있는 건 다만, 어떤 결정을 했으면 그게 좋은 결정이었다고 생각할 수 있게 노력하는 일뿐이야."

다 기억난다. 침대에 누워 베프랑 통화하다가, 오빠의 '통화 중 대기 발신번호'가 뜬 것을 보고, 침대에서 용수철처럼 뛰어올랐던 10월 28일 밤 11시경. 무모하지만 구체적으로 그려보기만 하던 나의 행복이 3년 만에 이루어지던 순간이었다. 내가 소원을 이룸으로써 소희의 기도도 이루어졌다.

내가 갖고 싶은 딱 이러이러한 모양의 행복이 있다는 것은 세상과 타인의 간섭에서 얼마나 나를 자유롭게 하는지 모른다. 그냥 내 길만 묵묵히 가면 되기 때문이다. 구체적이지 않고, 뚜렷한 목적도 없는 일이라면, 방해와 간섭, 자기 불신으로 오락가락하는 일은 따 놓은 당상이다. 나는 마흔 중반을 넘어선 중년의 지금도 구체적으로 그리는 꿈이 있다. 해 본 자는, 그리고 이뤄본 자는 조금은 안다. 목적이 이끄는 삶은 재미없고 지루한 구간을 만나지만, 그려본 꿈의 모양에 가장 접근해 간다는 사실을. 가끔은 완벽하게 들어맞기도 하고.

약간의 문제

약간의 히스테리, 약간의 편집증,
약간의 강박

내게는 후딱 해치워버리자 정신, 한번 할 때 제대로 하자 정신, 다 끝내놓고 놀자 정신과 같은 것들이 있다. 생산성, 효율성을 위해서라도 이 정신 무장을 쭉 고수했고 유용하게 써먹으며 살았다. 이 정도라도 먹고 살고, 아이를 키우고 어른 구실을 하고, 결과가 대체로 좋았으니까, 이런 정신들은 점점 더 강화되었다. 그런데 몸이 잘못되고, 일이 잘못되었을 때도 강화된 것이 문제였다. 잘못되었으면 그건 내 탓이라 여기며, 하던 방식의 강도를 더욱 높여버렸다. 그 훌륭한 방식에는 잘못이 없다면서.

집중하면 실수할 확률이 확실히 줄어든다. 집중하면 스피드가 올라가고 스피드가 오르면 시간을 줄일 수 있다. 원리가 타당하고 사리에 맞으니 훌륭한 방식이라 맹신했다. 보상은 세이브 된 시간이다. 내가 가장 바랐던 것이다. 그런데 내가 그토록 모든 일을 신속하게 잘 해내서 궁극적으로 얻고자 한 시간은 도대체 어떤 시간이었을까.

취미생활을 하고, 책을 더 많이 읽고, 남매와 옥희와 좀 더 놀아주고, 마당을 가꾸고, 오후에 산책을 한 번 더 할 수 있는 그런 시간이었겠지. 그러나 분명 보상으로 얻은 그 잉여 시간의 반 이상을 나는 또 어떤 일을 앞당겨서 했겠지.

모든 학창 시절을 되돌아봐도 숙제와 발표 준비를 이미 다 끝내 둔 사람은 친구 중에 나밖에 없었다. 혹시 중간에 끼어들지 모를 미지의 변수들을 생각해서였다. 그런데 중간에 끼어드는 일들은 거의 없었다. 도리어 완성한 과제를 뒤적거리면서 혹시 틀린 건 없을까, 더 보탤 건 없나 하고 마지막 순간까지 들여다봤다. 결국 나는 친구 중 제일 긴 시간을 할애해서 과제를 마친 사람이 되었다. 효율성을 그렇게 원했으면서, 가장 비생산적으로 시간을 쓴 사람이 나였다.

아무도 나에게 더 많이 일해라, 더 빨리 해라, 제대로 좀

해 봐라 등의 조언을 하지 않는다. 나는 애초에 그런 말을 들을 일을 만들지 않는다. 내가 알아서 많은 일을 하고, 빨리 일을 마친다. 언제나 내가 제일 못 되게 나를 코너로 몬다. 어떤 이유로 하는 일이 느려 터지게 되면 지금 이게 뭐냐고, 조금밖에 진척되지 않았느냐고, 어쩌려고 그러느냐고 내가 나를 혼낸다. 잠시라도 빈둥거리고, 시간을 허비하는 것만 같으면 한심한 슬픔이 몰려온다. 슬픔은 일종의 죄책감 같은 것이다. 내게 더 잘하라고 하는 사람은 이 세상에 나밖에 없고, 나만 똥줄을 타고, 똥을 닦다 만 찝찝함도 나 혼자만 느끼는 것이다. 이건 아무래도 병이지…. 찝찝함이라고 불리는 이 느낌은 강박이고, 이 느낌이 싫어서 어쩔 줄 몰라 하는 감정의 기복은 또 히스테리겠지. 그렇다고 밖으로 나의 이러한 감정 상태가 타인에게 다 표출되는 것은 아니다. 나는 대체로 이와는 정반대로 여유롭고 온화하며, 평온하게 사는 사람처럼 보이니까. 어쩜 이렇게 많은 일을 차근차근 다 잘해내느냐고 도리어 칭찬받는다. 나만 내가 엉망진창인 것을 안다.

약간의 히스테리, 약간의 편집증, 약간의 강박 등을 가진 것. 이것은 정신분석학의 선구자인 프로이트가 내세웠던 정상의 기준이다. 그의 기준은 퍽 관대하다. 인간이라면 다

들 자기중심적인 믿음이 있고, 그 체계 안에서 감정적인 행동을 하는 것이 결코 틀린 말이 아니란 뜻이다. 그런데 나는 '어느 정도의 문제는 정상'이라고 말해주는 고마운 프로이트 박사님 앞에서 '아아, 내게 어느 정도는 문제가 있긴 있다는 거구나.' 하고 문제에 또 몰입한다. 이제 내 문제점을 알았으니 빨리 고치면 되겠다고, 올바른 상태로 돌아가겠다고 '바른 생활 마음'을 또 먹는 것이다. 아, 답이 없다.

나도 잘하는 것이 참 많은 사람인데, 조금만 더 하면 될 것 같은 문제에만 자꾸 집중한다. 세상에는 잘하는 사람, 멋진 사람이 발에 챌 만큼이나 흔하다. 나 말고 모든 사람이 천재처럼 보일 지경이어서 최고로 잘하지 않는다면, 못하고 있는 것처럼 느껴지는 착각. 내게 주어진 일의 중요성을 매번 과대평가해서 반드시 잘 해내야 한다고 각오를 다지는 비장함. 사람들이 내가 얼마나 잘 해내나 지켜보고 있을 것이라는 오해 중의 오해에 빠져든다.

내가 하는 일들이 다 그렇게 중요할 리 없다. 그리고 별로 지켜보는 사람도 없다. 다 자기 살기 바쁜데 내가 일을 잘하고 못하고, 빨리하고 느리게 하는 것이 무슨 상관이나 있을까. 응원은커녕 나를 지켜볼 힘도 없을 것이다.

우연히 채널을 돌리다, 〈KBS 여행, 걸어서 세계 속으로〉 프로그램에서 한국 남자와 결혼하고 온돌과 청국장을 사랑하게 된 독일 여자의 '산촌 생활 편'을 본 적이 있다. 그녀가 카메라를 향해 같은 말을 반복했는데, 그 말에 빨려 들어갈 뻔했다.

"한국 사람은 자꾸만 빨리 어디를 가요. 어디를 가고 있나요? 왜 그렇게 빨리 가려고 하는 건가요?"

나는 멍해졌다. 이런 질문에 곧장 대답할 수 있는 한국 사람은 없을 것이다. 이 나라는 어린이들이 유치원 시절부터 선행학습의 포로로 잡혀있는 나라가 아닌가. 맹목적일 정도로 효율과 속도 중심적인 내 방식이 성공하려면 빨리해놓고 쉬어야만 했다. 보상으로 얻어냈던 잉여 시간에 나는 또 무언가를 앞당겨서 선행해서는 안 되었다. 잉여 시간이 선물인지 모르고 나는 어디를 그렇게 급히 가고, 무엇을 그렇게 또 대비하고 싶어 한 걸까. 심지어 나는 어릴 때 단 한 번도 선행학습을 해 본 적이 없던 앤데….

물론, 나의 그 열심에 큰 고마움을 느낀다. 계획을 잡고, 돈을 벌고, 남매를 키우고, 자기 계발을 하며 내 세상을 공고히 다졌다. 그러나 그러느라 몸과 정신은 고단했을 것이다. 고마운 나의 수고에 한 번도 사과한 적이 없었다는 것이 마음에 걸린다. 나는 요즘 나에게 종종 묻는다.

'수영, 왜 빨리 해야 해? 왜 당장 끝내야 해? 잘못되면 또 하면 왜 안 되는 거야?'

'수영? 왜? 왜 안돼?"

어느 날, 코를 훌쩍이다가 점점 후루룩거리는 지경까지 간 아들의 코를 몇 번이나 반복해서 닦아 주고 풀게 하다가 좀 매우 귀찮아졌다. 코를 탓할 수는 없는데 탓하고 싶어졌다.

"너, 왜 자꾸 코가 나와. 코가 또 나오네."

아들이 그게 왜 어떠냐는 듯 웃으며 대꾸했다.

"에이, 엄마, 코가 또 나오면 또 닦으면 되지."

이 말에 멍해져 버렸다. 이 말이 왜 이렇게 좋지. 이 말이 뭐라고 마음에 강 같은 평화가 찾아왔지. 멍해져 버리는 것은 생각을 멈추는 것이다. 사람들은 일부러 생각하지 않으려고 불멍, 숲멍, 물멍, 달멍, 커피멍 등 멍때리기를 선택하지 않나. 너무 많은 생각은 결국 뇌를 피곤하게 하니까. 점점 멍해지는 게 좋아진다. 그러나 멍때리기만 하고 살아도 괜찮은 인생은 없다. 생각은 사람을 사람답게 살게 하기 때문이다. 동시에 괴로움에 빠뜨리기도 하고. 그놈의 생각 때문에 우리는 선행을 하지만 고행도 한다.

이 문제에 대해서 그렇게 많은 생각을 해놓고도 나는 여전히 많은 일들을 빠르게 해치우려는 고행을 자주 택하고 있다. 문제가 되는 것은 원천 봉쇄하고 싶다. 잘 맞는 방법이라 어쩔 수 없다. 일을 한 방에 끝내지 못해서 반복하는 것은 마음을 꺼름칙하게 한다. 시간을 다 낭비하고 헛수고했다는 느낌 때문이다.

많이 노력하는 중이다. 너무 서두르네. 집요해지네. 이런 판단이 나올 성싶을 때, 아들이 한 말을 떠올린다. "에이, 또 해야 하면 또 하면 되지." 맞다. 또 하면 된다. 또 한다고 경찰이 잡아가지 않는다. 그게 뭐가 그렇게 죽어도 안 될 일인가.

데드라인이 없는 일, 나를 감독하는 사람이 없는 일, 이틀 미뤄도 나흘 미뤄도 괜찮은 집안일, 이런 무해한 일들까지도 잽싸게 미리 해내려 하지 않을 것이다. 계획하지 않은 일정이 갑자기 치고 들어와도 스트레스를 받지 않을 것이다. 닥칠지 안 닥칠지 모를 불행에 늘 대비하는 전투태세에 있지 않을 것이다. 생각하는 것만큼 내가 누군가에게 평가받고 있지 않다는 사실을 직시할 것이다. 아무도 내게 더 잘하라고, 빨리하라고 말하지 않는다는 걸 감사해할 것이다. 그런데도 내가 곧 죽어도 여러 가지 일을 빨리해 내는 것이 속 편하다면 빨리할 것이다. 그리고 꼭, 꼭, 꼭, 쉴 것이다. '나야, 잉여의 시간을 좀 누려.' 이렇게 정리하고 나니 숨통이 좀 트인다.

성격 차이로 헤어지는 수많은 연인과 부부가 있다. 그러나 나는 나와 헤어질 수 없다. 죽는 날까지 어떻게든 나와의 사이가 나쁘지 않도록 잘 지내야 한다. 내 기질, 내 정신 상태, 내 고집이 어디 가겠나. 반성도 하고 고칠 만큼 고쳐서 도착한 곳이 바로 지금인 것을. 어떤 작가가 말했다. 세상에 나온 책 중에 고치고 또 고쳐서 완성된 완벽한 글은 단 한 권도 없다고. 최선을 다해 고치다가 더 이상 고치기를 멈춘 글만 있다고.

피천득의 수필집 『인연』에 수록된 〈서영이에게〉에는 딸 서영에게 부탁하는 글이 있다.
"아빠가 부탁이 있는데 잘 들어주어. 밥은 천천히 먹고 길은 천천히 걷고, 말은 천천히 하고, 네 책상 위에 '천천히'라고 써 붙여라."
피천득의 글에서 가장 좋아하는 문장이다. 그러나 어찌된 일인지, 내 노트북에는 '완성하기'라고 쓴 포스트잇만 붙어있다.

워너비 이탈리안

담배 한 대만
좀 피고 오겠다

한 TV 프로그램에서 남미로 이민을 간 어느 사업가가 고충을 하나 토로하고 있었다. 그 고충은 나름 내겐 신선하고 충격적이었다. 남미 로컬 근로자들은 월급을 받고 나면 다음 날부터 출근하지 않는다는 것이다. 왜까. 별다른 이유는 없다. 그냥 그들이 스스로 느끼기에 적정한 수준의 돈을 벌었기 때문이란다. 적정한 돈이란 뭘까. more 은 필요하지 않고 지금이 딱 enough 하다고 자신과 스스로 합의한 돈이다.

로컬 근로자들은 몇 달 후 돈이 떨어지면 그제야 돈이 필요하다고 또 찾아온다고 했다.

"돈을 벌었는데, 왜 돈을 또 벌어야 하지요?"

"먹을 것을 살 돈이 있는데, 돈이 왜 더 필요하지요?"

그들은 그것으로 되나 보다. 그것으로 먹고살 수 있으니 괜찮은 인생이 되나 보다. 뭔가 너무 부럽다. 우린 왜 그럴 수가 없는 걸까. 내가 문제인가? 대한민국이 문제인가? 어쨌건 그런 정신이 진심으로 부러웠다. 뭐가 문제죠? 하는 남미 로컬인의 표정을 보니 내가 다 해방감이 느껴졌다.

요즘은 모든 사람이 힘들어 보인다. 오늘은 내일에 바치고, 내일은 모레에 바친다. 아직 오지 않은 수많은 내일을 위해 내 시간을 바치면서 참 바쁘게 산다.

나는 40살 언저리 무렵인 어느 시기부터 직업 업무와 생활 업무가 이전보다 현저히 많아졌다고 느꼈다. 원래 책임감이 강했지만, 있던 의지에 큰불이 붙은 것처럼 책임감도 활활 타올랐다.

하늘로 보낸 종웅, 아직 내 곁에 있는 소희, 그리고 키워야 할 남매 사이에 낀 어른이 되고 보니 위아래의 존재와 그들을 위해서 해야 할 일들이 훨씬 더 선명하게 보였다.

그들에게 도움이 되는 어른이 되어야 한다. 아무도 강요하지 않았는데 나는 내가 그래야 하는 사람처럼 느껴졌다.

그들과 함께 먹고 자고 쉴 집안의 가사, 나의 일중독, 간신히 아슬아슬 붙잡고 있는 취미생활에 대한 곡예로 몸이 알리는 경고를 무시하고, 게으름을 겁내고, 성실을 최고로 쳐주면서 다 잘하자고 내가 나를 아주 못살게 굴었다.

할 일은 많은데 몸이 피곤하거나, 시간이 턱없이 부족하거나, 일들이 좀처럼 매끄럽게 운영되지 않을 때 조금씩 불안하다. 내가 할 일들 중에 내려놓을 수 있는 일은 정말 하나도 없는 것처럼 보인다. 어쩜 포기해도 될 일이 이렇게 하나도 없지.

뉴스도 그렇다. 늘 과잉, 과로, 과다, 과기능, 과속에 관해 이야기하고 있으니 뉴스가 비명을 지르는 것 같다. 다 열심히 하는구나. 어쩌면 나도 그 뉴스가 말하고 있는 한 사람일 것이다. 다 잘해내고 싶어 나는 너무 애를 썼다. 남매에게도 이런 태도로 대할까 봐 겁이 난다.

악바리가 전혀 아니었는데 마치 악바리처럼, 완벽주의자가 아니었는데 완벽주의자처럼, 남이 알아서 다 해주길 바랐던 것 같은데 내가 아니면 절대 안 되는 것처럼, 일벌레가 아닌데 일벌레가 되어, 요구가 과한 세상이라고 욕하면서 나는 언제나 요구가 과한 그 세상에 즉각 반응했다.

내 또래의 어른은, 내 부모의 세대가 그러했듯 이제 이 시대의 무거운 짐을 졌다. 10대에는 10대의 문제가 있었고, 20대에는 20대의 문제, 30대에는 30대의 문제, 40대에 도착하니 40대의 문제가 보란 듯이 나타난다. 50대에도 나타나겠지. 세대가 바뀌어도 문제들은 착착 착실하게 주어진다. 내게 일어나는 사건들의 의미를 해석할 수 있는 키워드가 무엇이며 해결할 키는 무엇인지 찾아 헤맨다.

농사를 짓던 조상들은 그 시절에 자동화나 기계화가 되지 않았으니 일이 더 많다고 느꼈을 것이다. 그런데도 우리보다 더 느리게 일했다. 그들은 모내기하다가 모여 앉아 막걸리를 마셨고, 더우면 고목 아래 누워 낮잠을 자기도 했다. 나는 낮잠을 자면 충분히 일하지 않고 있다는 죄책감만 느낀다. 낮잠 따위를 몰아내려고 커피만 디립다 마신다.

이탈리아에 살 때였다. 서울로 소포를 부치려고 우체국에 가서 줄을 섰는데, 창구에서 일하던 직원이 갑자기 담배 한 대만 피고 오겠다며 나갔다. 엥? 너무 놀랐다. 그런데 어이없어하는 사람이 나뿐인 것에 더 놀랐다. 줄 서서 기다리던 사람들 모두 아무렇지 않게 담소를 나누며 창구 직원을 기다렸다. 하염없이 우두커니 서 있어도 평안해 보이기만 했던 이탈리아 사람들. 갓 이탈리안.

화가 나서 혼자 속으로 '뭐야, 뭐야.' 했다. 이탈리아는 낮잠 자는 시에스타가 있어서 벌건 대낮에 상점 문을 닫으니, 여기저기 다른 일도 빨리 보러 가야 하는데 초조해서 온몸이 뒤틀렸다. 이십 대 시절에도 빨리빨리, 효율적으로, 생산성 있게, 그런 정신에 빠져있었던 것이 분명하다. 지금은 그 정신이 얼마나 강화되었을는지.

　　그 해, 그 피렌체의 우체국, 대수롭지 않게 기다림을 이어가던 피렌체 주민들의 모습이 이십 년이 훌쩍 지난 지금도 생생하다. 잊히지 않는다. 그런데 그 장면은 더 이상 화나는 장면이 아니다. 그때 그 장면을 일부러 떠올리면 그 장면이 나를 다독거린다.

　　'서두르지 마, 화내지 마, 잠시 담소를 나눠.'

　　불혹이 된 나이에도 여전히 내게 큰 꿈이 있다는 사실이 가끔은 부끄럽고, 가끔은 부담스럽고, 가끔은 대견하다. 커다란 꿈이 우리를 더 좋은 곳으로 이끄는 것은 맞지만, 일단 하루씩의 식탁, 단순한 목표는 불안을 확 사그라트린다. 쌀, 김치, 김만 있으면 사람이 먹고사는 데 지장 없잖아? 나는 남미 로컬인이 되련다. 그런 호기로운 생각이 진짜로 안도감을 가져다준다.

워너비 이탈리안

에피쿠로스가 말한, 유일하게 행복한 삶은 바로 불안하지 않은 삶이었다. 가족이 함께 배 채울 것 이상의 욕심을 부리지 않는다면, 우리는 불안을 좀 덜어내도 된다.

그러므로, 나에게 있는 5평이 채 안 되는 작은 텃밭도 연금이 되고, 자급자족을 키워주는 복지처럼 여겨진다. 신약성경에는 "너희 마음에 근심하지도 말고, 두려워하지도 말라."(요한 14,27)라는 말씀이 있다. '하지도 말고', '하지도 말라'는 이 성경 구절을 접할 때마다 나는 상상한다. 얼굴을 절레절레 좌우로 힘차게 흔드는 예수님을 말이다. "근심 같은 것, 두려움 같은 것, 그런 것을 도대체 왜 하니?" 하시며 진짜 안 해도 된다고 강조하는 모습. 그러면 얼마나 마음이 또 편안해지는지.

소희는 내게 '일용할 양식', '다 인생이다.' 이렇게 딱 5음절만 던져주듯 말할 때가 자주 있다. 어려운 경기, 남매의 양육, 장롱 속에 숨겨둔 해골, 알 수 없는 미래에 그렇게 노심초사, 전전긍긍하며 살지 말라는 뜻이다.

불안이 나에게 고통만 준다고 생각하진 않는다. 불안은 내게 에너지로 쓰여서, 가족을 위해 나를 움직이게 한다. 좋다고 생각하면 안 좋은 것이 없다.

비생산적인 생산

인생이 그렇게
아슬아슬하기만 할 리가

프랑스에 사는 친구가 "너는 언제 제일 행복해?"라고 물었을 때, 생각할 필요도 없이 내 대답이 바로 튀어나왔다.

"아무것도 팔 것이 없을 때."

이 대답은 지금도 어느 정도 진심이다. 물론 이것이 내가 느끼는 최상위 특등 행복은 아니겠지만, 아무것도 팔지 않는 시기에 나는 현실적으로 가장 마음이 편안하고 행복한 것은 맞다. 이때, 예민함과 조급함이 없고 쓸데없이 미리 사서 하는 걱정도 없다. 예쁜 것들이 고스란히 예뻐 보이고, 좋은 말이 그대로 좋게 들리며, 자기 계발이 또 하나의 버거운 목표가 되지 않고 오롯이 좋아서 즐기는 일처럼 느껴진다.

　일 년에 12번 정도 행하는 프로젝트성 작업을 오랫동안 해오다 보니, 실제로 아무것도 팔 것이 없는 기간이 있다. 혼자서 하나의 작업물을 내놓기 위해서는 준비단계가 필요해서 팔지 않아도 일하는 날이 많지만, 관련 업무가 정말 하나도 없는 날이 며칠 있다. 배송이 완료되고 일주일이 지난 시점이 가장 행복한 때이다. 그때는 불량, 오배송, 교환 등의 CS가 거의 끝난 시점이라서 터질 사건이 별로 없다. 바로 나의 모든 긴장이 해소되는 구간이다. 이때 나는 책을 가장 많이 읽고 영화도 한 편씩 챙겨 보게 된다. 밥벌이로는 비생산의 시기이지만 나의 행복에는 적극적인 생산의 시간이 되는 것이다.

　내 실수로 인한 사고, 내 실수와는 상관없이 터지는 사고, 그 후 찾아오는 고객의 컴플레인이 점점 힘겨워서 어느 순간부터 이 끊임없이 생산하고 판매하는 삶이 죽도록 미워졌던 적이 있다. 제품을 기획하고 만들고 파는 생산의 단계 중, 제일 힘든 분야는 누가 뭐래도 판매였다. 작가 장강명도 『책, 이게 뭐라고』를 통해 비슷한 말을 한 적이 있다. 한 인간이 작가이면서 동시에 세일즈맨이기란 쉽지 않다고. 작가들도 집필 외의 책 홍보 활동을 부담스러워하고, 괴로워하기까지 한다고. 무라카미 하루키처럼 자신은 '생산'에만 집중하고 판매는 남이 알아서 다 해주면 참 좋겠지만, 우리는 하루키가 아닌 게 문제이다. 나는 코코 샤넬도 아니다. 내 직업이 이것임을 알면서도 '나는 왜 팔아야 할까.', '고객이 내 제품을 왜 사야 할까.', 이런 답도 없는 고민을 참 오래 반복했다.

배운다고 배웠는데, 일할 만큼 했는데, 내 실력이 다 들통난 것만 같을 때, 더 이상 뭐가 없을 때, 이렇게 쭉 가도 되나 싶을 때, 결국 슬럼프가 찾아온다. 열심히 했는데 죄송하다는 말밖에 할 게 없는 사태로 끝이 나면 하나 마나 했던 일이었을까 자책하고, 쏟았던 나의 열심을 부정한다. 그 버거움을 혼자 감당하지 못하면 애먼 가족에게 짜증을 부리는 데 까지 나아간다. 어쩔 도리가 없는 것들은 결국 사람을 무기력하게 한다. 주변의 것들은 귀찮아지고, 소중한 사람들이 숨을 죽여 나의 눈치를 본다.

그때 나는 내가 정말로 정말로 싫어진다.

그 자기혐오를 닻 삼아 끝도 없이 망망대해로 흘러가다가 가라앉으면 슬럼프이다. 슬럼프를 지나는 동안, 대부분 나를 탓하는 것으로 시간을 보내지만, 억울해서 나를 변호하고 싶어 안달이 날 때도 있다. 그건 그것대로 내가 나를 참

아끼기 때문이란 결론을 얻었다. 밤새 천사를 붙들고 내게 복을 주지 않으면 놓아주지 않겠다고 씨름하던 야곱처럼, 나의 억울함을 들어줄 사람을 찾지 않고 나 자신과 그냥 온종일 씨름하는 것이다.

밥보다 슬럼프를 더 챙겨 먹던 시기였지만 그만둘 수도 없었다. 바로 그 무렵 갑자기 아빠가 내 곁을 떠나버렸다.

비로소 생산하기를 멈추었다. 생산에서 도망치고, 고객에게서 도망치고, 돈 버는 일에서 도망치고.

차곡차곡 쌓이는 나의 업적과 성취만 내 가치라고 여기는 삶은 옳은 걸까. 그래서 나는 많이 지쳤을 것이다. '일 잘하는 나', '생산적인 나', '칭찬받는 나'만 내 본질의 전부가 아닌 걸 잘 알고 있었으면서 그것이 전부인 것처럼 올인하고 그랬다.

자기 가치의 본질을 어디에 두고 있는지를 알아야 한다. 알고 있는지, 알았지만 잊었는지, 현재도 그 가치를 인정하고 있는지를 자주 체크해야 했다.

심리학자 에릭 에릭슨은 연령대에 따른 심리적 과업이 있다고 했다. 그가 명시한 20대 중반부터 50대 중반에게 주어진 과업은 바로 '생산'이다. 사업가는 제품을 만들고, 쉐프는 식당에서 음식을 만들고, 아티스트는 예술 활동을 하고, 공무원은 증명서 업무를 제공하고, 나의 노동력을 제공해서 타인의 삶이 윤택해지는 모든 것이 생산이다. 하지만 생산의 과업도 그저 삶의 한 파트이지 전부는 아니다. 내 가치는 딱 하나가 아니고 여러 가지 두루두루 많기까지 하다. 성취와 칭찬을 내 가치의 전부로, 또는 최우선으로 둘 때마다 게임처럼 모 아니면 도가 되어 버린다. 인생이 그렇게 아슬아슬하기만 할 리가.

둘째가 편의점에 다녀와서는 검은 봉다리를 전해준다. 땅콩강정이 들어있다. 집에서 꼼짝도 하지 않는 나 대신 남매와 편의점에 함께 가준 소희는 편의점에서 있었던 이야기를 살짝 전해준다. 아이가 과자 진열대를 한참 둘러보다가 계산대 앞으로 가서 "딱콩감자 주세요."라고 했단다. 점원 아저씨가 "딱콩감자가 뭐야?"라고 물으니, 아이는 "엄마가 제일 좋아하는 과자인데요." 땅콩강정을 늘 딱콩감자라고 부르던 아들.

코앞에 있는 편의점 외출도 거부한 엄마를 위해 아이는 엄마가 가장 좋아하는 간식을 골라왔었다. 나 아닌 타인을 생각하는 그 마음은 어디서 생겨나는 것일까?

부모가 된 어른이라면, 누구나 자녀 때문에 자주 두려움에 사로잡힌다. 내 힘으로 막을 수 없는 불가항력의 불행에 자주 겁을 집어먹는다. 그것 역시 사랑에서 비롯되어서 어쩔 도리가 없다. 그런데 어쩔 도리가 없는 것들 뒤에는 피곤한 표정과 예민한 말투가 따라붙는다. 아이에게 퇴적될 것이다. 아이를 위해서라도 슬럼프를 이기고 다시 일할 힘을 반드시 회복해야 한다. 내가 어찌 해볼 도리가 있는 것들을 해야 한다.

나는 아이스아메리카노 한 잔과 '땅콩감자'를 테이블 위에 두고 가만히 생각한다. 무언가를 생산하는 삶이란 누군가에게 도움이 된다고. 건강한 사람이 되고 싶다고. 슬럼프가 오면 너무 늦지 않게 도움닫기를 하여 탁 치고 오르는 사람이 꼭 되어야 한다고.

이미지 싸움

내가, 진짜 너,
선 넘지 말랬지

나는 그리 많은 사람을 만나지 않기에 미치지 않고 살아가고 있는지도 모른다. 정확히 세어보지 않았지만, 하루, 일주일, 한 달에 만날 수 있는 사람의 총량이 정해져 있는 듯하다. 하루에 아무도 안 만나면, 누구라도 만난 날보다 마음이 편하다. 그래서 약속과 만남은 꼭 며칠간의 텀을 두고 띄엄띄엄 있어야 한다. 나 자신이 너무 눈에 띄기는 싫고, 살짝은 꼭 띄고 싶기도 하다. 모순을 끌어안고 산다.

　선을 유지하고 살면 된다. 선을 긋고 그 선 밖으로 내가 넘어가지 않으면 되는 간단한 방법이긴 하다. 적어도 타인에게 해를 끼치지 않으면 된다는 뜻이기도 하다. 그 안에서 내가 하고 싶은 것을 한다. 초등학교 때부터 하는 놀이 중의 놀이, 기본 중의 기본은 선 밟지 않기, 선 넘지 않기였다. 책상 위에 선을 긋고 나서 연필이라도 때굴때굴 굴러가면 "내가, 진짜 너, 선 넘지 말랬지." 하며 무섭게 노려보던 친구는 수두룩했다. 나는 한 번도 써보지 못한 말이다. 누가 넘어오는 건 어찌할 도리가 없다. 내가 어찌할 수 있는 것만 어찌하는 것이 제일 간단하고 나랑 맞는 삶이었다. 지금도 그렇다.

나는 어릴 때 운 기억이 없다. 소희도 내가 자라면서 우는 것을 거의 못 봤다고 했다. 어린 시절 내가 오빠와 싸우는 것조차 본 적이 없었다고 할 정도이다. 나는 그런 애였는데 어른이 되면서 좀 울고, 중년이 되니 사실 더 우는 것 같다. 어릴 때는 두려운 게 없고 어른이 되니 무서운 게 많아진 걸까. 중년은 할 짓이 못 된다. 너무 어렵다. 30대 중반부터 과로와 스트레스로 갑상선 기능이 무너졌다. 갑상선 기능저하증을 얻으면 뚱뚱해진다. 뚱뚱한 중년은 건강상 더욱 위태로워지니 더 할 짓이 못되므로 이러지도 저러지도 못하는 진퇴양난. 건강관리에 매진하는 것으로 나의 중년의 도리를 하는 중이다. 할 수 있는 걸 한다.

이러지도 저러지도 못할 때 그나마 할 수 있는 걸 하는 것은 겨우 하나 생각해낸 대안이 아니다. 선택지 중, 자동으로 최고의 최선책이 된다.

파이팅도 좀 그렇다. 유치원부터 고등학교까지 동그랗게 모여서 파이팅을 외치고 시작하자거나 외치고 끝내자고 하는 친구가 꼭 있었다. 나는 동그랗게 모이는 것이 별로였고, 팔을 내밀거나 어깨동무까지 하고 파이팅을 할 때는 온몸이 배배 꼬였다. 낯이 뜨겁고 간지러운 느낌이 들었다. 대개는 선생님이 제안했지만, 제안하는 친구가 한 명이라도 꼭 있었다. 선생님은 좀 괜찮았는데 친구가 말할 때 내가 다 부끄러워져 쭈뼛거렸다. 파이팅을 내 목 성량만큼 외쳐본 적이 한 번도 없다. 나는 집단주의에서 특화된 사람은 아닌가 보다. 파이팅 같은 것은 육성이 아니라, 그냥 마음속으로 혼자 하면 되었다. 마음으로 할 때 진심으로 파이팅하고 싶은 기운이 몸에 퍼진다. 파이팅은 터져 넘치는 것보다 링거 수액처럼 천천히 몸에 퍼질 때 비로소 그 기운이 제대로 힘을 내는 것 아닌가? 물론 내게는 그렇다는 말이다. 내가 할 수 있는 건 동그랗게 모이기는 해주되 파이팅 소리는 육성으로 내지 않는 것이어서 딱 그렇게만 했다.

그러나 이런 유의 태도로 확정될 나의 이미지, 나의 자세가 신경 안 쓰이는 것은 아니다. 누군가에게는 별로라는 소리를 들을 수도 있다. 쟨 뭐가 저렇게 잘났지. 왜 혼자 우아한 척 하지.

어른은 아프거나 약하거나 피곤하거나 치사하거나 뚱뚱하거나 마르거나 너무 이기적이거나 너무 순진하거나 너무 못 되게 보여서는 안 될 수많은 이미지와 싸우느라 이미 힘이 든다. 신경 쓰지 말며 살자고 마침내 생각하다가 '아, 아무래도 안 되겠다.' 하면서 다시 신경 쓰면서 살아간다. 이 문제는 어떡하면 좋을지. 저 관계는 언제 손을 쓸지. 나는 이게 왜 싫은지. 저 그룹에서 누가 괜찮고 아닌지도 간간 생각하느라 최고로 바쁘다. 다 나를 이롭게 하려는 것인데, 나를 지치게도 만든다. 그렇다고 이런 생각도 하지 않고 그냥 맹하게 사는 것이 어른인가 싶기도 하다.

나는 또 게으른 것이 좋다. 빨리 게으르게 지내고 싶어서 서둘러 부지런해졌다는 것이 정확하다. 아이러니한 점이다. 외국 여행을 가면 게으르게 지내다 오고 싶다. 북적거리는 도시보다 한적한 시골의 뷰가 좋고, 탐방보다는 가져간 책을 보며 쉬는 게 좋다. 그러나 그 반대 기질과 취향을 지닌 남편은 나를 보면서 '대체 여행은 왜 왔나.' 하고 생각할 것이다. 나는 남편에 의해 내 여행에 차질이 생겼음을 느끼고, 남편은 나로 의해 차질이 생겼다고 여길 것이다. 나는 그런 점까지 다 짐작하고 있다. 매력적인 와이프가 되는 것도 나의 바람이니 나는 여행에 꽤 적극적인 사람처럼 굴기도 한다. 갑상선 기능저하증을 핑계 삼아 그저 피곤해서 그럴 뿐이라며, 나를 살짝 봐 줄 수 있는 여지의 말도 꼭 남긴다.

급발진이 무서워서 가까운 곳은 어디든 걸어 다닐 거라고 각오를 다져 놓고서도 빨리 가고 싶어서 매일 운전대를 놓지 않는다. 그저 안전띠를 맸는지 확인하고, 시동을 켜고 잠시 앉아 있는다. TV에서 급발진 전문가 박사님이 조언한 대로 침착하게.

성격이 급해서 늘 서두르고, 속도위반 5만 원 딱지에 흥분을 가라앉히지 못하면서도, 막상 엄청 큰돈을 잃었거나 세금폭탄을 맞았을 때는 무척 초연하고 침착한 큰 인물이 된다. 오직 속도위반 5만 원만이 소중한 내 돈인 것처럼.

모든 것에 초연하고 싶지만 사실 그것도 지루한 이미지라는 생각도 동시에 한다. 내 안에 너무 복잡한 여럿의 사람이 산다.

어른의 얼굴에서는 시대와 나이에 대한 고민이 읽힌다. 20대에, 30대에, 40대에, 50대의 고민은 마치 고민이 얼굴을 뚫고 나오는 것처럼 뭔지 다 알 것 같다. 거기에 프라이빗한 각자의 문제들이 합세해서 나만의 얼굴이 만들어진다.

　사람에게는 누구나 자신이 바라는 자기 모습과, 남이 바랄 것으로 여겨지는 자기 모습이 있다. 그 둘 사이에서 긴 시간 눈치를 보며 줄다리기 게임이나 발란스 게임을 한다. 그러나 나 자신이 해석되었고, 살고 싶은 방향이 일단 정해지면 원하지 않는 것들은 미련 없이 떠나면 된다. 대단한 각오도 필요 없다. 자신이 누구인지를 알면 덜 흔들리게 되고 나이가 들어갈수록 점점 눈치 볼 일도 준다. 타인을 불편하게 하지 않고 해치지 않는 테두리 안에서 나만의 '선', 나다운 '선'이 생기는 것은 무척 유용하다. 내가 나다운 삶을 진행 시키고, 타인이 그런 나를 이해하는 데도 너무 큰 도움이 되니까. '내가 나를 아는 것'만으로 꽤 많은 삶의 문제가 해결된다.

　적어도 노인이 된 어느 무렵엔 내가 바라던 온전한 나의 모습을 만나고 싶다. 내가 세상에 태어났던 이유를 느끼고, 내가 피나게 훈련하며 고치고 수정해온 최종의 모습이 너무 좋고, 못 고친 모습에도 전혀 상관이 없어지는 때. 그때는 얼마나 자유로울 것인가.

　사람에게 한번 인생이 주어졌다면, 진정한 자기 자신이 되는 것만큼의 특권은 없는 것 같다.

'한 번은 꼭 만나자, 나야.'

죄송한 완벽

완벽으로 가는 길에는 반드시
가족과 타인을 힘들게 하는 구간이 있다

사감 선생님처럼 깐깐하게 생긴 사람, 단 하나의 실수, 단 한 번의 실수도 용납하지 않겠다는 킬러의 표정을 가진 사람, 실패 없이 성공 가도만 달리는 사람, 침대보의 각을 잡고, 돈을 액수 크기대로 지갑에 보관하는 사람만이 완벽주의자가 아니었다. 숙제했는지를 확인하지 않은 채 아이를 등교시키고, 요리는 레시피 없이, 계량 따위 하지 않고 대충 하고, 섬에서 촌스러운 꽃을 키우고, 털 뿜는 고양이를 키우며 유유자적 사는 듯 보이는 사람 중에도 완벽주의자가 있다.

사회는 부지런할수록, 열심히 할수록 더 훌륭한 사람이, 더 안정적인 상태가 될 거라고 가르쳤는데, 그 '부지런'과 '열심히'의 정도가 어느 정도인지를 정해주지 않았다. 나도 모르고, 누가 정할 수도 없는 노릇이다. 잘하는 것이 기준이 아니라 끝도 없이 '더'만 있는 세상이 바로 완벽주의자들의 세상이라고 이해하면 된다.

내 태도가 점점 나를 힘들게 하고 있다는 것을 언제부터인지 감지했다. 완벽과는 참으로 어울리지 않는 환경에서 자랐고, 대충대충, 적당히, 그러려니, 어떻게든 되겠지 등의 전혀 빡빡하지 않은 성격으로 잘만 살아오던 사람이기에 인제 와서 누가 나에게 완벽주의자 같다고 지적하거나, '나도 완벽주의자인가?' 하고 스스로 느끼는 것은 엄청 생소하면서 어색하고 피곤한 일이었다.

김밥에서 쏙 빠져 땅바닥에 떨어진 햄이나 과자를 먹어도, 그거 먹고 죽지 않는다며 아이에게 허락했다. 좀 지저분하게 살아야 정신에 좋고, 면역에도 좋다고 설파했다. 침대 위의 이불은 돌돌 말려있고, 외투는 늘 아이스크림처럼 녹아내리는 모양새로 의자에 걸쳐 있었다. 설거지는 저녁에 몰아서 했고, 청소는 적당한 간격과 수준으로 했다. 나도 그렇고 내 소유물들도 다 이런 적당주의에 맞게 편안한 모습으로 내 주변에 널브러져 있었다. 질서 있게 나란히 놓여있거나 각 잡힌 것은 없다. 성공과 돈에 대단한 야망을 품은 적이 없고, 다소 불결을 탑재한 인간으로 참 잘 살아왔다. 그러다가 이 적당 적당한 것들이 다 불안불안해져 버렸다. 점점 예민하고 섬세하고 깐깐하고 꼼꼼한 사람이 되어갔다. 땅에 떨어진 햄과 과자는 당장 버려야지.

누구도 완벽에 도달할 수 없다. 그래서 완벽의 문제는 언제나 완벽으로 가려는 도중에만 볼 수 있다. 그곳으로 갈 때 강박, 초조, 히스테리, 반성과 자아비판, 자조의 태도가 발견되고 그 기준을 나 외에 타인에게도 적용하는 사태까지 벌어진다. 그렇게 완벽은 나를 힘들게 하거니와 가족도 힘들게 한다.

처음에는 나를 이해할 수가 없었다. 지금껏 별 탈 없이 잘해오던 말랑말랑한 생활방식을 점차 참을 수 없어 하는 이유, 자꾸만 빨리 일을 해치우고, 해치운 시간에 쉬려고 했으면서 다른 일을 앞당겨서 하고, 분명히 열심히 해놓고 제대로 못 한 것으로 간주하면서 다음엔 더 잘해야겠다고 다짐하는 이유와 그 잦은 횟수들을 말이다.

"죄송합니다." "더 꼼꼼히 살피겠습니다." "저희 실수입니다." "이해 부탁드립니다." "불가피하게 그렇게 되었습니다." "다시는, 앞으로는, 이런 일이 없도록…" 이런 종류의 말들을 사업하는 20년 동안 입에 달고 살았는데, 잘 못한 것들이 자꾸만 발견되고, 지적되고 혼나는 일상이 반복됐다. 두려워질 수밖에 없다.

삼성도 불량이 나오는데, 나는 왜 그러면 안 돼? 아무리 노력해도 잘 못한 구석이 발견되는 걸 정말 어떡해야 하나. 너무 티끌 같은 문제 같아서, 봐줄 만한 문제 같아서, 깐깐히 따지는 고객이 원망스럽기도 하다가 내게 장인 정신이라곤 있어 보이든 말든 나도 모르겠다. '작은 실수니까 조금만 봐주세요.', '한 번만 넘어가 주세요.'라는 말도 안 되는 애원을 하고 싶기도 했다. 그러나 그런 말은 할 수 없다. 그런 말을 못 하는 나는 언제나 잘못을 수습한다.

언젠가 우리 물건을 잔뜩 실어 간 택배차가 홀라당 불에 타 버린 적이 있었다. 보상을 받기까지 1년이 넘게 걸렸다. 택배 회사는 여자인 내가 백날 전화해도 꿈쩍도 안 했다. 스트레스로 몸져눕기 직전, 남편이 택배사 본사로 쳐들어갔다. 로비에서 담당자를 불러내자, 그날로 불타버린 제품의 보상이 바로 처리됐다. 지치는 날들이었다. 사업에는 함께 일하는 직원이 있고, 거래처가 있고, 배송 기사님이 있고, 교통사고,

천재지변, 파업, 명절의 특수 시기, 화재처럼 상상도 안 해 본 난리, 남녀 차별마저 있으니, 사업에 실수나 사고가 발생할 수 있는 불가피한 변수는 어느 때고 있다. 사업한 지가 강산이 두 번이나 바꼈는데 단 한 번도 아무 일 없이 무사히 넘어간 적이 없다. 지금도 연신 "죄송합니다."가 입에 붙은 삶에서 벗어나지 못했다는 의미이다.

사업 초기에는 불편한 마음 상태, 잔뜩 긴장한 상태를 좀처럼 벗어날 수가 없었다. 최선을 다해 고객에게 가장 좋은 것을 제공하고 싶은 마음뿐인데 '왜 이렇게 무섭게 하실까.', '왜 이러저러한 사정을 이해하지 못하실까.' 억울함과 부끄러움, 무안함이 몽땅 공존하는 감정 상태를 겪었다. 교회에서 좋아하는 오빠에게 내가 최고로 열심히 준비한 선물을 줬는데, 그 오빠가 어떻게 이런 걸 주느냐고 화를 내서 갑자기 울고 싶어진 짝사랑 소녀의 느낌이랄까.

결국 방법은 하나. 문제가 없도록 예방하는 것, 뭐 하나 잘못될 여지를 아예 두지 않는 것이다. 평소에 잘하고, 미리미리 해두고, 실수하지 않는 사람으로 나를 조각하는 수밖에 없다.

안타깝게도 이 대처는 그때는 맞았지만, 지금은 틀렸다.

그 혹독한 훈련은 일에만 적용되지 않았고, 일상생활 구석
구석 그리고 가족에게까지 확장되어 갔기 때문이다. 번 아
웃이라는 코너로 나를 몰아가니 몸까지 아파졌다. 왜 이렇게
된 걸까. 스스로 완벽해지기를 바란 적이 단 한 순간도 없었
으면서 이렇게 돼버렸다.

세상 어디에도 없는 완벽을 위해 노력하는 것이 완벽이
지닌 최초의 문제이다. 완벽의 가장 무서운 점은 완벽을 추
구하는 과정에 예민, 강박, 초조가 말투와 표정을 지배하고,
지배하면 그 기운이 주변에 전달된다는 것이다. 완벽으로 가
는 길에는 반드시 가족과 타인을 힘들게 하는 구간이 있다.
고객의 깐깐한 눈으로 자꾸만 나와 남편과 남매를 보게 된
다. 이 증세를 낫게 하려고 발버둥 쳤던 가장 큰 이유는 바로
남매에게 있었다. 관련 책을 숱하게 읽고 정신과 상담도 받
았다.

알베르 카뮈도 그러지 않았나. 우리는 각자 자기 안의
망명자와 범죄, 폐허를 짊어지고 있다고. 내가 할 일은 그것
들 모두를 몽땅 때려 부수는 것이 아니라 '왜 그렇게 되어버
렸는지' 궁금해하고, 추적하고, 내면에서 매만지고, 변화시
켜 나가는 일이다. 다행이었던 점을 하나 꼽으라면 끊임없이

궁금해하고, 질문하는 나의 평소 습관이 내 문제점을 탐구하고 자각할 수 있게 했다는 것이다. 나는 늘 내 상태를 점검했다. 내가 왜 그러는지 늘 궁금해했다.

손님이 올 거라서 현관 정리만 좀 할 생각이었는데, 갑자기 주방 환풍기의 기름때를 닦고 있다. 일상을 구성하는 모든 부분을 전부 중요하게 보고, 모든 업무를 같은 크기로 인식하고 있기 때문이다. 인덕션 위에 떨어져 달라붙은 채소찌꺼기가 하루 더 남아 있다고 달라질 것은 없다. 그렇게 사소한 것 때문에 내가 불행해질 거라고 믿은 것도 아니다. 다 쓴 색연필이 연필꽂이에 바로 안 꽂히고, 고양이 털이 하루 더 풀풀 날리고, 벗은 외투가 옷장으로 즉각 들어가지 않는다고 내가 행복하지 않을 이유는 사실 하나도 없다. 그것은 사물의 상태이지, 내 마음의 상태가 아니다. 뭐가 더 중요하고 급한지 다 알고 있는데, 다 아는 것과 다 잘하고 싶은 것은 달라서 그렇다. 다 잘할 수는 없다. 그런 사람은 없다. 없다. 없다고.

내 안에서 나를 야금야금 해치고 있는 문제들을 다 해결해 내지 못해도 된다. 그저 나의 본모습으로 존재해도 괜찮을 수 있는 곳을 천천히 왔다 갔다 하는 행보를 시작한다.

세상의 모든 일이 동등하게 중요한 것이 아니고 순위란 것이 있다는 인식, 다 잘하지 않아도 죽지 않는다는 인식. 이런 '인식의 훈련'을 계속 노력해서 나에 대한 통제권을 내가 되찾는다.

약간의 청결과 약간의 질서, 이처럼 그저 조금 나아지는 정도면 정말 OK.

"살다 보민 호끔 모지른 것이 있어. 겐디 사실은 모지른 것이 더 행복한 것이라."

(살다 보면 조금 모자란 것이 있어. 그런데 사실은 모자란 것이 더 행복한 것이야.)

집요하게 자문자답

그러니까 이게 정확히 돈 문제야?

내 문제야?

어른이 힘들다는 말을 습관처럼 뱉을 때 그 속뜻은 돈이 없어서 힘들다는 말과 동의어일 때가 많다. 문제의 해결을 위해서 우리는 돈 없는 이유를 생각하거나 돈 나올 출처를 궁리하지만, 그보다 '나'라는 사람을 먼저 좀 들여다볼 필요가 있다.

나만큼 나를 잘 아는 이가 없다고 생각하지만 절대 그렇지 않다. 몰라서 모르는 것이 아니고, 나에 대해 집요할 정도로 생각하지 않기 때문에 모른다. 내가 정말 이걸 원하는 걸까? 이것을 내가 정말 소유해야 하나? 이것이 부족하면 내가 슬플까? 이것을 얻고 내가 달라진 점은 무엇이었을까? 이런 것을 자신에게 진지하게 물을 때가 우리에게는 거의 없다.

　나는 무턱대고 '아, 힘들다. 힘들다.'라는 말을 습관처럼 하기보다, 정말로 나를 힘들게 하는 게 무엇인지 집요하고 고집스럽게 들여다보는 편이다. 살면서 돈 문제를 가장한, 돈 문제가 아닌 경우 역시 태반이었기 때문이다. 나의 관점이나 마음만 바꾸어서 해결되는 것이라면, 돈 문제가 아니라는 사실을 알게 된다. 관점이나 마음을 아무리 요리조리 바꾸어 봐도 해결 안 되는 문제라면, 그것은 정확히 돈 문제인 경우가 많았다. 집요하게 자문자답하다 보면 헛수고는 줄어들고, 돈 쓰임에 가치가 붙고, 사는 방법까지 의외로 단순해진다.

　의식주 문제도 이와 비슷한 것 같다. 주목적은 결국 입고 먹고 자면 되는 단순한 것인데, 요즘 우리는 아무렇게나 입고 먹고 자고, 아무렇게나 해놓고 살아도 상관없는 것이 아니게 되었다. 간헐적 단식으로 먹는 것, 맛집 탐방을 이어가며 먹는 것, 일주일에 한 번은 꼭 이걸 먹어줘야 하는 것, 자연식물식만 하는 것, 물은 탄산수만 마시는 것 등등처럼 개인의 취향과 욕망과 유행이 삶의 질이라는 이유로 끝없이 확장된다. 그렇게 삶을 꽉꽉 채워서 버라이어티하게 살고 있는 것 같지만 중요한 뭔가를 점점 빼먹고, 놓치고 있는 듯한 찝찝한 감각이 늘 남지 않던가.

이 브랜드 옷만 입는 것, 옷 하나를 사면 옷 하나를 버리는 것, 스티브 잡스처럼 같은 옷만 입기로 결정한 것, 침구만큼은 좋은 걸로 챙기는 것 등등 주목적에 잔가지처럼 달라붙는 이런 수많은 디테일을 해결해 주는 것도 사실은 돈인 경우가 많다. 그래서 많은 경우, 우리는 대부분 삶의 문제가 돈 문제라고 철떡 같이 여기게 된다.

아주 먼 세대도 아니라 겨우 한 세대 위인 소희가 자주 하는 말이 있다.

"그냥 먹고 사느라 바빴지."

"그런 건 하등 중요한 게 아니었어."

"그런 것들이 어디 있었어?"

맞다. 그런 건 없었다. 다이어트는 우리 세대에겐 평생의 문제인데, 소희는 가장 뚱뚱한 인생 몸무게를 찍었던 고등학생 시절에도 다이어트라는 단어를 쓰거나 들어본 적 없다고 했다. 그건 뚱뚱하고 그렇지 않고의 문제이기보다 분명 삶의 총체적인 모습과 인생이 가야 할 방향이, 그리고 해결해야 할 문제들이 무척 단순했다는 뜻일 것이다.

삶의 질이 좋아지고 아름다워지는 것만큼 좋은 것이 없다. 예쁜 이불 하나를 덮어서 내 기분이 나아지고, 침실 분위기도 좋아지면 충분히 사 볼 일이다. 그런데 그 예쁜 이불은 돈으로 사야 한다. 그럼 또 나의 돈 없음이 문제다. 습관처럼 힘들다고 말한다. 힘들다고 자기 입으로 말하면서 왜 힘든지 전혀 모르는 상태이다. 세상의 디테일을 죄다 좇느라 종종거리게 되면, 다시 나를 생각한다. 삶이 디테일로 가득 차도 좋고, 한없이 단순해져도 괜찮다. 맥시멀리즘과 미니멀리즘 중 뭐가 더 나은지에 관한 것이 아니라 나를 집요하게 알아가는 훈련을 하면 달리 보이는 것이 있다는 사실이다. 그것은 삶의 질이 사실 돈과 무관할 수도 있다는 것과, 시절에 적합하게 고무줄처럼 변신이 가능한 새로운 나의 발견, 그런 것과 관련이 있다.

남편은 나와 아이들에게 돈을 아껴 쓰라는 말을 해 본 적이 없다. 본인 스스로 한다. 돈 없을 때와 돈 있을 때의 모드를 확확 바꾼다. 있을 땐 잘 쓰고 없을 땐 한 푼도 안 쓰는 것이 조금도 아무렇지 않은 남자이다. 돈이 있는데도 스크루지 영감, 왕짠돌이처럼 굴거나, 돈이 없는데도 예전 씀씀이대로 이어가거나, 분수에 맞지 않게 쓰는 일은 없다. 본인 자랑질에 쓰이는 돈은 일절 없다는 뜻이다.

그가 어렸을 때 시어머니는 돈을 너무 잘 벌어서 (동시에 장남을 너무 사랑해서) 아들에게 돈으로 해준 것이 무척 많았다. 그 시절 가장 비싸던 피아노부터, (어린 시절 나는 실제로 구경도 못 해본) 무스탕 코트, 최고로 비싼 기타, 대학 입학 때는 서울대 정문 안으로 노란색 스포츠카를 몰고 들어갔다. 다 어머니가 아들에게 해준 것이다. 그러나 시댁은 아버님이 돌아가신 직후 망해버렸다. 빚쟁이들이 집 현관 안으로 몰려들었고 대출이자 갚는 날에 쫓기는 시절이 닥친 것이다. 그 상황을 남편이 오래도록 감당했다. 남편은 결혼하고 신혼집으로 올 때 빵꾸 난 팬티 한 장을 가지고 와서 내게 보여줬다. "나 이렇게 지냈어." 하며 웃었다.

그는 내가 돈을 잘 벌 때 그러려니 하고, 못 벌 때 그러려니 한다. 사업을 이렇게 해 보라, 저렇게 해 보라 말하지 않는다. 돈이 있을 때 헤프게 쓰지 않고, 돈이 없을 때 우리에게 제발 전기불 좀 끄라고 말하지 않는다. 그것이 나를 정말 숨 쉬게 했다. 돈이 없다는 건 분명 문제인데, 남편은 어떻게 문제가 아닌 것처럼 보일까. 보이고 안 보이고의 문제가 아니라, 실제로 어떻게 문제가 아닌 것처럼 살고 있을까. 이게 그에게서 가장 미스테리한 부분이고 내가 좋아하는 부분이다. 아, 남편에게서 가장 미스테리한 부분은 만난 지 20년이 다 된 지금까지 한 번도 '피곤해.'라는 말을 내게 하지 않은 것도 있다. 여하튼 시절에 맞게 모드 전환이 잘 되는 남편이 마치 내 아들인 양 늘 대견했다. 시어머니는 아들이 더 대견할 것이다.

돈은 문제인데, 문제가 아닐 수 있다. 적어도 문제가 아닌 것처럼 살 수는 있는 것 같다. 평범한 나는 아직 그 경지가 무척 궁금하지만 그런 사람들이 분명 존재하니까. 그래서 나는 이런 생각을 꽤 자주 한다.
그러니까 이게 정확히 돈 문제야? 내 문제야?

비합리 중독

이런 일이 있었어…
너무 무섭지…

습관적으로 사회면 기사를 유독 많이 찾아 읽는 시기가 있었다. 사회면은 약간 염려되는 걱정부터 극한의 공포까지, 단계별로 매우 다양한 불안의 근거들이 가득 찬 불안 종합선물 세트 같은 곳이다. 잔인하고 위험천만한 사건 사고 기사들의 총집합으로, 그것들은 인간 세상에서 수시로 발생 가능성이 있다는 것이 증명된 셈이라 거의 내게는 확정된 공포였다. 그런 사회면에 빠져들었다. 지금껏 나는 사고와 죽음에서 예외인 것처럼 살았는데, 바로 나를 콕 찍어 찾아올 수 있다는 것을 한 번 경험했으니 또 있을 수 있는 일이었다. 잔인하거나 위험천만한 사건 사고들에는 어떤 것이 있는지 알아야 했다. 알아야 대책을 세울 수 있으니까. 그러나 실제로 대책을 세운 적이 없고, 세운다고 될 일도 아니고, 그저 불안을 더 구체적으로 샅샅이 공부한 셈밖에 되지 않았다. 불안해서 공부하고, 공부해보니 불안하고, 그런 날들이 있었다.

나는 할 일이 많아 바쁜 것보다, 불안이 많아서 바쁜 게 더 많았다. 너무 불안해서, 그 불안 요소들을 다 막고자, 다양한 종류의 불안을 미리 찾아보는 것이 한때의 나의 일이었다. 저 가정을 고통스럽게 한 사건이 내 가정에도 발생할 것을 가정하는 일은 할 짓이 못 되었다. 고통을 피하고 싶은 사람이, 고통을 예습해보는 일이라니. 고통을 미리 안다고 덜 괴로운 것도 아닌데, 왜 자꾸 그랬을까.

당시 나는 겉으로 멀쩡해 보였고, 안은 전혀 멀쩡하지 않았다. 사고 뉴스를 샅샅이 찾아 읽고 상상으로 죄다 체험하고, 시뮬레이션을 마치고 그 무서움을 조금이라도 다시 덜어내고자 친구에게 그 사건 사고를 유포했다.

"이런 일이 있었어… 너무 무섭지… 정말 조심하자 우리… 아프지 말자… 감사하면서 살자."

사건 사고 뉴스를 유포하는 일은 100% 나를 안심시키는 이기적인 행동이었다. 괜찮다는 말을 듣고 싶었던 거다. 그러나 이미 그 뉴스를 알고 있는 친구도 많았다. 뉴스를 접한 사람 중에는 슬픈 일이면 애도하고, 경악할만한 나쁜 짓은 욕한 후에 하던 일로 돌아가는 부류와 며칠 몇 달 심지어 몇 년 동안 계속 자기 일처럼 생각하면서 안타까워하고, 사건의 발생 가능성을 염두에 두며 걱정하는 부류가 있을 것이다. 안타깝게도 후자의 부류에는 나밖에 없는 것 같았다. 나중에 만난 의사는 이것을 강박적 사고라고 했다.

겪지도 않은 일을 자꾸만 간접적으로 겪게 한 나에게 미안했고, 내 이야기를 들어준 친구들에게도 다 미안했다. 결국 베프는 내게 뉴스의 사회면 읽기 금지령을 내렸다. 신기하게도 나는 그 친구의 말을 즉시 따랐다. 마치 누군가가 나에게 당장 그 짓을 멈추라고 말해주길 애절하게 기다렸던 것처럼.

뉴스를 보지 않는다고 내가 단박에 괜찮아질 리 없다. 직접 목격한 것은 아니지만 그간 뉴스로 보아온 사고의 과정이 상상만으로 시뮬레이션 되었기 때문이다. 다른 고질적인 문제도 발생했었다. 터널을 진입할 때마다 중간 대피소 부분에서 사람이 툭 튀어나오는 상상이 줄기차게 반복된 것이다. 제주도에는 터널이 없으니 제주도로 이사 가면 증상이 곧 나아질 거라는 희망을 품었는데, 뇌는 무척 영리했다. 아름다운 삼다의 섬 제주도에는 줄기차게 부는 바람이 있다. 강풍은 또 다른 불안의 문제로 대두되었다. 강풍이 불 때 신호등이나 가로수, 간판이 내 차, 내 머리, 아이들 머리 위로 때마침 무너질 거라는 상상. 나는 운전 중에 자주 온몸이 굳어버리는 듯했다.

가장 끔찍한 상상 중 하나는 아직 나오지 않았다. 의사 선생님은 듣다가, 그만하셔도 되겠다고 나를 저지했을 정도로 끔찍했다. 차마 글로 쓰지 못하겠다. 상상이 더 활개를 치기 때문에 눈을 감는 게 너무 무서워서 불면증이 깊어 갔다. 베개를 베고 눈을 감아도 누구에게 말할 수도 없는 잔인한 장면의 영화가 자동 상영되었다. 불면의 가장 큰 이유였을 것이다.

병이었다. 나의 사소하고 작았던 불안은 너무 거대해져 버렸다. 남산만 했다가 한라산만 해졌다. 내게 왜 이런 병이 생긴 걸까. 왜 이런 상상들이 반복되는 걸까. 내 발로 의사 선생님을 찾아갔다. 그러지 않으면 머지않아 삶이 망가질 수 있겠다고 생각했기 때문이다.

많은 검사를 긴 기간 진행했다. 상담을 이어가던 어느

날 의사 선생님이 내 쪽으로 내민 분홍색 포스트잇에는 필기체로 갈겨 쓴 generalized anxiety disorder라는 단어가 쓰여 있었다. 범불안장애. 게다가 매우 심각한 수준이라고 했다. 의지 없이 상상으로 재생되는 내용들은 강박적 사고인데 실제로도 너무 잔인하다고 했다. 한동안 꾸준하게 상담해야 했으며, 약까지 복용해야 했다. 책들이 집에 산더미처럼 쌓여갔다. 전부 불안에 관한 것들이다.

공포증은, 한두 가지 특수한 대상이나 상황에 대해서만 불안 반응으로 일어난다. 예를 들면 폐쇄 공포증, 고소 공포증, 바늘 공포증, 대인 공포증 같은 것들이다. 내가 가졌던 공포는 특정 대상이 없고 일상의 다양한 주제를 대상으로 한다는 점이 다르다. 차라리 한 가지 주제라면 좋았을까.

범불안장애는 비합리적인 걱정이 과도하고 통제하기 힘든 상태이며 그에 기인하는 높은 신체적 긴장 수준과 초조, 과민함을 지닌다.

책에서 발견한 내 병의 정의에 밑줄을 쫙 그었다. 그리고 '비합리적'이라는 단어에 동그라미를 친다. 아, 나는 비합리적인 걱정을 하는 거구나? 하나도 합리적이지가 않구나. 걱정을 과도하게 하고, 이게 이제 통제하기 힘들어져 버렸구나. 맞다. 내 스스로는 제어할 수 없는 상상들이었다.

나는 다시 사전에서 '비합리적'이란 단어를 찾아본다. '정당한 이치나 도리에 맞지 않는 것.' 도리? 불안과 관련하여 도리에 맞지 않는 게 뭘까 생각하다가 '도리'라는 단어도 연이어 찾아본다. '마땅히 행하여야 할 바른길.' 나는 마땅히 행하여야 할 바른길에서 매우 떨어져 있었다. 그렇게 불안에 대한 정의를 한 글자씩 풀어헤치며 차분히 생각해나갔다. 정당하지도 않을뿐더러, 바른길도 아니었다. 더 이상 나의 삶을 그쪽으로 데려가면 안 되었다. 합리적이고 바른길로 다시 가보자.

바로 어제 소파에 앉아서 나와 같이 삶은 콩을 까먹었던 사람이 진짜 오늘 없을 수도 있는 거구나. 종웅의 죽음은 일상생활의 모든 불안을 건드려 댔고, 나중에는 마구마구 들쑤셔 놓는 지경까지 이르게 했다. 사업을 하는 내내 예측 불가능한 사건 사고들에 대해 긴장을 놓지 못하고 대비하던 습관도 병을 키웠을 것이다. 극심한 공포는 결국 아픈 병이 되었다. 가족에게는 차마 이 끔찍한 불안을 말할 수 없었다. 일단 내용들이 너무 잔인했다. 처음으로 소희에게 말했을 때 얼마나 울었는지 모른다. 남편에게 말했을 때는 너무 울어서 기절하는 줄 알았다. 몸 안의 물이 다 빠져서.

어느 시대에나 어른은 현재보다 미래, 확실한 것보다 불확실성에 몰두했을 것이다. 보이지 않는 것은 인간에게 항상 두렵기 때문이다. 얼마나 사람들이 걱정과 불안을 끌어안고 살면, 노벨상을 받은 경제학자 해리 마코위츠 harry Markowitz 는 '호들갑 떨지 않고, 불안에 바들바들 떨지 않는 것, 평상심을 유지하는 것'이 성공의 요인이라고 했을까.

링거 거치대에 절대안정이라는 푯말이 괜히 걸리는 게 아니다. 그냥 의례적이고 교과서적인 조언이 아니다. 아프다고 호들갑 떨지 말고, 암이면 어쩌나, 죽으면 어쩌나 하고 바들바들 떨지 말고 일단 절대 안정 하라는 얘기다. 일단 안정.

나를 죽도록 괴롭히던 상상 속의 일들이 단 한 번도 내게 일어난 적이 없었음을 딱 꼬집어 나에게 말해 주었다. 사실 나는 언제나 안전 속에 머물렀다. 주변은 대부분의 날 평온했다. 상상과는 완전 반대였다고 할 수 있다. 나는 가족과 친구로부터 안위와 건강을 늘 염려 받는 존재였고, 나에게는 편히 잘 수 있는 집이 있고, 정해놓은 루틴을 잘 이어가는 나의 성실이 있고, 자연으로부터 생기를 얻을 줄 아는 감각과 일용할 양식에 감사하려는 의지가 있고, 예쁘게 사는 방향으로 늘 시선을 옮기는 힘이 있었다. 그 사실을 자주 상기한다. 잃은 것이 아무것도 없으면서, 곧 모든 걸 잃을 사람처럼 두려움에 떨었다는 사실도.

또로로로… 옥희의 자동급식기에서 사료 내려오는 소리, 다다다다 말발굽 소리를 내며 밥 먹으러 달려가는 소리, 오도독오도독 사료 씹는 소리가 들린다. 배를 채운 옥희는 남매가 블록으로 쌓아 놓은 성 안에서 쉬다가 누나의 책가방 속으로 기어들어 가서 잔다. 가끔 우리가 벗어둔 옷이나 빨아서 개어둔 옷을 구름 베개 삼아 잠에 빠진다. 옥희, 너도 사람처럼 아늑한 곳을 좋아하는구나. 안락한 것을 좋아하는 것은 인간하고 똑같구나. 불면을 겪어보면, 잘 자는 모든 생명체를 쳐다보는 것만으로도 마음이 안정된다.

섬에는 밤이 일찍 온다. 나는 도시에서의 삶을 까맣게 잊었나 보다. 밤 12시 넘어야 자던 내가 이제는 아홉 시 반이면 침대에 눕는다. 대략 8시부터는 하던 모든 일을 당장 멈추고 정리 정돈을 한다. 자는 일이 하던 일보다 일 순위가 된 지 이제 꽤 오래되었다.

모든 것은 지나간 이야기가 되어간다. 지나가서 살 수 있다.

아침에 일어나 날씨 뉴스를 보니 한파라고 하길래, 오늘
이 제일 추운 날이라니까 따뜻한 옷으로 골라 입으라고 남
매에게 알려주니 아들이 말했다.

"그럼, 오늘은 해님이 대장 주인공이네."

흠. 한파의 주인공은 강풍이나 눈보라가 아닌가? 제일
추운 날에 마땅히 해님이 대장이고 주인공이어야 한다는 생
각을 어떻게 할 수가 있지. 그럼 불안한 날에 마땅히 주인공
이어야 하는 건 누구일까. 이전만큼은 아니지만 나는 여전히
불안에 대해 궁금한 게 많다.

쓸모 있는 원칙

인생을 사는 데 세 가지 원칙이 있는데
불행히도 그 원칙을 아는 사람은 아무도 없다

살모넬라균을 달고 나왔다는 달걀 파동이 연신 뉴스에 보도
되던 때, 내가 달걀 먹기를 조심하면 남편은 말한다.

"이럴 때 달걀을 먹어야 더 좋아. 지금만큼 안전한 때도
없어."

맥도날드 치즈버거를 좋아하는데, 덜 구운 패티로 인한
햄버거병 사건이 터져서 내가 안 먹겠다고 하면, 남편은 "이
럴 때일수록 햄버거를 먹어야 최고로 잘 구워 줘."라고 한다.
비행기 사고가 무서워서 갈수록 비행기를 못 타겠다고 하면,
사고가 터졌을 때일수록 비행기 정비를 꼼꼼히 해준다며 딱

이럴 때 여행을 가야 한다고 한다.

남편은 이런 스타일이다. 남편의 이런 반응은 셀 수 없이 많다. 일어나지도 않은 일은 당연히 생각할 필요가 없고, 일어난 일이면 바꿀 가능성을 찾아보면 되는 것이고, 바꿀 수 없으면 그냥 그걸로 끝난 일이다. 남편에게는 세상에 걱정만큼 필요 없는 것은 없다. 게다가 세상에 일어나는 일들에 대해 일단 긍정적이다.

사건, 사고, 공포에 취약한 나는 남편의 말을 들으면 마음이 편안해진다. 혼자 불안에 잠식되기 전에 괜찮다는 말이 빨리 필요하다. 남편의 말이 현실적이든 아니든, 나를 안심시키는 방식만큼은 마음에 든다. 제발 걱정 좀 하지 말라고 일부러 충고하지 않는다. 왜 부정적으로 생각하느냐고 나무라지 않는다. 평가자, 비판자가 아니라 세상 편한 구경꾼 입장에서 한 마디씩 툭툭 던져 댄다. 전달하는 것까지만 한다. 나는 그의 말을 듣고, 참고하고, 내 방식대로 한다. 일단 안심한 후 달걀을 안 먹고, 치즈버거를 안 먹고, 여행 계획도 잡지 않는다. 그저 남편 덕에 조금 편안해진 마음으로 일상에 돌입한다. 나는 남편이 아니니까.

살아보니 부정 정서는 긍정 정서보다 막강한 파워를 가

진 것이 맞다. 부정 정서는 아무것도 제대로 못하게 한다. 어디를 잘 가지도, 무엇을 잘 먹지도, 누구를 잘 만나지도, 잠이 잘 들지도 못하게 한다. 부정이 세력을 점점 키워놓은 날들이 이미 오래되었다면, 어떤 상황에서도 부정이 먼저 튀어나와 삶을 휘두른다. 좋은 날을 환영하는 마음보다, 나쁜 날을 힘써 방어할 태세로 지내는 날은 너무 고단하다. 고단은 에너지가 너무 드는 일이다. 특히 아이를 가진 부모들은 사고에 대비하고 방어하는데 이골이 나 있다. 별일이 하나 없던 날 밤에도 진이 다 빠져있다.

여하튼 남편은 우리 집에서 희석을 담당한다. 고단함을 덜어준다. 고마운 일이다.

5월6일까지 내 몸을 56kg으로 만들기로 다짐했었다. 내 생일로 디데이를 맞춰놨었다.

"엄마! 내일까지 엄마 56kg 돼야 하는 거지?"

"아, 맞다…."

나도 잊고 있던 것을 묻는 딸의 말에 놀라서 "아, 근데… 엄마는… 그냥… 56살까지 56kg 되려고." 이 대답이 갑자기 툭 튀어나왔다. 56살까지라니. 엥? 우리는 마주 보고 깔깔 웃었다. 아직 10년이나 남았다. 이게 뭐라고 이렇게 맘이 편해지나.

그냥 나를 편안하게 해주면 되는 것이었다. 10년이나 남았다고 내 입으로 뱉었지만, 일단 마음이 편안해진 상태에서는 10년이 아니라 1년 안에 살을 빼겠다는 마음이 아무렇지 않게 차오른다. 조급할 일이 없고 아무도 밀어붙이지 않으니 훨씬 스스로 잘하고 싶어지는 것이다.

영국의 소설가 윌리엄 서머싯 몸이 한 말이 있다.

"인생을 사는 데 세 가지 원칙이 있는데 불행히도 그 원칙을 아는 사람은 아무도 없다."

원칙이 있어도 나에게 부담을 주는 원칙이면 그냥 모르고 싶다. 그것은 귀찮은 또 하나의 일이거나 괜히 곤혹스러운 인생이 된다. 결국 사람은 자신에게 이롭다고 믿는 방향을 택한다. 이랬다저랬다 하는 나의 불완전함과 사회의 불안정성을 일단 수용하고 내가 하겠다고, 잘해보겠다고 결정 내린 일만 해나간다. 그러니 내게 가장 쓸모 있는 방식을 최대한 찾고, 부려도 될만한 꾀를 내면서 살면 되는 것 같다. 불혹이 넘어서니 겨우 좀 받아들이게 된다.

아무리 남편이 설파해도 나는 햄버거병이 돌 때 식당에서 훨씬 잘 구워진 패티가 나올 거라는 기대를 전혀 하지 않는다. 건강하게 먹겠다며 집에서 햄버거 패티를 직접 만들어

구워 먹지도 않고, 그저 한동안 다른 맛있고 안전한 걸 찾아 먹을 것이다. 그것이 내게 가장 귀찮지 않으면서 가장 안심되는 방법인데, 그 사이에서 불안을 희석해주는 남편이 있는 것은 퍽 고마운 일이다.

'나라는 사람'으로 살아가는 과정 자체가 인생이다. 갑자기 생겨버린 범불안장애 때문에 나를 달랠 일이 유독 많아졌다. 어쩔 수 없다. 그것은 어렵게 수용했다. 어쩌다 그렇게 됐는지 나를 돌아보고, 원인이 된 시작점도 이해했고, 의사와 상담하면서 파악도 다 했다. 이게 이제 나의 정체성이 된 것인지도 모른다. 나에게 지금 '현실로 주어진 자리'를 지키는 것이 정체성일 것이다. 오히려 나 아닌 모습으로 사는 것이 더 힘들다. 억지를 부리는 게 더 힘들다.

내가 편안해진 순간이 언제였는지, 어떤 생각을 했을 때 안심이 됐는지, 의식적으로 열심히 체크한다. 그러다 보면 나에게 쓸모 있는 원칙이 어렴풋이 보인다. 그걸 긁어모으고 써먹으며 살고 있다.

존버

**돈 없음, 응원 없음,
몸 아픔, 방향 잃음**

나의 첫 책 『나의 차례가 왔습니다』가 교보문고 매대에 올라
가 있는 기간은 그리 길지 않았다. 그 기간에 최인아 책방의
최인아 대표님이 우연히 내 책을 보았다. 매대 앞에 서서 읽
다가 사 들고 집에 가서 하루 만에 다 읽었다고 했다. 어느 햇
살 좋은 가을날, 나는 마당에서 잡초를 뽑고, 분갈이를 하는
중에 흙 묻은 손으로 대표님의 전화를 받았다. 그렇게 내 책
은 최인아 책방에서 이달의 책으로 선정되었다. 유명한 출판
사가 아닌 개인의 독립출판 책으로는 첫 타자로 선정된 책이
라고 했다. 저자와의 만남에 초대되어 서울 강남구 선릉에

위치한 최인아 책방에 다녀왔다. 북토크를 신청해서 참석한 분 중에는 치과의사, 변호사, 피아니스트, IT 회사대표, 은퇴한 대기업 임원, 테헤란로 직장인들이 있었다. 참석자들의 직업군을 보면서 책방의 아이덴티티가 느껴졌다. 참석자의 나이대가 조금 높았던 이유는 아무래도 책이 죽음에 관해서였을 것이다.

북토크에서 많은 분이 울었다. 가족의 죽음을 눈앞에 두고 있어서 울고, 죽음을 이미 너무 많이 겪어서 너무 우는 분도 있었다. 나는 그 슬픔을 알고 있다. 따라 울지 않기 위해 몇 번 고개를 숙이거나 돌리거나 했다. 개인의 프라이빗한 서사가 대중의 마음을 움직일 때는 그 안에서 인간으로서 겪게 되는 불가피한 보편성을 발견하기 때문이다. 그것은 '나도 그 기쁨을 알아.', '나도 그 슬픔을 알지…'와 같은 마음이다. 사람은, 나에게만 각별하고 사적인 내용이지만 누구나 겪을 수 있는 이야기를 간직하며 산다. 그 사실을 나의 책으로 확인하는 일은 벅찼다.

1박 2일의 북토크 일정을 마치고 제주도로 돌아왔다. 공항 주차장에 세워둔 차를 몰고 집에 오니 자정이 훌쩍 넘었다. 새벽녘, 샤워도 못 하고 쓰러져 자던 나를 남매가 발견하고 소리쳤다. "엄마다!" 그 소리에 깼다. 집에 돌아오니 왜 이리 좋지. 섬에서 눈을 뜬 것, 내 냄새가 밴 이불, 이웃집 마당에서 낙엽 따위를 태우는 냄새와 해무가 한데 어우러져 만들어 내는 새벽 특유의 냄새, 저쪽에서 까부는 남매의 목소리가 들려오는 것, 오감이 캐치하는 이 모든 것이 갑자기 다 좋았다.

인테리어 공사까지 잘 마치고 겨우 1년밖에 살지 않은 서울의 오래된 빌라를 미련 없이 팔았었다. 딱 그만큼의 돈으로 서귀포로 내려와 땅을 얻고, 가져본 적 없던 마당과 텃밭을 작게나마 집 설계에 끼워 넣었다. 그 사실이 갑자기 너무 잘한 일 같다는 생각이 들었다. 밥벌이로 옷, 가방, 쥬얼리를 만들며 살아오다가 몇 권의 책을 굳이 출판한 일도 참 잘한 일 같다. 이 모든 용기를 낸 나 자신이 갑자기 좋아져서 칭찬해 주고 싶다는 생각이 든다.

유학 시절, 뉴욕을 잠시 떠나 이탈리아로 니트를 공부하러 갔었다. 친구들과 하염없이 걷기만 했던 날로 기억하는데, 후미진 골목의 한 사람씩만 겨우 걸을 수 있는 좁은 인도에 100년은 된 듯한 후진 가게가 있었다. 거기서 낡고 오래된 미니 모형의 재봉틀 하나를 발견하고 샀었다.

'나, 이 재봉틀 보면서 앞으로 하게 될 내 직업을 진짜 사랑해야지, 힘들 때면 이거 보면서 마음도 잡고.' 이런 마음이었다고 할까. 그날에서 20년이 훌쩍 넘어 있다. 옷 만드는 일을 계속했고, 때려치우고 싶을 때도 그냥 다시 했다. 다른 어떤 직업을 고를 수 있을 만큼 더 잘하는 것이 없기도 했다. 한국에 돌아와 소비심리를 전공으로 박사과정을 이수하면서 동시에 옷 사업을 시작했는데, 3년 동안 나에게 월급을 제대로 주지 못할 만큼 사업은 어려웠다. 내가 배운 공부로도 이렇게 엉망인데, 다른 직업을 알아보는 것은 아예 옵션에 없었다. 그저 좋아하는 일 안에서 쭉 버티는 것만 가능했다. 그때도 근근이 모은 돈으로 나무의 결들이 드드드 다 일어난 영국산 낡은 빈티지 재봉 테이블을 하나 구매했다. 그 위에 오버록 머신을 올려두고 드드드드 재봉질했다.

그때 샀던 미니 재봉틀 모형과 재봉 테이블이 여전히 우리 집에 있다. 힘든 날의 나를 상징하는 것만 같아서 보물처럼 취급했더니 정말 보물이 되어버렸다. 보물은 다른 꿈도 막 생산해냈다. 옷으로 사람의 밖을 매만졌으면, 한 번쯤 안도 만질 수 있는 사람이 되면 좋겠다는 마음이 점점 생길 때, 책을 만들고 싶다는 꿈이 생겼다. 소희는 대학교 강단에 서는 동안에는 학생들을 위한 교재만 계속 집필했다. 은퇴하고 대학 강단을 떠나면 교재와 상관없는 책을 쓰고 싶다고 했는데, 원고를 이리저리 출판사에 돌리지 않고 내가 다 출판해 주고 싶었다. 사업을 오래 해온 내 마인드에는 책 역시 돈이 되어야 한다는 자본주의 사회의 법칙이 뼛속까지 박혀 있다. 책으로는 돈을 벌지 못한다는 말을 들을 때마다, 기분이 별로다. 하지만 사람이 살면서 사실 그리 많은 돈이 필요한 것은 아니라는 생각을 과감히 해 버렸다. 돈이 되느냐 안 되느냐의 계산만으로는 이야기할 수 없는 무언가를 자꾸만 만난다. 한숨을 푹푹 쉬면서도 자꾸만 마음을 뺏기는 일. 마음을 너무 뺏기면 그냥 마음을 다 줘버린다. 그러면 또 꿈을 계속 이어갈 수 있었다.

남은 인생, 내가 어떡해서든 잘 살아내지 않을까. 이렇게 나 스스로 믿는 그런 믿음밖에는 방법이 없다. 사람의 내면에는 생의 기운을 찾고, 일으키려는 본능이 있다. 무언가가, 누군가가, 어떤 환경이 나를 끊임없이 괴롭히거나 헷갈리게 들쑤셔 놓더라도 남몰래 조용히 나를 잘 살아가게 하고 싶은 본능 말이다. 다시 생의 싹을 보고 싶은 소망은 인생의 고단한 단계마다 내 안에서 나타난다.

똑같은 주의를 몇 차례 받고도 잘못을 반복한 아이는 손을 드는 벌을 받는다. 점점 팔이 아플 수밖에. "아아, 너무 아프다."라는 소리를 들릴락 말락 낸다. "아프라고 하는 거지!" 나는 아이의 기대심을 가차 없이 깬다. '아프라고 하는 거다.' 이 말의 힘은 크고 이상하다. 아이는 그 말을 듣는 순간 즉각 수용하고 투덜대던 입을 바로 오므린다. 게다가 있는 힘껏 팔을 다시 한번 더 번쩍 들어올리기까지 한다. 좀 아파야 한다는 것을 스스로 인정할 때 좀 더 버틸 힘이 생긴다는 것을 아이도 알고 있는 것일까.

계속 버티어 낸다는 것은, 상황이 좋지 않음을 전제로 한다. 가난하지 않은데 버티는 사람이 없고, 아프지 않은데 참아보겠다고 말하는 사람은 없다. 애초에 버티는 일은 돈 없음, 응원 없음, 몸 아픔, 방향 잃음 등의 고통이 삶을 지배하고 있을 때 한다. 의사, 소방관, 판사가 고통받거나 억울한 사람들에 의해 자신의 존재를 유지하는 것처럼, 버티는 힘을 유지하는 것도 다 내 뜻대로 되지 않는 세상 때문이다. 하지만 고통은 골탕이 아니라 그 단계를 뛰어넘고 있는 과정 중에 있다는 신호이다. 지나고 보면 늘 그랬다.

20대에, 소희는 내게 빅터 플랭크 박사의 『죽음의 수용소』라는 책의 일독을 권했다. 대충 읽어 재꼈던 이 책을 나는 어른이 되어 두 번이나 다시 정독했다. 아우슈비츠의 수감자는 가치 없는 어른으로 분류되지 않기 위해서 매일 아침 깨진 유리 조각으로 수염을 다듬었다. 생기 있는 얼굴은 자기 노동력의 증명이고 생의 기운이다. 그에게 면도는 가스

실로 끌려가지 않을 수 있는 유일한 방법이었다. 날벼락처럼 주어진 고통을 올바르고 명예롭게 견디는 것만이 수용소에서 자기가 할 수 있는 전부라 믿었던 사람들이 결국 끝까지 살아남았다.

어른의 삶은 멀미가 나도 곧장 내릴 수 없는 기차에 올라탄 것과 같다. 기차의 이름은 존버. 힘들어 죽겠다는 순간마다 한 번 더 팔을 번쩍 들어올리기를 반복하며 시절의 터널을 통과하는 중이다. 존버 기차를 타고.

미래 짝사랑

어디로 그물을 던져야 하는지 몰라서
이쪽에도 던지고, 저쪽에도 던지고

"엄마, 나는 아침이 제일 좋아. 오늘은 또 얼마나 재미있는 일들이 많겠어."

드디어 잠자리에 들 수 있어서, 이제야 좀 쉴 것 같아서, 하루 중 끝인 밤이 제일 좋은 나는 딸과 정반대다. 딸에게는 하루를 잘 보내겠다는 시작하는 기쁨이 하루를 끝내는 것보다 앞서 있다.

어른은 '미래'에 단단히 의지하며 나아간다. 미래는 언제나 지금보다 멋져 있어야 할 든든한 존재이기 때문이다. 미래에 뭐가 있는지 아는 사람은 단 한 명도 없는데, 인류 모두가 미래에 가 있을 자신을 좋아하며 산다. 지금 이 일을 하는 이유, 지금 이 운동을 하는 이유, 지금 이 돈을 모으는 이유, 지금 아이를 이런 방법으로 키우는 이유, 내가 다이어트를 하는 이유도 다 미래에 있다.

그런데 내가 근사하게 서 있을 줄 믿는 미래의 자리는 내가 움직여 이동해서 간 만큼, 함께 이동해서 다시 저만치가 있다. 좀처럼 만날 수가 없다. 미래는 멋지기보다 엄청 얄미운 존재이다. 미래는 밀당의 고수처럼 당근과 채찍을 얄밉도록 휘둘러서 나는 종종 희망에 찼다가, 절망에 빠지기를 반복한다. 미래에 의지할 뿐 아니라, 종종 미래에게 부탁하는 마음도 된다. '내가 지금 정말 잘하고 있잖아, 좋은 미래야 제발 빨리 와 줘.'와 같은.

그냥 우리는 미래를 짝사랑하게 되어 버린 것 같다.

지금까지 굉장히 많이 노력하면서 산 것 같은데, 여전히 굉장히 노력한다. 초중고, 대학교 시절을 돌아봐도, 그때마다의 고민이 있었고, 심지어 유치원 시절에도 했던 고민이 기억나고, 나름 해결하려고 노력했다. 내 자아실현 하나만 위해서도 갈 길이 멀던 어느 날, 사랑하는 사람이 펑 등장했고,

더 사랑하는 자식이 또 펑 등장했고, 자식의 성장을 위해서 내 체력과 영혼을 몽땅 갈아 넣는 인생길이 되었다. 내달리고는 있는데, 제자리인 러닝머신 같다. 혹시 지금보다 더 노력해야 하는 걸까? 혹시 아직도 갈 길이 먼 걸까? 의구하며 산다. 이것만큼 너무 이상한 것도 없다. 우리는 도대체 언제 충만해져? 비록 굶어 죽지 않고 살고는 있지만, 어른으로선 늘 이 자리가 내가 바라던 종착지라고 생각이 되질 않는다. 지금 상태는 늘 좀 별로이다.

대부분 어른은 불쑥 끼어드는 변수들 앞에서 도망가지 않고 착실하게 대응한다. 일하다 말고 낮잠을 자더라도, 약속해놓고 잠수를 타버려도, 회사에 사직서를 던지고 순례의 길을 걷겠다고 호기를 부려도, 화딱지가 나서 책상을 뒤엎고 고래고래 소리를 질러도, 작업하던 것을 저장하지 않고 전원을 그냥 확 꺼버려도, 이것들은 모두 최선을 다하던 중에 폭발하고 만 최후의 행위이다. 그때 낮잠을 안 자면 도저히 버틸 수 없었고, 고함을 지르지 않고는 견뎌낼 재간이 없어서, 최선 속에서 터져버린 안타까운 발악 말이다. 폭망을 바라는 어른은 없다. 최선 속에 행패도 있고, 최선 중에 나태도 있다. 대부분 어른은 그 내지른 행위에 대한 책임까지 다 지려고 한다. 책임을 지는 행위도 결국 어른답게 살고자 하는 선한 마음에서 비롯된 것이다.

열심히 살아도 숱한 우환과 절망의 구렁텅이를 만나지만, 사람은 후회의 동물이면서 선량하기도 해서 '앞으로 더 열심히 해야지.', '더 잘 해줘야지.' 하고 결심하거나 매번 더 좋은 엄마, 더 좋은 사장, 더 좋은 자녀, 더 나은 '나'가 될 것을 계속해서 굳게 다짐한다. 나의 수고를 나만 아는 것도 문제이다. 나는 내 열심과 성실의 진실을 알고 있지 않나.

제습기 위에 '참 잘했어요' 도장이 찍혀있었다.

"얘들아, 누가 여기에 도장을 찍어 놨어?"
아들이 달려오더니 자기가 그랬다고 한다.
"기계에 찍어 놓으면 안 지워지는데, 왜 이런데 찍었어?"
아들은 뭐가 문제냐는 듯이 말한다.
"왜 찍었긴. 집을 너무 깨끗하게 해주니까 내가 찍어줬어."

웃음이 나네. 어쩜 이렇게 귀엽나. 그나저나 제습기도 칭찬 도장을 받는데, 일을 더 많이 해낸 나는 왜 칭찬 도장 하나를 못 받는가 싶다. 어떻게 더 잘해? 이것도 영혼을 부은 건데? 그 말이 또 목구멍을 타고 올라온다.

남매는 무슨 활동을 하고 나면 그 결과물 전의 중간의 과정물까지 꼭 내게 가져온다. 엄마에게서 참 잘했다는 칭찬을 받음과 함께 자신이 이런 활동을 무척 잘하는 사람이란 것을 스스로 확인한다. 남매에게 칭찬 스티커 달력을 만들어주고, 잘한 일에는 꼭 말로 표현해줄수록, 남매는 더 잘한다. 더 신이 난다. 반려견, 반려묘도 간식으로 보상해주면 그 맛에 점점 더 멋진 친구들이 되어 가고.

　　자식, 남편, 일, 식물, 고양이, 엄마, 집, 회사, 이들 중 하나도 놓치면 안 된다고 열심히 돌보며 살고 있는데 나에게는 칭찬 달력이란 게 없다.

　　남에게 부드럽게 잘하느라 내가 날카로워진 건 아닌지, 돈 버느라 수고했다고 마음에 쏙 들지도 않는 물건으로 보상을 퉁치는 건 아닌지, 회사에서 너덜너덜 상처받아 놓고 아이들만 팽팽하게 잡는 건 아닌지, 관계 눈치 보느라 지쳤으면서 아이들에게 내 눈치를 보게 한 건 아닌지, 아이들은 제때 먹고, 제때 자야 건강하다고 가르치면서 나는 제때 못 먹고, 제때 못 자는 건 아닌지. 이런 사항들을 눈여겨 돌아보고 있는 요즘이다.

　　고대 어느 철학자는 인간이 집요하게 인생을 버티며 살

아갈 수 있는 이유가 코나투스conatus를 지녔기 때문이라고 했다. 코나투스는 인간의 의지이며, 인간의 분투하는 특성을 말하고, 자기 자신을 유지하고 지키는 힘이다. 바라는 미래가 올지 안 올지 모르지만, 어른은 미래에 도착하기 위해 분투하는 힘을 잃지 않는 것이 중요하다는 것을 이미 알고 있다. 미래가 의심스럽다고 해서, 몸이 아프다고 해서 냅다 잠수를 타고 도망가는 어른은 사실 거의 없다. 열심의 굴레에서 스스로 떨어트리지 않고 성실의 쳇바퀴를 굴린다.

아들이 내게 달려와 이렇게 이야기한 적이 있다.
"엄마, 나 오늘 친구랑 자치모돌 놀았어."
"자치모돌이 모야? 게임 이름이야?"
"아니, 막 정신없게 노는 거 있잖아."
"아, 좌충우돌?"

아이도 어른도 하루를 그렇게 자치모돌 보내고 모두가 그럭저럭 하루를 꿀렁 넘긴다. 해왔던 관성의 내공으로 일상은 기어코 굴러가지만, 나는 오늘 내가 해낸 일의 양과 일의 역할이 늘 궁금하긴 하다. 대체 오늘 한 일들은 내 미래에 얼마만큼 기여했을까?

인생이 꿀렁꿀렁 굴러간다는 말을 너무 좋아한다. 삶이 대체로 망가지지 않고 대체로 잘 가고 있다는 뜻이기 때문이다. 전략을 딱딱 짜서 계획한 대로 해낸 게 아니라, 망망대해에서 어디로 그물을 던져야 하는지 몰라서 이쪽에도 던지고, 저쪽에도 던지고, 어영부영 임기응변으로 대처하며 산 것 같은데도 그리 나쁘지 않았다는 뜻이다.

어른은 마음에 들지 않는 시간을 통과하는 중에도 이 통과를 끝으로 마음에 드는 곳에 도착할 거라는 믿음을 절대 버리지 못한다. 반드시 잘 되어있어야만 하는 미래라고 굳게 믿는다. 사람은 미래를 알 수 없어서 불안한 존재이지만 무척 이성적인 존재이기도 해서, 로또나 주식, 코인, 운보다는 최선을 다하는 자신에게 더 기대어 산다. 기대는 존재가 타인이나 미지의 복불복이 아니라, '나의 최선'이라는 것은 참 다행이지 않나. 가끔 혼잣말도 한다.

"괜찮네, 이래도 망하지 않네."

연말이 되면 '새해에도 평균은 살아내겠지.'라고 기대했다. 늘 평균은 됐기 때문이다. 평균 밑이면 싫지만, 평균이면 너무 좋지 않나. 그러니 너무 겁먹지 말고, 성실의 굴레에서 종종 벗어나 마음을 좀 풀어도 좋지 않을까 싶다. 죽을 만큼 최선을 다하면 정말 죽을지도 모른다. 이런 생각을 한 나를 칭찬하면서 이제 혼자 달달한 것을 좀 먹어야겠다. 케이크와 함께 카푸치노를 마셔야지. 그럼 한결 기분이 나아지겠지. 나는 이런 보상이면 되긴 한다.

나는 여전히 앞으로도 계속 견디겠지만, 요즘은 잘 안 견디기도 한다.

일단 카푸치노

한 달 마실 라떼 값을
주식에 투자하면 어떻게 되는지

몸에 두른 것이 많은 인간이 그의 배낭과 호주머니에서 온
갖 물건을 꺼내어, 몸에 걸친 것이 거의 없는 아프리카 족장
에게 보여주었다. 아프리카 족장은 그 물건들을 가만가만 보
다가 질문을 던진다.

"이 모든 것이 당신을 행복하게 해줍니까?"

『인생의 절반쯤 왔을 때 깨닫게 되는 것들』이라는 책에
나오는 이 족장의 질문에 밑줄을 쫙 그었다. 족장의 질문에

전 인류가 그토록 찾아 헤매는 행복이라는 단어가 포함되어 있다. 그런데 이 질문 속의 행복이란 단어는 어쩐지 되게 슬프게 들린다. 이미 많이 가졌는데도 계속 갖고 싶다고 징징대는 인간에게 던지는 사이다 질문. 인간은 살면서 자신에게 던져지는 사이다 같은 질문이 꼭 필요한 것 같다. 어떤 질문은 머리나 가슴에 불꽃을 팍팍 튀기는 경우로 이어지고, 정신 차리는 방향으로 자신을 좀 돌려세우니까.

아이는 아침잠을 포기하고 몸을 일으켜 엄마를 따라 뒷산 오르기를 해낸 것을 자랑하고 해낸 자신을 사랑한다. 어른은 비싸게 산 물건의 소유를 자랑하고 소유하게 된 자신의 능력을 뿌듯해한다.

아이는 자신이 싫어하는 일은 잘하지 못하지만, 어른은 이제 싫어하는 일도 잘 해낸다. 아이는 자신이 한 행동을 만족스러워하고, 어른은 자신이 한 행동을 자주 부끄러워한다. 아이는 뭐든 보여주고 자랑하기 바쁜데, 어른은 그 많이 배운 것과 이루어낸 것을 두고 자신에게는 여전히 자랑할 만한 것이 별로 없다고 생각한다. 타인을 웃기는 일만큼 어려운 일이 없는데, 아이들은 그 어려운 걸 매일 해내고, 어른은 점점 웃음 참기에 천재가 되어간다. 아이는 잘하고 싶은 일에 집중하고, 어른은 잘되어 가지 못하는 일에 몰두한다. 아이는 쓰잘데기 없는 잡동사니를 붙들고도 하루를 만족스럽게 보내다 곯아떨어지고, 어른은 고통스러운 것에 에너지를 몰빵하다가 잠자리를 뒤척거린다.

아이들이야말로, 아프리카 마사이 족장과 대화가 잘 통할 것 같다.

"이 모든 것들이 당신을 행복하게 해줍니까?"

이 물음에 아이들은 우렁차게 "네" 하고 잘 대답했을 것 같다.

딸은 자기가 좋아하는 아이돌이 자기가 좋아하지 않는 아이돌을 제치고 음원 1위를 차지해서 너무 좋다고 했다. 엄마가 안 된다고 못 박았던 머리 염색을 마침내 진한 고동색이라도 허락해줘서 좋고, 찜해 뒀던 바로 그 그립톡을 선물받아서 좋고, 친구 누구랑 누가 사귄다는 얘기로만 하루를 꽉 채우는 데 자신이 더 즐거워한다. 어른은 쉽게 행복해지는 방법을 좀처럼 써먹지 않는다. 웃긴 이야기를 알게 됐지만 집에 와서 그냥 말 안 하고 넘어가기도 한다.

시간이 속절없이 지나가는 게 느껴진다. 안 하고 말게 아니라 서둘러 좋아하는 것들을 해야 한다는 걸 알고 있다. 커피를 좋아해서 커피 마시는 삶을 평생 살고 싶다면 그냥 커피 마시기를 매일 이어가는 게 전부이다. 그게 다다. 나는 카푸치노를 마시고 있을 때 마음이 매우 안정되는데, 겉으로 티는 안 나겠지만 내가 기분 좋다는 걸 나는 안다. 어제에 이어 오늘도 똑같은 카푸치노 한 잔이겠지만, 이 카푸치노가 미래에 날 다른 사람으로 만들지도 모른다. 매일 한 번이라도 행복한 사람과, 요 정도의 행복이라면 누리지 않고 그냥 넘어가도 된다는 사람의 미래는 당연히 다를 것이다. (다르지 않으면 안 된다) 티가 안 나는데도 짙은 고동색 염색이라도 하게 되어서 너무 좋은 행복한 아이가 될 수 있는 일이다.

하루에 스타벅스 라떼를 한 잔 줄이면, 일 년에 돈을 얼마 모을 수 있고, 그 상태를 지속하면 목돈이 되고, 라떼보다 훨씬 가치 있는 무언가를 살 수 있다는 통계가 있다. 학생들에게까지 주식 라이프가 야금야금 스며들게 된 것도 한 달마실 라떼 값을 주식에 투자하면 어떻게 되는지 알려준 일리 있는 조언들 때문이다. 이런 조언이 카푸치노를 즐기는 나까지 혼란에 빠트렸다. 아무래도 스타벅스 카푸치노 한 잔은 좀 비싼가. 샷 추가라도 뺄까. 커피를 아예 줄여서 돈을 정말 좀 모아 볼까. 이런 궁리를 안 해 본 게 아니다.

고민할 게 넘쳐나는 세상에서 이런 것에 대해선 최대한 빠른 선택을 한다. 카푸치노가 일 년 치 모이고 십 년 치 모여서 내게 줄 행복이 뭐가 있지. 모르겠다. 그런데 지금 바로 카푸치노를 마시기만 하면 일단 10분간은 행복한 기분 하나를 당장 얻는다. 하루가 완전 꽝인 날도 수두룩한데, 하루에 한 번이라도 카푸치노를 마셔서 사람답게 사는 느낌을 챙길지 말지만 정하면 된다. 나는 그냥 카푸치노를 마시기로 했다. 커피 마시는 10분이 좋으면, 하루에 한 가지라도 좋아하는 일을 정확하게 해낸 것이다. 그 확률은 자그마치 100%. 안 마시고 모은 돈으로 10년 뒤에 뭘 얻을지 나는 여전히 알 수 없다. 일단 나는 카푸치노.

사람들은 나중에 꽃밭을 가꾸거나 텃밭을 키우는 삶을 살고 싶다고 많이들 말한다. 실상은 오늘 배달된 냉동 삼겹살이 담긴 스티로폼 상자로도 바로 시작할 수 있다. 뒷집 가족이 그렇게 했다. 새벽 별 보고 집을 나서서 새벽 별 보고 들어오는 그 바쁜 가족이 어느 날 스티로폼 상자에 고추와 상추를 심어놨다. 언제 심었지?

하고자 하면 그렇게 못할 게 없다. 나는 텃밭 상자 6개로 충분한 농부 체험을 해봤다. 그러다 3개로 줄였다. 이 정도가 내게 딱 알맞은 노동의 양이고, 먹이의 양이고, 힘들면 잠시 멈췄다가 발동 걸리면 또 돌진하기 좋은 규모이다. 아예 하지 않으면 나는 어딘지 모르게 또 마음이 허하고 즐겁지 않을 것이다. 지금 가능한 선에서, 이 정도라도 됐다 싶은 좋아하는 것을 실행하면 결국 원했던 행복을 지금 바로 얻어낸다.

내가 행복에 대해 참 진지하게 또 오래 생각해봤는데, 행복은 운과 완전히 다르다. 행복은 펑 하고 갑자기 오거나, 큰 것 한 방으로 와주거나, 어떤 특정 사람에게만 올 것이라는 모호한 느낌이 있지만, 생각할수록 그렇지 않았다. 행복은 되게 조그맣게 오고, 몇 달에 한 번 오기도 하고, 심지어 매일 오기도 하고, 심지어 나한테도 오고 그러는 것이다. 마음을 꽉 닫고, 이게 행복인지 아무것도 아닌지 관심조차 없으면 평생 그저 그런 밋밋한 일상이다. '아, 이게 좋구나.' 하고 인지하기만 하면 되는 훈련은 너무 좋은 방법이다. 행복은 바로 시작된다.

운은 있기도 하고 없기도 하지만, 행복은 꼭 있다.

아이들은 자신이 좋아하는 것에 대해 얼마나 소소한 것들을 말하는지 모른다. 어른도 그런 면에선 똑같다. 과자를 잔뜩 사 놓고 드라마 정주행하기 같은 것들 말이다.

안 빠졌겠지만 왠지 살 빠진 것 같은 느낌, 떡볶이 국물에 빠트린 삶은 달걀, 기다리던 책의 배송 알림 문자, 찌그러

264

진 양은 냄비에 끓여 나온 노포집 라면, 참고 참으며 사지 않았던 옷의 깜짝 세일, 오래전 화단에 뿌려둔 씨앗에서 막 피기 시작한 꽃, 목욕탕 욕조에 채운 온수, 온수 안에 뿌려둔 에센셜 오일 몇 방울, 그 안에 몸을 담근 채 보는 드라마, 가사를 까먹은 남매의 허밍 소리, 등산 후에 느끼는 사우나 효과, 달리는 내 차를 계속 따라오는 보름달, 시멘트를 뚫고 나온 민들레, 창밖을 보며 멍때리고 있는 우리 고양이 옥희, 간식 봉다리를 흔들며 집에 오는 저녁 골목길, 자리 없겠지 하고 갔는데 자리가 있는 맛집 등등이 그렇다.

몇 페이지를 빼곡하게 더 적어보고 싶다. 너무 많을 것이다. 좋아하는 것을 땅따먹기처럼 야금야금 차지하면 된다. 교과서 같은 말일지 모르겠지만, 행복은 그냥 그러기를 가까이 두면 되는 것 같다.

실제로 우리는 아무것도 아닌 것들을 참 좋아하고 있다. 어쩌면 굉장한 아무것이기 때문일 거다. 행복이 큰 것 한 방이라는 생각만 하지 않으면 일상이 곧장 좋아진다.

이제는 마당에서 내가 먹다가 흘린 과자 부스러기를 머리에 이고 어딘가 기어가는 개미를 보는 것조차 좋고 재미있다.

3부

동화보다 만화

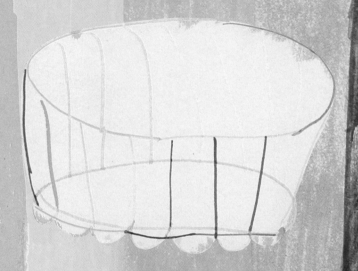

딴판의 사람

**타인은 몰라도
나는 딴판이 된 나를 알아본다**

어떤 계기로 안 하던 일을 시작하고 지속하게 되면, 어느새 그 일을 잘하는 사람이 되어 있곤 한다. 소희는 요리를 안 하거나 못하는 사람 쪽으로 평생 분류되어 있었는데, 은퇴 후에 갈치조림, 갈비찜, 코다리 요리처럼 우리가 식당에서 사먹는 게 당연했던 음식들을 척척 잘 해내는 부류가 되었다. 딸의 가족과 함께 살기 시작한 후부터이다. 갈치조림은 손주들이, 갈비찜은 딸이, 코다리는 사위가 좋아하는 음식이다. 우리는 횡재했다. 소희는 소포 싸고 보내기에서도 두각을 나타낸다. 아들과 딸이 유학하던 시절에, 줄기차게 소포 싸기를 반복한 탓이다. 그녀의 패킹 스킬은 마치 테트리스 게임을 보는 것 같고, 완성된 소포의 자태는 언제나 야무지고 안전 배송이 보장된 듯 믿음직스럽다.

어떤 어른이 되어야겠다는 각오를 했던 기억이 없다. 결혼하고 아이를 낳고 나니 자동으로 퍽 부지런한 어른이 되어 있다. 각오하지 않고 도달한 도착지치고는 퍽 훌륭하다. 해 본 적이 없던 일을, 엄청나게 많이, 무조건 해내야 하는 시절이기 때문에 가능했을 것이다. 부모에게 성실은 얼마나 중요한 요소인지, 좋은 어른은 또 왜 그렇게 되고 싶은지. 지나고 보니 아이는 어른의 성실과 좋은 어른이 되고 싶다는 부모의 꿈 옆에 붙어서 먹고 자고 자라는 듯하다.

처음에 부모는 아기의 예쁜 모습에 반해 사랑에 빠지지만, 점차 예쁘지 않은 모습도 사랑해야 하는 단계를 만난다. 아이가 있는 중년에게는 일생의 어떤 구간보다 싫고 찝찝하고 시시하고 귀찮고 부담되는 일들이 많다. 좋고 힘들고를 떠나, 잘하고 못하고를 떠나, 관성처럼 그냥 무조건 쭉쭉 해나가야지 된다. 어쨌든 안 할 수 없는 것들이 반복되니 점점 잘하게 된다. 적어도 성실에 익숙해져 간다. 성실만큼 유용하고 믿을만한 덕목도 없는데.

친절이란 덕목도 이와 다르지 않다. 웃음도 다르지 않겠지. 친절과 웃음은 사랑과 비슷한 냄새를 풍긴다. 그래서 잘 안되더라도 노력하고 싶다. 나는 결국 잘하는 사람이 될 테니까. 아이가 나를 친절과 웃음의 여왕으로 기억한다면 얼마나 기쁠까.

"엄마는 늘 웃었어요."
"엄마는 늘 내게 친절했어요."
이렇게 나를 회상하는 아이라니.

부모와 아이 사이에서 객관성을 유지하기란 불가능에 가깝다. 내 아이는 내 조카나, 내 친구의 아이, 아니 세상의 모든 아이와는 다른 방식으로 다른 강도의 울림을 준다. 약 2400년 전에 살았던 아리스토텔레스도 부모는 마치 자기 자신을 사랑하듯 자식을 사랑한다고 했다. 나의 살과 피로 실체를 얻게 된 아이는 정확히 또 다른 나이기 때문이다. 아이가 놀이터에 나가면 내가 놀이터로 나가는 것이고, 아이가 학원에 가면 내가 가는 것이고, 아이가 맞으면 내가 맞는 경험을 하게 된다. 또 한 명의 내가 내 밖에서 사는 것이다.

하지만 남매를 보고 있으면, '이 아이들이 내게 당연한 존재인가?' 하는 생각이 들 때도 많다. 나 같은 게 뭐라고 이 아이들이 왜 나를 엄마라고 부르고 있는 걸까? 동서고금을 막론하고 엄마라는 사람은 줄곧 엄청난 존재였고, 나는 자주 엉망진창인데 말이다. 내일도 이 아이들의 살을 내가 다시 만질 수 있을까? 그럴 수 없으면 난 진짜 못 살 텐데. 이런 생각이 문득문득 스친다. 두려운 생각이지만, 그럴 때마다 나는 아이들에게 훨씬 더 친절해진다. 잘해주고 싶다. 오늘이 아니면 내일은 못 줄 수 있는 다정함, 못 건넬 미소일지도 모른다.

딸은 이제 자기 침대에서 혼자 잠이 들지만, 아들에게 유독 두려운 것은 어둠이라서, 잠드는 시작점에서 내가 옆에 있어 준다. 아들은 어른에게 자기 생각을 또박또박 말할 줄 알고, 낯선 모임의 처음 본 친구들 앞에서 주눅 들지 않고 빠르게 잘 섞이지만, 불 꺼진 계단이나 화장실의 닫힌 문을 두려워한다. 누나가 문 닫고 불 끄는 장난을 치면 눈물이 훅 터진다. 아들은 잠자리에 누워 내 살을 한번 만질 뿐, 귀찮게 하지 않고 곧장 잠이 든다. 안심하며 취침하고, 기분 좋게 기상한다.

사실 나는 남매 옆에서 불면을 이겨냈다. 지옥 같은 불면의 침대에서 천국에서 자는 사람을 매일 봤던 덕이다. 아들과 잠자리 분리를 하지 않았던 덕이고, 자다 깨면 딸의 방으로 건너가 딸의 옆에 누웠던 덕이다. 아들이 두려워하는 어둠이 내겐 덕이 되었다. 퀭한 눈으로 좀비처럼 누워있는 내 곁에 아이들은 착한 잠의 숨을 색색 냈다. 신이 주신 약이었다. 아이의 팔을, 발가락을, 엉덩이를, 볼을, 눈썹을, 코끝을, 인중을 꾹꾹 눌러보거나 살살 쓸어보면서 그냥 누워있었다. 그리고 생각했다.

'너는 엄마가 너를 지켜주는 사람 같지? 아냐, 봐 바, 네가 엄마를 지켜줘.'

이 생각을 진심으로 자주 했었다. 나는 왜 불면을 이겨내고 싶나. 왜 더 나은 사람이 되고 싶나. 왜 싫은 걸 견딜 수 있나. 이렇게 스스로 묻고 답을 말하다가 어느새 잠이 들었다. 답정너처럼 답은 뻔하고, 그 답도 스스로 너무 이해가 가서, 스르르 잠이 들었다.

한센인들은 임신을 못 하는 수술을 강제로 받았다. 신은 태초에 인간에게 생육하고 번성하고 땅을 충만하게 하라고 했다. 누구도 인류의 이어짐을 강제로 막을 수는 없기에, 한센인도 자식을 낳았다. 온갖 손가락질과 고통의 끝에 온 특별한 아이, '내 아이'가 될 운명이었던 아이가 한센인에게도 왔다. 한센병을 물려받지 않은 자식들은 태어나자마자 격리되어 영아원에 맡겨졌다. 신이 허락한 운명은 인간에 의해 깨졌다. 서로가 서로에게 동거인이 되어줄 수가 없었다. 한센병이 있는 부모는 한센병이 없는 자식을 아주 가끔 만나는 것만 허락되었다. 마치 FIFA 월드컵 선수들이 시합 전에 서로 저만치 떨어져 마주하는 방식으로만 잠시 가능했다. 그때 마침 바람이라도 불면, 한센인 부모는 옷가지를 뒤집어쓰거나, 바람을 등지고 주저앉았다. 아이들을 돌려세워 달라고 성급히 휘휘 큰 손짓을 해댔다. 자신의 끔찍한 병균이 때 하나 묻지 않은 자식들에게 날아가지 않도록.

한센인은 격리가 필요하지 않다. 강제로 격리를 당했지만 사실 한센인 부모는 스스로 자신을 격리 시킨 것이다. 밤에는 한센인의 얼굴을 어둠에 감추고 부모의 얼굴로 아이 곁에 눕고 싶었을 것이다. 얼마나 아이를 만지고, 비비고, 쓰다듬고, 씻어주고 싶었을까. 운이 좋아 그럴 수 있다면 그저 단 하룻밤이라도, 잠들지 않는 불면의 밤이 되기를 바랐을 것이다. 나도 자식을 낳아보니, 만져보니, 키워보니 안다. 하루 종일 남매의 살을 만져도 모자르다는 것을.

영혼에는 몇 겹이 있는데, 어떤 독서는 더 안쪽의 영혼을 건드린다. 그런 독서 후에는 딴판의 사람이 된다. 타인은 몰라도 나는 딴판이 된 나를 알아본다. 아이를 키우는 것도 그렇다. 아이를 낳아 기르기 전과 그 후는 독서보다 더더욱 깊숙한 내 영혼의 안쪽을 건드린다. 나는 엄마가 되고 나서 전과는 딴판의 사람이 되었다. 더 딴판이 되었으면 좋겠다는 생각을 한다.

동거는 합심이 필요하다. 자신이 돕는 줄 모르고 도운 경우도 허다하다. 특히 아이는 어떡해서든 어른의 잦은 지시나 부탁을 수용하려고 애쓴다. 제 수준에 버겁거나, 어른이 다 옳아 보이지 않을 때도 많을 텐데, 그런 와중에도 대체로 어른을 따르는 것이다. 그런 점에서 아이는 참 불쌍하며 많이 기특하다. 아이는 자신보다 나이가 많고, 자신보다 아는 것이 많고, 자신보다 무섭고, 자신을 벌할 수 있는 어른과 함께 사는 시기를 지난다. 아이가 하는 사랑에 전략이 있다면, 그것은 따르는 사랑이다.

피천득 작가는 '남의 파트가 연주하는 동안 기다리고 있는 것도 무음이 연주하고 있는 것'이라고 했다. 아이는 무음을 연주 중인 것일까. 아이가 어른을 따르는 사랑이란 어쩌면 어른의 파트가 끝나기를 일단 기다리는 착한 연주는 아닐까.

안아주기, 쓰다듬기, 옆자리에 앉기, 마주 보고 앉기, 웃고 울기, 숙면과 불면, 싸움박질과 화해, 우리가 동거하며 주고받은 것들, 지켜보거나 모른 척했던 유무형의 모든 것들은 사라지지 않는다. 어떤 형태로든 미래에도 둥둥 떠다닐 것이다.

마침내 남매가 세상 밖으로 떠나고, 나는 집에 남을 때, 각자 발견하게 되는 마지막 덕목은 용기이기를 바라고 있다. 우리가 동거하는 동안 누적되어 만들어진 최종의 덕목이 용기라면, 홀로되어도 괜찮은 시절을 다시 신비스럽게 살아낼 수 있을 것 같다.

동거는 축복. 그러나 동거의 궁극적 기쁨은 결국 동거가 완료되는 때, 그러니까 동거가 완전히 해체되는 시점인지 모르겠다. 부부, 부모, 아이도 결국 홀로서기를 할 때가 온다. 동거는 결국 부부의 사별이나 이혼 이전, 아이의 독립 이전에나 가능한 '한 때'뿐이니까. 우리는 언제나 '한 때'였던 것을 그리워하고 끝이 날 때 소중함을 깨우친다.

라포르

**내가 너를, 네가 나를
이해하고 있다는 친밀과 안도**

사람은 고양이와는 정반대의 이유로 골골거리는 신체적 반응을 한다. 고양이는 이대로가 딱 좋을 때 골골대고, 사람은 이대로면 딱 몸져누울 것 같을 때 골골댄다. 체력은 마치 회전판에 올려진 초밥처럼 누군가 날름날름 낚아채 가지만, 금세 또 채워져 있다. 나의 체력도 빠르게 소진되고 다시 채워지기를 반복한다. 어른은 누구나 타고난 조건, 걸림돌이 있는 환경, 시대의 변화무쌍함 속에서 돈을 벌고 집안일을 이어가면서 끊임없이 힘을 잃고 또 힘을 얻는다.

한동안 이빨 닦고 침대에 누우면 잠들기 전까지 남매와 의사 놀이와 미용실 놀이를 매일 했다. 그 놀이는 내가 먼저 제안했던 것인데, 누워만 있어도 되었기 때문이다. 피곤할 때도 놀아줄 수 있는 최고의 놀이이다. 아이들은 의사인데 미용실도 같이 운영하는 퍽 능력 있는 사람들이다. 대개 누나는 의사나 주인을, 동생은 간호사나 보조를 맡았다.

　　딸은 나의 두피 마사지를 마치고, 헝클어진 머리카락을 머리핀으로 야무지게 고정한 뒤, 의사로 변신해서 청진기를 내 배에 댄다. "어디가 아파요?" 물어 오면 나는 그냥 그날 특별히 마사지 받고 싶은 곳을 알려주면 되었다.

　　"손가락과 손톱 끝이 너무 아파요."
　　그러면 손가락 하나하나를 꾹꾹 마사지를 받을 수 있다. 마사지 숍 이름도 매번 새롭게 바뀌었다. 이름이 바뀌면 나는 꼭 물었다.
　　"숍이 이사했죠. 포근하고 좋네요."
　　"네, 제가 인테리어에 관심이 많아요."
　　딸은 엄마의 관심사를 자연스럽게 자신의 것처럼 말할 줄도 알았다.
　　"이번 마사지는 새 기법인지 아주 좋네요. 시원해요. 얼마예요?"

"이거 15만 원인데, 손님은 단골이니 3천 원에 해 드려요."

가격을 너무 막 부른다. 아무리 단골이어도 가격이 심각하다고 생각하는 중에 진짜 마사지 숍의 관리를 받는 듯 몸이 노곤노곤 풀린다. 머리도 꾹꾹, 어깨도 조물조물, 손가락 다섯 개도 쭉쭉 당겨주는 놀이라니. 내가 생각해도 누이 좋고 매부 좋은 놀이였다.

나는 매일 천장을 보고 최소 10분, 길면 30분까지도 누워있을 수 있는 호사를 획득한다.

"엄마는 입원이 필요해."

좀 더 누워있고 싶으면 입원을 요청한다. 핸드폰은 볼 수 없다. 의사에게 제출했기 때문이다. 천장을 보고 있는 동안, 그냥 눈에 보이는 것을 보고 생각한다. 거울의 유리, 천장의 나무 결, 커튼의 천. 오! 이 세 개의 물성이 다 다르네. 뭐 이런 아무 생각들을 다 하는 것이다. 더듬더듬 손을 뻗어 핸드폰을 찾아 세 가지 물성이 다 보이도록 천장 사진을 기어코 찍는다. 그러면 바로 호통이 떨어진다. "환자님, 핸드폰은 안됩니다."

남매는 이 방 저 방에서 가져온 베개들을 내 몸 옆으로 쌓아두고, 그 위로 이불을 덮어서 MRI 터널을 만든다.

"기계가 작동하는 동안 움직이지 마세요. 다 끝나고 마취가 깨면 그때 입원실로 이동합니다."

침대는 미용실, 마사지실, 검사실, 수술실, 입원실로 여러 차례 전환된다. 아이는 내 배에 귀를 갖다 댄다.

"꾸르륵 소리 들리시나요? 이건 나쁜 징조의 소리입니다."

아이는 내 다리를 꼼꼼하게 만져 본다.

"다리뼈가 부러지면 이렇게 심각하게 부어요."

실제 자신의 경험담이 반영된 의견을 내놓는다.

딸은 세안용 머리띠로 내 눈을 가린다. 이불로 미라처럼 나를 꽁꽁 싼 뒤 내 몸 위에 갑자기 훅 올라탄다. MRI 기계가 몸 가까이 접근하면서 조여오는 중이란다. 그래야 몸 안이 자세히 촬영된다고. 답답할 줄 알았는데, 묵직하게 감싸주는 느낌이 나쁘지 않다. 되려 안정적이고 편안하다.

"근데 있지. 엄마, 나 미안하지만 지금 똥이 마려워서 갔다 올게."

검사하다 말고 의사 선생님이 똥 누러 가버렸다. 손을 더듬거려 나는 침대 위 어딘가의 핸드폰을 또 찾는다.

"환자아! 핸드폰 보시면 안 되죠! 환자아아아아아!"

변기 위에서 코드블루 같이 위급한 고함이 들려온다.

미장원 놀이로 넘어갈 때는 남매가 알아서 말을 걸지 않는다. 미용실에서 수다 떠는 것을 어색해해서 늘 자는 척 눈을 감거나 진짜 자 버리는 엄마랑 할머니를 익히 알기 때문이다. 말조차 하기 귀찮을 때는 나는 미용실 놀이가 제일 좋다. 빗으로 머리카락을 꼼꼼히 빗겨 주고 서비스로 두피 마사지를 해준다. 놀이가 길어지면 아이는 내 옆에 눕는다. 누워서 손가락으로 내 머리카락을 쓸어 주다가 팔이 너무 아프다며 그만둔다. 자겠다는 말도 없이 우리는 같이 잠들어 버리곤 했다.

시작은 나 좋자고 한 놀이였는데, 남매는 엄마가 놀이에 동참하는 것만으로 좋아하고 고마워했다. 우리는 그런 줄 모를 뿐, 이렇게 저렇게 서로 돕고 있다.

불면과 범불안장애가 심해지던 시절의 나는 유독 밤마다 아이들이 필요했다. 남매 곁에 누워있어야 그나마 좀 살 것 같고 그나마 잠들 수 있었다. 밤은 나에게 말을 건다. 이봐, 네 옆에 이 아이들을 좀 봐.

"엄마가 피곤하고 아프다고 하면 너는 슬퍼?"

"응."

아이는 망설임 없이 대답한다. 엄마가 아프면 안 된다는 단호함.

아이의 똥꼬를 푹 찌르면서 "똥침!" 소리를 내니까 아이는 금세 또 웃는다.

"피곤하고 아파도 웃을 때가 많아."

내 말에 아이는 알면서도 마치 몰랐다는 듯이 "그으래?" 하며 웃는다. 아파도 웃을 때가 많다는 말을 내 입으로 내뱉고 내 귀로 듣는데, 왠지 힘이 난다. 마법 같다.

내가 좀 덜 피곤해지자고 시작한 놀이란 것을 아이들이 모를 리가 없다. 이기적이고 수동적인 엄마에게 아이는 놀아줘서 고맙다고 말하고는 잠이 든다.

아이들은 부모의 흥망성쇠를 기꺼이 같이 타고 넘는 고마운 존재이다. 있는 그대로의 엄마 아빠, 있는 그대로의 집, 있는 그대로의 자기 방, 있는 그대로의 학교생활을 당연하게 받아들이고 살아가 준다. 어른이 웃으면 아이는 따라 웃고, 어른이 찡그리면 아이의 표정이 굳는다. 어른이 근심하는 모습을 보면, 아이는 눈치껏 잠잠해진다. 서로에게 좀 조용히 하라고 쿡쿡 찌르고는 갑자기 알아서 책을 펼친다. 어른이 바쁘다고, 피곤하다고 저리 가라고 하면, 아이는 저리로 물러나 주는 것으로 어른의 삶에 동참하는 것이다. 우리에게 필요한 건 언제나 라포르이다. 힘든 시기가 지나가지만,

그 안에 우리가 같이 있고 내가 너를, 네가 나를 이해하고 있다는 친밀과 안도.

이 라포르 형성에 아이는 언제나 최선을 다한다. 어른보다 훨씬 잘 해내기도 한다.

뺨을 맞았다

아이가 어른에게 할 수 있는 복수란 거의 없다.
까먹은 척해주는 것

딸에게 물어본 적이 있다. "너도 엄청나게 슬펐던 적이 있어?" 딸은 생각해보겠다고 했는데 좀 기다려도 구체적인 사건을 대지 않았다. 아이는 안 좋은 사건을 마음에 잘 담아두지 않는 걸까? 아니면 너무 슬퍼서 복기하고 싶지 않은 걸까. 그런 것 같지는 않고 아마 엄청나게 슬픈 일 자체가 없었을 것 같다고 내 멋대로 생각하는 중에 딸은 대답했다.

"엄마가 슬플 때, 나도 슬퍼."

284

아이는 어른이 슬퍼하는 모습에서 자신도 슬픔을 느낀다고 알려왔다. 어른이 겪는 복잡미묘한 사정들, 그로 인해 파생되는 여러 가지 고뇌와 슬픔을 아이가 어른만큼 다 느끼지는 못하겠지만, 아이로 지내는 시절은 어쩌면 자신의 문제보다 자신을 보호해 주는 유일한 사람의 감정에 더 반응하는 시절인지 모르겠다. 학교에서 다치고 돌아온 날에, 큰 몸을 달팽이처럼 작게 말고서 자신이 달고 온 상처를 요리조리 들여다봐 주며 반창고를 붙여주는 큰 사람, 퇴근길 지친 몸을 이끌고도 마트에 들려 장을 보고 자신에게 밥과 국을 차려주는 사람, 씻고 자자며 따뜻한 목욕물을 받아주는 사람, 아이는 그 좋은 사람이 오늘은 무언가로 인해 화가 나 있는 모습에서, 오늘은 몸이 안 좋다며 빨리 누워버린 모습에서 슬픔을 감지한다. 큰 사람이 혹시 잘못돼서 작은 자신이 잘못될 수도 있다는 슬픔 같은 것.

나도 정확하게 그런 감정을 안다. 내가 병을 얻은 날에, 굴욕을 당한 날에, 포기할까 말까 기로에 섰던 날에, 억울해서 미쳐 돌아버릴 것 같은 날에, 그런 것은 별것이 아니라고 말해주고 "가장 중요한 것은 언제나 너."라고 큰 어른답게 조언해주던 큰 사람이 사라지고 있다는 슬픔의 감정을 겪어봐서 안다. 사랑하는 사람이 깨어나지 못할 것이란 사실을

100% 직감하는 날, 개인적인 문제들은 쓰잘데기 없는 수준의 것이 되어 버린다.

슬픈 게 다 뭔가. 그 슬픔의 종류는 공포에 가깝다. 갑자기 나는 앞으로 내 자녀의 큰 슬픔이 무엇인지 알고 싶지 않다는 생각이 든다. 슬픔의 이유를 자꾸 궁금해하기 시작하면, 결국 알게 될 것이고, 알고 나면 나는 움직일 것이란 생각이 불현듯 들어서 그렇다. 자녀의 슬픔을 모르기보다는 슬픔이 아예 없기를 바라는 마음이 정확하다. 그러나 슬픔 없는 인생이 있기는 한가. 그럴 수는 없겠지.

나는 내 어린 시절의 특정한 구간을 잘 기억하지 못한다. 초등학교 1·2·3학년, 딱 그 3년 간의 기억이 전무에 가깝다. 그 이유의 발단이 된 1학년 때의 사건이 너무나 파괴적이어서 그런 것 같다. 그 외의 이유는 짐작할 수 없다. 어린아이였지만 '진짜 슬프다는 것은 이런 거구나.' 하고 느끼게 된, 굴욕적인 사건은 전교생이 있는 운동장 한가운데에서 일어났었다. 담임선생님에게 부지불식간에 뺨을 맞았다. 나의 작은 몸이 거의 날아갈 뻔했다. 전혀 예상할 수 없는 순간에 맞으면 세상이 일시 멈춤 한다. 그때까지, 그 이후로도 단 한 차례도 누군가에게 맞아본 적이 없는 나는 세상에서 일어나는 모든 맞는 순간과 맞는 사람을 보거나 상상할 때면 그날의 내가 자주 떠오른다. 저 사람도 세상이 잠깐 멈추고 몸이 없어지는 느낌을 받았겠구나.

꼬맹이가 느꼈던 얼얼하고 욱신거리는 뺨의 상태는 '뺨이 뺨 밖으로 튀어 나갈 것 같은'으로 묘사할 수 있겠다. 맞은 힘과 부끄러움이 섞여서 뺨뿐만 아니라 온몸이 다 새빨갰을 것이다. 학교에 체벌과 촌지란 것이 존재하던 시절이었다. 학교에서 조용하고 규칙도 잘 지키는 아이가 운 나쁘면 뺨을 맞을 수도 있는 그런 시절이었다. 여기서 운이 나쁘다는 것은, 아이의 운이 아니라, 기괴한 선생님이 이 땅에 태어나는 세상의 복불복을 말하는 것이다.

이 이야기를 태어나서 처음 쓰고 있으니까 다시 볼에 뜨끈한 감이 느껴지고, 심장이 좀 뛴다. 나는 마흔 살이 넘어서야 이 사건 사고를 처음으로 소희에게 말한 적이 있다.

내가 1학년 2학기 때 부반장을 했었잖아. 그때 엄마가 나 부반장 됐다고 처음으로 스파게티를 사줬어. 보통 1학년 1학기 때는 선생님이 반장, 부반장을 정해주고, 2학기가 되면 친구들이 투표로 뽑아주잖아. 내가 부반장이 되고 나서 전교생이 운동장에 모여서 월요일 아침 조회를 했어. 내가 친구들 줄을 세우고 맨 앞자리로 돌아와 섰는데, 자리에 돌아오니까 친구들 줄이 또 지렁이처럼 꿈틀꿈틀 엉망인 거지. 그때 선생님이 갑자기, "이게 줄이니? 이게 줄 세운 거니?"라며 소리를 빽 지르더니 내 뺨을 갑자기 후려쳤어. 짜악. 그것도 어어엄청 세게. 반장도 놀라서 쳐다보고, 옆 반 애들도 보고, 단 위에 있던 6학년 회장 오빠도 보고, 옆 반 선생님들도 다 나를 봤어. 진짜 부끄럽더라고. 근데 그 선생님을 제지한 선생님이 아무도 없었어.

　이런 내용이었다. 이것은 정확한 사실 묘사이다. 초등학교 3년간의 기억이 모두 사라져 버렸지만, 이날 딱 하루가 문신처럼 새겨져 있다. 소희는 그날의 우리 반 반장만큼 눈을 휘둥그렇게 떴다. 게다가 소희는 아동복지학과 교수님이지 않나. 딸의 복지가 무너져 있었다. 안타까운 건 30년이 넘는 세월이 이미 지나가 버렸다는 것이다. 소희는 결혼을 앞둔 사위와, 당신이 낳은 아들에게도, 살면서 배우자에게 단 한 번의 손찌검만으로도 이혼을 각오하라는 강력 경고를 해 둘 정도로 손을 대는 세상의 모든 체벌을 반대하는 사람이다. 소희는 타인의 신체를 아프게 해서는 안 된다는 것이 자신의 신념 체계에 문신처럼 새겨져 있는 사람이다. 본인도 단 한 번의 체벌 없이 키운 딸이 어디선가 수치스럽게 맞은 것이다. 그것도 제일 비참한 뺨을.

근 40년이 흐르고 딸이 마흔이 넘었다. "왜, 그때 엄마에게 말하지 않았어?" 소희는 흥분하지 않고 물었지만, 그녀의 안쓰러움이 내 눈엔 다 보인다. 지금은 아무런 조치를 취할 수가 없다. 어떤 식으로든 딸에게 남은 짙은 상처와 원망을 닦아줄 수가 없다.

"아, 내가 그때 왜 말 안 했느냐면…"

이때 나는 내 딸의 말을 떠올렸다. 엄마가 슬플 때 슬퍼진다는, 그 말.

엄마에게 걱정을 주고 싶지 않아서 그냥 묻어버렸다. 엄마에게 말하지 못한 것은 한 번도 마음에 걸리지 않았다. 선생님에게 하지 못한 말이 자주 나를 따라다녔다. 어린 나이에 너무 강렬한 기억은 숨겨만 둔 것이지 사라진 것이 아니기에. 내가 이렇게 맞을 애가 아닌데… 당신은 모르겠지. 내가 집에서 얼마나 사랑받는 아이인 지.

1학년 아이가 겪은 그날의 이야기를 무척 덤덤하게 소희에게 전달했다. 그때나 지금이나, 나는 마치 '아이고, 엄마는 걱정하지마.'라는 마음이었다. 그러거나 말았거나 소희는 몹시 슬퍼했다. 근 40년이 흘러버린 이야기를 듣고는, 딸이 슬퍼했던 그 슬픔으로 슬퍼했다. 그저 나는 언제나 좋은 아이로 남고 싶었다. 선생님에게도 엄마에게도.

더 어렸던 유치원 때의 기억도 다 나는데, 초등학교 1·2·3학년 때의 기억이 거의 나지 않는다니. 선생님이 누구고, 뭘 배웠는지, 그에 대해 나의 뇌가 그려낼 수 있는 어떤 그림도 없다. 정말 마술처럼 펑 사라진 시절이다. 집에서 늘 매 맞는 아이였다면 그냥 그러려니 했을까. 가정에서 결코 행해진 적 없는 행위가 집 밖에서 무지막지하게 자행되어서 충격은 더 컸던 것 같다. 뺨을 맞은 기억 딱 하나가 불로초를 꿀꺽 삼킨 호랑이가 된 것처럼 죽지 않고 살아있다. 그 호랑이는 너무 힘이 세고 두려운 존재여서, 나의 뇌가 명령을 내린 것 같다. 뺨을 때린 저 선생님이 학교에 남아 있는 한, 시간을 그냥 다 지워버리라고.

4학년 때, 소희와 종웅이 부산에 있는 대학교 교수로 발령이 났다. 나는 서울에서 부산으로 전학을 가게 되었다. 전학이란 것이 좀처럼 신나는 일이 아닌데, 나는 신났다. 4학년부터 드디어 나의 어린 시절 추억이 살아난다. 서울에서 전학 온 여자 아이라 그랬는지, 나는 친구들의 관심을 한껏 받았다. 가끔 서랍 안에 캐러멜이랑 쪽지가 있었고, 집이 어딘지 궁금해서 따라오는 친구가 있었고, 생일 초대도 자주 받았다. 여전히 나는 내 할 일을 스스로 잘 해내는 어린이여서 선생님들께 칭찬을 듬뿍 받으며 학교생활을 했다. 어른에게 사랑을 받을수록, 즐겁게 노는 친구들이 늘어날수록 나는 더 좋은 아이가 되어갔다. 4학년 이후로, 중학교, 고등학교, 모든 학창시절을 나는 잘 지냈다. 공부를 열심히 했고, 성적도 좋았고, happily ever after 마침내 나는 행복해졌다.

내 인생에 기괴하고 나쁜 어른이 있긴 했지만, 호의적이고 좋은 어른들이 내 곁에 더 많이 있다는 것을 언제나 나는 잘 알았다. 1학년 때 그 하루의 기억을 굳이 끄집어 내면 생생하게 내 앞에 등장하는 건 맞지만, 결국 좋은 추억이 나쁜 기억을 덮는다.

남매는 등교 전부터 날아가기를 잊은 새처럼 내 앞에서 정신없이 재잘거린다. 하교하고 나서 나랑 눈을 맞추자마자 학교에서 일어난 이야기보따리를 빠르게 푼다. 이토록 신나는 이야기들이 남매의 머리에서 홀라당 사라진다고? 자라서는 남매가 지금 시절을 하나도 추억해내지 못한다고? 그럴 수는 없다. 어른도 아이도 온 마음을 다해 지금을 살아내고 있지 않나. 엄마가 아이를 위해, 아이가 자신을 위해 이토록 애쓰는 날들을 기억하지 못한다는 것만한 비극은 없다.

아이가 보내는 유년 시절에도 어른 세계 못지않은 드라마가 분명히 있다. 그 드라마는 딱 그 시나리오보다 훨씬 더 재미있을 수 있고, 훨씬 비참할 수도 있는데, 그것은 바로 어른의 개입이 작용할 때가 그렇다. 어른의 개입으로 아이의 무대에서는 성장 드라마가 펼쳐질 수 있고, 암전 상태가 될 수도 있다는 사실을 기억해야 한다. 그건 그래서 무척 다행이지만, 불행으로 치닫게 될 수 있는 여지도 있다는 뜻이다.

나는 뺨을 맞던 그날로 스스로 되돌아가 본 적이 셀 수 없이 많다. 다시 그 선생님을 만나는 상상도 해봤다. 상봉에는 늘 두 가지 난항이 있다. 그 선생님이 나를 기억하지 못할까 봐 두렵고, 기억할까 봐도 두려운 것이다. 혼자서 여러 번 판결했다.

'당신은 이상한 어른입니다. 너무너무 너무 이상합니다.'

이것이 내가 그 선생님에게 줄 수 있는 유일한 벌이고 저주였다.

아이가 어른에게 할 수 있는 복수란 거의 없다. 까먹은 척해주는 것, 그리고 열심히 또 자라는 것뿐이다. 나는 소희와 종웅이라는 좋은 어른의 개입으로 인해 암전될 뻔했던 나의 무대가 망하지는 않았다. 아이 곁에 두 명, 세 명, 혹은

열 명의 좋은 어른이 있다면 더할 나위 없이 좋겠지만 좋은
어른 한 명만이라도 퍽 충분하다.

탄생 신화

나는 남매에게 대체될 수 없는
사람이 되어야 하고

먹이고 입히고 씻기고 재우며 자녀를 키워야 하는 보살핌의 의무는 인간의 참 따스한 행위인데, 아이들을 훌륭하게 잘 키워내야 한다는 걱정, 그 강박과 만나면 난제가 되어 버린다.

　대부분 부모는 아기가 태어날 때부터(어쩌면 정자와 난자가 수정되기 훨씬 전부터) 무의식중에 내가 낳은 아이는 말 잘 듣고, 예쁘고, 건강하고, 똑똑할 거라는 기대감을 품는다. 내 마음이 그려내는 내 새끼의 이상적인 모습이 있는 것이다. 이상적인 현재의 모습이 있고, 이상적인 미래의 모습도 있다.

그렇게 되지 못할까 봐, 또 그렇게 되지 않는 듯한 양상으로 흘러갈 때 부모는 초조해진다. 나의 부족함일까. 아니면 아이들의 부족함일까. 내 탓을 할 때 나를 몰아가고, 아이 탓을 할 때 아이를 몰아간다.

언제나 고통은 비교에서 온다. 부모로서의 현재 내 모습과 이상적인 모습의 부모를 비교하고, 지금의 내 아이와 이상적인 아이의 모습을 비교한다. 사실 그 현실과 이상의 간격을 메꾸는 과정에서 성장이 일어난다. 초조와 실망, 미움과 자책, 그리고 번 아웃 같은 부작용도 일어난다. 어쨌든 실체가 없는 이상적인 유형을 만들어 놓고 비교하는 일은 부모라면 하고 싶지 않지만, 하게 되어 버리는 일종의 사랑의 딜레마이다.

국·영·수를 잘하는 아이를 낳게 해 달라고 기도하는 사람은 없다. 나는 종종 국·영·수를 잘하는지 감독하려고 남매를 낳은 것이 아니라는 생각을 일부러 한다. 어느 선생님을 만나든, 그 선생님은 아이에게 국·영·수를 잘 가르칠 것이고, 그 선생님이 그만두면, 또 다른 선생님이 대체되어 아이를 가르칠 것이다.

모든 영역에서, 누구라도 해줄 수 있는 일을 엄마인 내가 다 해내겠다고 덤비지 않을 때 양육이 좀 편해지는 것 같다. 엄마는 아이들 공부에 참견하느라 온 에너지와 시간을 들이는 것이 아니라 정말 나만이, 엄마만이 할 수 있는 것들을 해야 한다.

내가 더 집중할 부분은, 타인이 내 아이에게 해줄 수 없는 것에 있다. 예를 들면, 아이의 의식주 문제가 더 밝고 안전해지는 것. 타인이 모르는 내 아이의 구체적인 신체와 감정 상태를 잘 캐치해서 그로 인해 아이 정서의 질이 더 나아지는 것이다. 그런 것이 나만 할 수 있는 분야이다. 나도 영어의 중요성을 알고, 남매에게 영어를 가르치는 열정이 있다. 하지만 그 우위가 꽤 낮다. 내 더듬이가 아이들 공부에만 자꾸 반응할 것이 아니라, 나밖에 챙기지 못하고, 나밖에 감지하지 못하는 유일한 것들에 더 자주 반응하길 바란다. 같은 엄마여도 나라는 엄마와 옆집 엄마가 할 수 있는 것 역시 디테일에서 다를 것이다. 이런 생각을 의식적으로 꾸준하게 하면 도움이 된다. 의식의 단련이다. 나는 남매에게 대체될 수 없는 사람이 되어야 하고, 그럴 수 있기에 이 아이의 엄마로 부름을 받았다고.

아이가 건강하고, 큰 탈 없이 학교에 잘 다니고, 즐겁게 놀고, 맛있는 것을 잘 먹는 생활이 충족되면 그 부분에서는 부모로서 결핍을 느끼지 않는다. 이런 부분들은 앞으로도 무난하게 문제없이 잘 되어가리라고 믿는다. 그때 부모는 시선을 돌린다. 아이에게 부족한 부분에는 뭐가 있나 둘러보게 된다. 레이더망에 아이의 어떤 결핍이 잡히면 온 관심이 이제 거기에 꽂힌다. 아이가 이것만 좀 잘하면 훨씬 낫겠는데, 이것이 채워지면 완벽하겠는데… 이처럼 이상과 현실의 간격을 메꾸려고 남은 에너지를 쏟는다. 어쩌면 우수한 성적, 좋은 대학의 진학 같은 것에.

학업에 대한 결핍은 아이 본인이 직접 느껴야 하는 것이지, 엄마가 느껴서 하나부터 열까지 관리 감독하는 것에는 한계가 있다. 그 한계에서 엄마가 하게 되는 것은 아이를 푸시하는 일이다. 엄마가 공부할 것이 아니기 때문에 엄마에게 남는 것은 간섭밖에 없다. 모두가 결핍을 메꾸는 일에 온 정신이 꽂혀서, 아이는 부담이 커지고, 부모는 초조가 커지고, 이미 잘 굴러가던 삶의 질마저 훼손되는 일이 우리 주변에는 허다하다.

결핍은 그것대로 그 아이의 진짜 모습으로 볼 수 있고, 조금 더 도와줘서 성장으로 살짝 이끌 수 있는 부분일 수도 있다. 이것은 정말 큰 딜레마이다. 부모가 품고 있는 내 아이의 이상적인 모습을 포기하는 건 너무 어렵기 때문이다. 언제나 '있는 그대로의 아이를 지켜보는 것'은 부모가 할 수 있는 가장 용기 있는 행위가 되어 버린다.

남매는 내가 유능한 사람으로 잘 키워내야 하는 목적의 대상으로 내게 오지 않았다. 나에게 조건 없는 사랑을 받기 위해 내게 왔다. 그런 사랑을 줄 수 있는 사람도 지구상에 나밖에 없다. 내가 남매를 사랑하고 남매가 나를 사랑하는 것, 이것 하나로 남매는 태어난 목적을 이미 다 성취했다.

그러나 아이를 잘 키워야 한다는 강박과 아이가 잘못되면 어쩌나 싶은 두려움은 여전하다. 그래서 엄마의 찐 마음을 자꾸만 끄집어내야 한다. 의식의 단련을 자꾸 한다. 아이와 지구별 여행자처럼 즐겁게 살기 위해선 함께 가고, 함께 보고, 함께 나눌 대화가 공부 말고 많다고. 나밖에 해줄 수 없는 것을 나다운 모습으로 해주는 엄마가 되고, 아이에게 고약한 엄마가 아니라 윤이 나는 엄마가 되고 싶은 것이 진짜 마음이라고.

나를 이렇게 키워줘요. 나를 이런 학교로 보내줘요. 그래야 내가 잘 자라나죠. 이런 요구를 남매는 한 번도 나에게 하지 않았다. 다만 많이 자랐는데도 자꾸만 안아 달라고 한다. 맛있는 것을 더 자주 먹으러 가자고 한다. 맛있는 것을 같이 먹을 때, 우리는 가장 많이 웃고 행복해한다. 사는 동안 무엇이 결핍을 메꾸는지 이미 우리는 다 알고 있다.

아이가 이 세상에 온 것, 우리 집에 태어난 것, 딱 여기까지가 내 아이만의 탄생 신화이다. 탄생 신화의 시작이고 끝이다. 그래서 신화는 특별한 시대, 특별한 가정, 특별한 아이에게만 있는 것이 아니라, 아이가 찾아온 모든 가정에 있다.

얻어먹을 힘

네네, 괜찮죠.
머리 안은 괜찮으니까요

서울에 살 때, 내 딸과 함께 어린이집을 다녔던 친구들 무리
가 제주도에 놀러 와 보름 살이를 마치고 서울로 떠나기 딱
하루 전날이었다.

친구들과 함께 킥보드를 굴리던 넓은 광장에는 노을이
물들고 있었다. 십 분 정도만 더 타다가 다 같이 오겹살을 구
워 먹기로 했었는데, 그 순간에 딸의 종아리 큰 뼈와 작은 뼈
가 모두 부러지는 사고가 터졌다. 엄마들이 쳐다보고 있는
바로 정면에서 비명과 함께 딸아이가 나뒹굴었다. 빠르게 구
르던 킥보드가 속도를 못 이겨 하늘로 치솟았고, 아이는 허

공으로 붕 떴다가 땅에 떨어졌다. 땅에 착지하려는 다리에 힘을 너무 꽉 준 나머지 다리뼈의 충격이 너무 컸다. 눈으로 봐도 종아리는 활처럼 꺾여 버렸고, 순식간에 다리는 퉁퉁 부어올랐다. 마침 함께 있던 응급의학과 의사 선생님의 부인인 친구가 이렇게 붓기 시작하면 뼈가 부러진 증상이라고 말해주었다. 울부짖는 딸을 둘러업고 아들에겐 엄마 뒤만 쫓아오게 하면서 주차장으로 달렸다. 최대한 침착함을 유지하면서 운전했다. 아이가 갈 수 있는 병원을 찾아 전화를 돌렸고 그 사이사이 아이에게 여러 상태를 묻고, 계속 말했다.

"머리를 다치지 않은 것만으로도 다행이야."
"머리를 다치지 않았으니까 진짜 감사한 일이야."

딸은 계속 울었지만, 엄마가 다행이고 감사한 일이라는 말을 수십 번씩 반복하고 엄마가 전혀 흥분하지 않고 있으니 아이는 자기에게 큰일은 벌어진 게 아니라고, 괜찮은 일로 여기며 점차 안심하는 것 같았다.

이 사고로 딸과 나는 병원에서 긴 입원 생활을 함께했다. 퇴원 후 집에서는 훨씬 더 긴 요양 생활을 했다. 당연히 학교는 가지 못했다. 발가락 끝부터 팬티라인까지 감긴 길고 뚱뚱한 깁스를 보는 간호사님, 의사 선생님, 동네 어르신들, 길 가던 행인들은 딸에게 물어 왔다.

"아가, 다리 왜 그랬어?"

"어쩌다 그렇게 심하게 다쳤니?"

"괜찮아? 안 아파?"

신기하게도 이 질문을 받을 때마다 딸은 매우 해맑게 대답했다.

"내 다리뼈가 댕강 잘라졌어요. 뼈 두 개 다요. 근데 괜찮아요."

딸이 말을 마치면 이미 입을 크게 벌리고 놀라고 있던 어른들이 다시 물었다.

"그게 괜찮아?"

딸은 당연하다는 듯이 또 대답했다.

"네네, 괜찮죠. 머리 안이 괜찮으니까요. 머리만 안 다쳤으면 되니까요."

달리는 차 안에서 몇 번 다짐시켰던 대로, 머리가 다치지 않은 것만으로 감사하다는 엄마의 말이 딸의 머리에 콕 박혀 있다. 딸이 만나는 사람들에게 괜찮다고 말할 때마다, 이제는 거꾸로 내가 괜찮아지는 경험을 한다. 한동안 자기 전에 딸이 하는 기도는 늘 이런 것들이었다.

'머리를 안 다치게 해주셔서 감사합니다.'
'어제보다 다리가 안 간지러워서 고맙습니다.'
'이제 똥 누는 것이 쉬워져서 다행이에요.'
'내일은 다치는 일 없게 해주세요.'

오랫동안 가지 못하던 학교에 가게 되자, 딸은 목발을 짚고 친구들의 도움을 받아야만 했다. 지지난 주에 구구단 7단을 외우고 있었는데, 3주가 지나가도 여전히 7단까지만 외우고 있다. 그간 학교에 가지 못했으니 학업 진도가 느려졌다. 하지만 7단을 못 넘어가는 그 몇 주 동안에도 갓난아기처럼 기고, 누워서 TV를 보며 매일 너무 많이 웃고 지낸 딸이다.

그러던 어느 날, 갑자기 내 앞에서 8, 9단을 동시에 외워 보여주었고 부러진 다리는 처음 의사 선생님이 예상한 기간보다 훨씬 빠르게 회복되고 있었다. 학업 진도가 친구보다 빠르고 안 빠르고는 전혀 의미가 없었다. 아이의 세상은 아이가 이동하는 시간의 흐름대로 잘만 흘러갔고, 아무런 문제도 일어나지 않았다.

갖고 있던, 그러니까 벌어 두었던 돈을 깡그리 날린 적이 있다. 허리띠를 졸라매며 지내야겠다며 다짐했던 그 시기에도 매끼 밥을 먹지 못하는 날은 단 하루도 없었다. 그 기간에도 남매는 멀쩡히 학교에 가고 나는 하던 일을 그냥 계속했다. 사실 그것은 꽤 신기하고 안심이 되는 현상이다. 통장 잔고에 돈이 없는데, 매 끼니가 이어지는 상태. 실제로 밥도 진짜 못 먹는 상황이 있을 거라고 생각하진 않았지만, '매 끼니가 주어지고 있네.'라는 사실을 의식적으로 직시하면, 무척 신비롭고 은혜롭다. 의외로 다 날린 돈에 초연해지고, 다시 시작하면 된다는 용기가 생기고, 무척 깔끔한 정신 상태가 된다.

감사에 대해 쓰니 생각나는 것이 있다. 나는 핸드폰으로 '감사합니다.'의 '니' 자를 입력할 때마다 ㄴ 바로 밑의 ㅅ 버튼이 눌릴 때가 자주 있다. 그러니까 '니' 대신 '시'가 입력되는 것이다. (나만 그런가?) 입력하고 나서 전체 문장을 훑어보면 '감사합니다.'가 아니라 '감사합시다.'라고 쓰여 있어 화들짝 놀란다. 발견했다면 냉큼 지우고 다시 쓰지만, 모르고 그냥 보내 버린 적도 분명 있었을 것이다.

오타 '감사합시다.'를 고치지 않고 그냥 한번 보내 버릴까 하고 생각해본 적도 있다. 문자를 받은 사람들은 어련히 오타로 여기겠지만, 분명 좀 웃을 것 같기 때문이다. 웃으라고 보내 보고 싶은 것이다.

'감사합니다.'라는 문자는 나보다 손윗사람, 택배 기사님, 남매의 학원 선생님, 또는 회사의 고객님에게 쓸 때가 가장 많다.

'택배 기사님, 오늘도 감사합시다!' '고객님, 배송이 지연될 예정입니다. 감사합시다!' '원장님, 아이가 컨디션이 안 좋아서 오늘 하루 피아노 쉴게요. 감사합시다!' 이렇게 전해질 것이다. 뉘앙스도 조금 웃기다. 택배 업무의 노동에서 감사하시라. 배송이 지연되겠지만 감사하시라. 어떤 경우에도 감사하자고 제안하는 사람은 왠지 닭살 돋게 간지러운 사람이 되고 만다. 여전히 이 오타를 쓸 때마다 나는 웃는다. 진짜 안 고치고 한번 보내 볼까.

남매의 기도 내용은 언제나 별것이 없다. 항상 '오늘도 참 감사했습니다.'로 끝맺음을 한다. 가만히 듣다 보면 내 마음이 이상하게 곧바로 안정되고 마음에 바라고 있던 것이 안 이루어져도 그만이란 생각이 든다. 별것 아닌 게 아니라 아이들은 가장 중요한 것만 기도하고 있기 때문일 것이다. 사는 날에 뭐가 핵심이고 중요한 것인지 딱 아는 기도문 말이다.

어릴 때 소희와 종웅을 따라 충청북도 음성 꽃동네에 간 적이 있다. 입구에 있는 큰 바위에는 "얻어 먹을 수 있는 힘만 있어도 그것은 주님의 은총입니다."라고 쓰여 있었다.

그 앞에서 가족사진을 찍었다. 누구라도 얻어먹을 힘, 얻어먹을 양식만 있어도 행복을 느낄 수 있는 사람이 되어야 하는데 우리는 그럴 수 없다. 양식이 필요 이상으로 넘치는 시대에 살고 있으니 말이다.

이 일을 계속할 수 있을까, 앞으로는 어떤 일을 해서 먹고살아야 할까 고민될 때, 가끔 나도 '머리를 다치지 않는 한 무얼 해서라도 살아갈 수 있지.'라는 생각을 한다. 이런 기본의 마인드로 재차 돌아간다. 수십, 수백 번의 업앤다운을 겪어도, 사람은 다 사니까.

기적은 만원이 일억으로 불어나는 것, 집값이 고공행진하는 것, 코로나가 종식되는 것, 암에서 치유되는 것, 로또가 당첨된 것, 죽도록 미워했던 사람이 용서되는 것만이 아닐 것이다. 아침밥을 먹고 학교로, 일터로, 요가원으로 가는 모습이, 그리고 내일 이것을 똑같이 하는 것이 기적의 흔적들이다. 우린 솔직히 그걸 너무 인정을 안 한다.

나은 사람

엄마가 너보다 더 나쁜 사람이야.

엄마가 더 엉망이야

아동복지학 박사인 엄마의 조언에 의하면, 아이가 피아제 Piaget 이론의 성장 발달 단계 중에서 구체적 조작기를 지날 때, 이야기를 꾸미고, 구체적 상상을 하고, 놀이를 조작할 수 있게 된다고 한다. 거짓말을 시작하게 되는 시기가 바로 이때이다. 실제가 아닌 이야기를 그럴듯하게, 또는 어설프게 머리로 조작을 해낼 수 있을 때 거짓말이 탄생한다. 그만큼 뇌의 능력이 진화한 것이다. 거짓말을 처음 접한 어른의 반응은 보통 당황과 정색이다. "어쩌지, 왜 안 하던 짓을 하지. 얘가 이제 거짓말을 하는구나. 계속 이러다 습관 되는 것은 아닐까."

　나도 어릴 때 거짓말을 밥 먹듯 했지만, 천하의 나쁜 인
간이 되지 않았다. 이것만으로도 일단 안심하고, 호들갑 떨
지 않고, 이해하기 전에 먼저 오해하지 말고, 멀리 미래로 달
려가지 않는 자세가 필요하다. 어른의 불안감을 기어코 아이
에게 전달하거나, 불길한 미래를 점치거나, 바로 화를 내지르
는 것보다 먼저 할 일이 어른에게 있다.

　소희는 거짓말이라는 단어보다 조작이라는 단어를 썼
다. 무척 솔깃하다. 아이가 거짓말을 못 하던 시기에서 거짓
말을 할 수 있게 된 시기로 넘어오는 것도 일종의 성장이라
고. 아이는 먹고 자고 싸고 울고 베베베 웃기만 하는 본능 위
주의 활동을 하다가 이제 어떤 이슈에 살을 붙이거나 빼서 새
로운 이야기를 만들어 내는 능력이 생겼다. 드디어 인류의 삶
을 풍요롭게 해온 상상과 창작이 아이에게 가능해진 것이다.

　그러나 아이의 작고 어설픈 거짓말이 반복되거나 청소
년기가 되면서 점차 능수능란해지면 어른의 마음은 좋지 않
다. 거짓말은 남녀노소를 막론하고, 대개 자기 잘못을 숨기
려 할 때, 자신이 하지 않거나 한 일을 더 멋지게 과장할 때
한다. 전자는 혼나지 않기 위해서이고, 후자는 인정받기 위

해서이다. 숨기는 자기방어, 드러내는 과장은 완전히 반대 행위임에도 그 동기가 똑같다.

혼나지 않고 싶은 마음과 칭찬받고 싶은 마음의 기저는 똑같이 사랑받고 싶은 마음이다. 소희는 무슨 이슈만 터지면, 모든 사람에게는 positive intention 긍정적인 의도가 있기 때문에 가장 먼저 그것을 살펴봐야 한다고 말했다. 거짓은 자신의 결핍을 메꾸어서라도 사랑받고 싶은 소망에서 나온다. 이런 점은 아이나 어른도 똑같다. 미움받지 않고 버림받지 않고 싶은 마음은 뿌리처럼 내려져 있는 생존 본능과도 같다. 뿌리는 땅속에 있어서 평소 우리 눈에 보이지 않기 때문에 엄마라면 아이의 거짓말에 흥분하기보다 그 뿌리를 자꾸만 상상하고 떠올려야 한다.

누구도 모든 것을 죄다 말하면서 살지 않는다. 잘 알면서도 아이가 숨기거나 거짓말하면 어른은 불안해진다. 사소한 거짓말은 잘못이지만 그 한 건의 잘못만으로도 어른은 극도로 예민하게 굴 때가 있다. 잘 타이르기도 하고 어떤 때는 극 대로大怒하기도 한다. 고치고 싶은 아이의 잘못과 약점 앞에서 어른이 보여주는 태도가 일관적인 경우는 생각보다 많지 않다. 어른은 늘 이랬다저랬다 한다.

어느 경우에도 타인에게 내지르는 화는 자신의 기분과

컨디션을 스스로 좀처럼 해결하지 못 한 것에서 나온다. 부모는 어른으로서 권력의 도구로 종종 화를 휘두른다. 아이는 나이가 어리고, 몸집이 작고, 지혜도 부족하다는 이유로 화를 내서라도 통제할 권한이 어른에게 있다고 믿기 때문이다.

어른이 아이를 교육하는 상황에 놓여있어도 항상 바른 태도를 유지하며 살아가지는 않는다. 어른은 본심과 진실을 들키지 않기 위해 자잘한 거짓말을 식은 죽 먹기처럼 할 줄 알며, 침묵하거나 비겁하게 잠수를 타기도 한다. 자신의 이익을 도모할 때, 어른의 머리는 훨씬 지능적이고 비상하다. 어른도 치부를 들키고 싶지 않고 비난받고 싶지 않아서 비도덕적인 행동을 한다. 미움받는 것은 어른에게도 너무 두려운 일이기 때문이다.

그래서일까. 나는 아이의 잘못을 마주할 때면, 야단을 치는 중에 내가 부끄럽다는 생각이 들 때가 너무 많다. 도대체 내가 아이보다 나은 건 뭔가. 나의 후진 점을 내가 너무 많이 알고 있는데.

'엄마가 너보다 더 나쁜 사람이야. 엄마가 더 엉망이야. 엄마도 어제 거짓말했어.'

온갖 양심의 목소리가 들려온다. 나에게 결핍된 도덕성, 정직성의 정도를 누구보다 내가 잘 안다. 제멋대로 구는 건 아이보다 나다. 어른은 그래도 된다고, 어른은 알고 있어서 괜찮고, 알아서 잘하니까 괜찮다는 오만함으로 자신의 문제를 모른 척한다. 불편한 감정들을 눈감고 외면해버리는 방어기제를 쓴다.

아이는 내게 들통났고, 나는 들통나지 않았을 뿐이다. 나의 변변찮음을 내가 안다. 더 이상 누군가 나를 벌하지 않는 어른의 세계에서 마음의 불편함은 내가 내게 주는 벌이다. 내가 알고 있다는 사실만큼 큰 벌도 없다.

아이는 별 시답지 않은 걸로도 진지하게 거짓말을 하고, 민망할 정도로 솔직하기도 하며, 잘못과 반성하기를 반복하고, 칭찬받은 것은 강화하면서 잘 자라날 것이다. 내가 어릴 때 그랬고, 그래도 별 탈 없이 자랐다. 이 과정에서 어른이 아이의 미래를 자주 불안하게 점치는 것은 실수이다. 단박에 잘못의 뿌리를 뽑겠다고 심하게 야단을 치게 되는데, 이럴 때일수록 사랑받고 싶어 하는 공통된 인간 마음의 뿌리를 생각해 보아야 한다.

어른이 아이에게 소리를 질러도, 아이는 그런 어른을 그저 견딘다. 짐짓 자신의 시간을 알아서 잘 보내는 내공도 있다. 아이도 더 나은 사람이 되고 싶은 마음가짐이 있다. 나아질 가능성이 어른보다 더 많은 사람이다. 그런 아이 곁에서, 이 시절을 보낼 수 있다는 사실을 고맙게 생각한다.

복덩이고 그저 축복인 아이들.

"엄마, 내가 엄마한테 혼나서 미안해."라고 하던 아들의 말이 기억난다. 아이가 나보다 더 솔직하고 정직하며 선하다. 어른으로서, 너를 혼내서 미안하다는 말을 끝내 먼저 꺼내지 못한 내가 너무 부끄럽다.

체득의 뇌

수시로 마음을 고쳐먹으면서 어떡하든 뇌가
이 상황을 불쾌감이나 패배감으로 기억하지 않도록

아이들은 '저장의 뇌'가 아닌 '체득의 뇌'를 가지고 있다. 구체적이고 일목요연하게 정보와 경험을 차곡차곡 쌓듯 기억하는 것이 아니라, 조금 불안정한 방식으로 몸과 마음 곳곳에 경험을 스며들게 한다. 그렇게 체득된 것들이 정서와 태도를 형성한다.

딸은 유모차를 타고 프랑스 땅을 밟았고, 그 김에 근처의 나라들을 두루 방문했다.

"루디, 너 벨기에 브뤼셀에 갔을 때 오줌 누는 동상 옆에서 고디바 초콜릿에 딸기 찍어 먹던 거 기억해?"

못한다. 당연히 못 하고 있다. 브뤼셀이 어딘지, 고디바가 뭔지 알 리가 없다.

그때 딸은 목도리를 둘둘 말고 아기띠를 한 아빠 배에 대롱대롱 매달려 있었다. 그 와중에 웅성거리는 군중 속에서 달콤한 무언가를 먹었고, 아직 말을 못 하는데도, "이것 좀 봐, 맛있어?" 하며 끊임없이 말을 건네는 엄마 아빠의 목소리를 들었다. 춥지만 따뜻했던 것, 대롱거렸지만 안전했던 것, 눈이 번쩍하는 맛을 제공받은 것, 군중에 둘러싸였지만 보호받은 것, 그런 감각과 기운과 정서가 아이에게 스며들었을 것이다. 딸은 아기띠에 매달리고 유모차에 앉혀 엄마 아빠와 함께 세계 열다섯 도시를 두루 다녔다.

아기일 때 해외여행에 데려가면 하나도 기억하지 못하니 '돈 아깝다, 좀 크면 데려가는 게 좋다.' 등의 조언들은 일정 부분에서 일리가 있다. 그러나 아이는 구체적인 여행의 디테일을 기억하지는 못해도 세상을 스며들게 하는 체득의 뇌가 있다. 밝은 장소, 특이한 모양, 좋은 냄새, 편안한 소리, 괜찮은 촉감, 자연의 색깔들은 아이의 뇌에 축적되는 좋은 정보물이 된다. 그런 것들을 적절히 제공해주고 온 식구가 함께 즐기는 것을 한 가정의 목표로 삼아도 좋을 것이다. 그 목표가 오직 아이에게만 좋을 리는 없다. 어른도 그런 정보원 안에서 수시로 행복해진다.

자라는 딸을 관찰하면서 엄마한테 혼이 나도 금세 웃는 습관이 있다는 것을 알게 되었다. 엄청나게 혼났는데도 곧 웃는다. 어쩜 저렇지. 나는 김이 빠지고 진이 다 빠졌는데도 한편 안심이 된다. 나 같으면 말 한마디도 없이 곧장 침대로 가버릴 텐데, 딸은 자기 전에 꼭 내게 들러서 "잘 자요, 엄마." 라고 말한 후에 제 방으로 간다. 어린이와 싸우고 나서 어린이에게 먼저 "잘 자요."라는 말을 들은 적이 한 번이라도 있나. 어떤 어른이라도 부끄러울 것이다. 그래서 울다 잔 적이 몇 번 있다. 딸은 울지 않고 잘 잤을 것이다. 스스로 마음 안의 갈등을 털어낸 사람의 마음은 잔잔한 호수가 되니까.

딸의 뇌는 무탈했을 것이다. 저 사람의 삶이 무탈한지 아닌지는 잠자리를 보면 안다. 피로와 불안이 점철된 불면의 밤을 겪어 본 사람은 잘 자는 것이 인생의 많은 문제를 해결할 수 있다는 말에 동의한다. 잘 자라고 먼저 말하는 넉넉한 사람이 되고 싶다. 아직 그렇게 되지 못했다. 딸이 먼저 되었다.

딸이 어두운 분위기의 상황을 미소로 잘 넘기는 것은, 실상 넘기는 것이 아니라 이겨내는 것일 테다. 압박감은 어린이에게 더 힘들 텐데, 그 애쓰는 것을 내가 결코 모르지 않는다. 용기를 내는 것도 다 안다. 딸은 자주 말했다. 사람에게, 집안에는 유머가 있어야 하지 않느냐고. 맞다. 사는 데는 유머가 절실하다. 삶에 필요한 목록에 벌써 유머를 올린 딸이 그저 멋져 보인다.

이상하게 웃음이 터지는 순간이 있다. 야단치고 있는 중에도 그렇다. 어른은 대부분 이때 권위를 유지하느라 최대한 웃음을 참는다.

"어디서 야단맞는 중에 웃어?"

야단치는 목소리는 더 커진다. 어린이는 웃었다고 혼날 거리만 하나 더 는다. 어느 날 아들이 몰랐던 사실을 하나 알려줬다. 누나랑 싸워서 두 손 들고 벌서는 중에 큭큭 웃은 적이 있는데, 엄마가 "누가 벌서는데 웃어?"라고 했다고. 그때 웃은 것은 누나가 방귀를 뀌어서 웃은 것이라고.

그때 알았다. 어른이 되니 보고 싶어도 볼 줄 몰라서 모르는 세계가 참 많아졌다는 것을. 우리는 웃음이 먼저 터진 사람에게 기대어 가야 한다. 먼저 웃는 사람이 구원자이다. 야단치던 어른, 야단맞던 어린이, 그냥 옆에 뻘쭘하게 서 있던 사람에게도 웃음은 전염된다. 그 웃음에 휩쓸리지 않을 재간이 없는데 끝끝내 웃음을 참아내는 사람도 있다. 경험한 바에 의하면, 정색하면 모두가 더 불행해져 버리고 만다. 어른도 어린이도 웃음이 터질 때는 참지 말고 웃기로 한다.

오르막과 내리막길이 반복되는 게 인생의 기본 양상이고, 하루 동안에도 기분의 업앤다운이 다 나타난다. 아, 기분이 막 나빠지네. 하, 이게 그렇게 기분 나쁠 일은 또 아닌 거지? 수시로 마음을 고쳐먹으면서 어떡하든 뇌가 이 상황을 불쾌감이나 패배감으로 기억하지 않도록 한다. 어른이라면 감정을 해석하고, 상황을 종합적으로 분석할 능력이 있으니까, 아이들보다 훨씬 더 적극적이고 계획적으로 나은 것을 채택하고 조정할 수 있다. 그러나 대개 그렇게 하지 않는다. 상황이 자주 기분 나쁜 양상으로 흘러가 버린다.

결과가 똑같다면 화를 내기보다는 웃음이 낫다. 결과가 달라져도 역시 화를 내기보다는 웃음이 낫다. 남매가 싸우면 웬 야단법석을 피우냐고 나무라지만, 우리는 그보다 온갖 더한 난리통을 겪고도 잘 살아냈다. 사람들은 행복해지자고 함께 사는데, 매사가 딱딱하고 진지한 날이 너무 많다.

자율신경계는 내 의지로 움직이는 것이 아니다. 심장이 콩닥거리고, 땀이 흐르고, 동공이 커지고, 웃음과 울음이 터지는 것을 내 각오로 어찌할 수가 없다. 기침, 방귀, 똥, 오줌,

눈물처럼 몸에서 터져 나오는 것들은 억지로 막으면 병이 된다. 흐르는 체액을 뜻하는 유머도 우리 안에 이미 졸졸 흐르고 있다. 흐르려 하는 것은 그저 흐르게 둬. 어쩌면 그것만으로도 우리는 여기저기 안 아플 수 있다.

이렇게 귀엽고 웃긴 장면을 절대 잊지 말아야지.

나는 종종 마음에 어떤 장면을 꽉 박아두는 행위를 한다. 만약 지금 이 순간이 너무 좋고 감동적이고, 웃기고 귀여워서 쭉 기억해야겠다 싶을 때, 정확하게 딱 이 장면을 뇌에게 일러준다.

'뇌야, 나는 이 장면이 진짜 좋다, 내가 이때를 잊지 않고 살면 좋겠다, 내게 이런 예쁜 날이 있었다고 꼭 기억해라.'

중년이 넘어가니까 자꾸만 기억력도 쇠퇴하는 느낌이다. 뇌는 매일 나의 감동과 후회와 각오와 반성을 금방 뱉어낸다. 삶에는 수동적으로 하는 일이 있고, 적극적으로 해내야 하는 일이 있는데 이제 기억은 적극적으로 해야 하는 일로 분류한다.

학교 정문에서 책가방을 출렁거리며 내게 전속력으로 달려오는 아이, 차려준 음식을 잘 먹고 설거지를 한 것처럼 비워낸 밥그릇. 이 모든 장면을 잊지 말라고 내가 나의 뇌에게 정확히 일러준다. 그러면 뇌는 기억한다. 기억력에 진짜 도움이 된다. 감동은 분명 세상 곳곳에 있지만 지금 나에게는 아이에게서 가장 잦은 횟수로 감동이 찾아온다. 오늘의 대화와 스킨십이 그리고 자연의 근사함과 덧없음이 내 속에 아무런 충격도 남기지 않은 채, 사라지지 말라고 확실하게 컨펌을 한다. 뇌야, 꼭 기억해.

상한 자존심을 만지작거리다가도 남매의 개그에 웃기, 오해받는 일을 곱씹다가도 카푸치노 한잔 마시고 잠시 평정 찾기. 학교에 간 남매를 다시 만나는 오후 두 시. 재미있게 읽다가 접어둔 책, 창가에서 식빵 굽는 고양이 옥희, 아로마 오일 몇 방울을 푼 반신욕, 아껴둔 영화 한 편, 와인 딱 한 잔. 할 일이라곤 맛있는 것 먹고, 재미있는 것 감상하고, 회복하는 일밖에 없는 토요일 아침.

좋아하는 것과 그 순간이 참 많다. 돈도 그다지 들지 않는다. 이런 좋은 것들을 조금씩 써 먹으며 뇌 안에 남을 기억을 잘 조절해 가기로 한다. 내 뇌는 그 누구보다 나의 편이다.

닭살 돋는 이야기

삶이 복잡한 것과 삶이 디테일로 가득 찬 것은
질적으로 다른 차원이다

아이가 자라면서 글을 배우진 않았어도 말을 좀 할 줄 알게
됐을 때부터 자신이 사소한 것들에 매우 관심이 많다는 걸
내게 적극적으로 알려왔다. 아이가 내게 말해오는 것들은
대부분 내가 보지 못하고 지나쳤거나, 봤어도 더 이상 주목
하지 않는 사물들과 상황들이다. 어른의 세계에서는 별 대
수롭지 않은 것으로 이미 확정된 것들이다. 어른의 삶은 바
쁘고 복잡해서 특별히 득이 없는 것들에는 점점 무관해져
간다.

"개미는 저렇게 쪼끄만데, 인간의 코로도 맡을 수 있을 만큼 시큼한 포도 냄새를 막 뿜어. 내가 아까 2층에서 과자를 먹었는데 마당에서부터 2층까지 과자 부스러기를 찾으러 왔네. 대박. 개미한테 우리 집은 지구 정도 크기가 아니야? 지구를 한 바퀴나 돌았네."

아이의 말에 나는 자연스레 지구 모양을 떠 올리고, 지구 한 바퀴를 돌아서 과자를 챙겨 집으로 돌아가는 개미를 생각했다.

"식물은 얇고 한들거리니까 약해 보이잖아. 막 만지고 따도 될 것 같지만 쥐도 새도 모르게 사람을 죽이는 독극물로 쓰이는 식물이 있어, 그러니까 모를 땐 함부로 만지면 안 돼."

'쥐도 새도 모르게'라는 구절에서 닭살이 확 돋았다.

"개는 내가 진짜 아무 짓도 안 했는데, 엄청 왕왕왕 짖고 묶인 목줄을 막 당겨 대니까 너무 무서워. 고양아, 고양아, 불러 대도 고양이는 절대 안 오고 팍 가버리잖아. 난 개가 싫어."

'왕왕왕'이란 단어도, '팍' 가버린다는 표현도 마음에 쏙 든다.

나는 늘 수동적인 자세로 아이의 이야기들을 대충 흘려 듣다가도 어느 순간 그림처럼 그 생생하게 그리는 이야기에 종종 능동적 청취자가 되어 버린다. 아이들 말에는 특별히 의성어, 의태어, 은유법이 총출동한다. 재미 하나도 없는 사물을 주목하게 만드는 기술을 쓴다. 물론 내가 특별히 사랑하는 아이들이니 내가 마음을 확확 여는 탓도 있을 것이다.

글자가 없던 시대에는 당연히 책이 없으니 음성언어로 이야기했고, 사람들은 당연히 말을 재미있고 맛깔스럽게 하는 사람 곁으로 몰려들었을 것이다. 그 사람은 베스트셀러처럼 베스트 톡커로 인기가 많았을 것이다.

입에서 입으로 전해진 구전문학에는 앞서 했던 이야기가 반복되는 구간이 많이 나온다. 책을 볼 때처럼 좋은 이야기가 등장하는 페이지를 접어둘 수 없고, 되돌아가 다시 읽을 수도 없으니 반복해서 들려줬을 것이다. 재미있는 부분을 반복까지 해준 그 친절한 이야기꾼은 스테디 톡커로 등극했을지도 모른다.

남매가 내게 해주는 이야기도 다 구전이다. 바쁜 엄마를 기어이 붙잡고 이야기하는 것, 했던 이야기를 하고 또 하는 것도 남매가 나에게 재미있는 이야기를 알려주고 싶은 마음 하나 때문이 아니겠는가.

내가 기록을 자주 하는 이유는 아이가 나만의 가수로, 시인으로, 개그맨으로 남을 수 있는 유일한 방법이기 때문이다. 웃음이 빵 터지거나 놀랍다고 생각했던 표현을 발견하면 메모한다. 영원한 것이 하나도 없는 세상에서 하나라도 영원하게 잊고 싶지 않아서이다. 남매는 자기가 했던 말을 엄마가 글로 써 둔 것을 본 이후로는 자기 레이더망에 걸린 재밋거리들을 들고 더 자주 내 앞에 나타난다.

하지만 웃긴 이야기보다 안 웃긴 이야기가 훨씬 많은 날들이다. 대체로 뻔하고, 또 귀찮기도 하다. 아이가 내 앞에서 더 이상 쫑알거리지 않을 미래가 올 거라는 사실을 알고 있으면서 자꾸만 그 사실을 잊는다. 그러나 아이들이 가져오는 이야기들을 억지로 듣다 보면 알 수 있다. 어릴 때는 나도 분명히 재미있어하고 좋아했던 것들이란 것을. 잊고 만 것들이라는 것을.

좀 자라서 짝사랑할 때나 썸을 탈 때도 다시 경험한 바 있다. 별거 아닌 사소한 디테일들에 몹시 신경 쓰고 들뜨던 경험을 말이다.

추운 어느 날, 그 오빠가 포장마차에서 종이컵에 어묵 국물을 떠 줬는데, 종이컵이 너무 뜨거워서 종이컵 두 개를 겹쳐서 건네준 일. 호들갑 떨며 이게 무슨 뜻이냐고 친구에게 물었을 때 그 오빠가 날 좋아하는 것 같다는 말을 친구에게서 꼭 듣고 싶었던 심정. 물건도, 태도도, 말도, 죄다 사소했던 것들뿐이다. 시시껄렁한 것에서 사랑이 싹트고 역사가 흘렀다.

찾아 듣지 않아도, 들을 마음이 없어도 요즘 나의 배경에 깔리는 디폴트 소리는 아이들의 말소리이다. 적극적으로 듣는 listen의 상태라기보다, 대부분 들려오는 것을 주워듣다 말다 하는 hear의 상태이다. 아이의 이야기에 의성어, 의태어가 남발하고, 구체적인 디테일이 가득할수록 듣는 나도 점점 집중한다. 일하면서 듣다가 혼자 빵 터지면, 아이들은 중요한 것을 포착한 미어캣이 된다.

"엄마, 들었어? 들었어?"

내가 들었는지 굳이 확인하려는 아이의 모습에서, 그날 어묵 국물을 떠 준 그 오빠가 나를 좋아하는지 확인받고 싶어 했던 내 모습이 겹친다. 아이 눈가와 입가에 뿌듯함이 덕지덕지 묻어있다. 엄마가 내 이야기를 좋아했다!

아이들이 내게 무언가 척할 거리가 많아지면 좋겠다. 아는 척, 잘난 척, 웃긴 척이야말로 구전의 기본이다.

나는 이제 똑같은 일만 반복하며 점점 지루한 사람이 되어간다. 이 나이에 심심하지 않은 건 오로지 아이 곁에서 살아갈 기회를 얻은 덕분이다. 일단 지금은 아이들의 구전 이야기를 기대하며 살아갈 예정이다.
삶이 복잡한 것과 삶이 디테일로 가득 찬 것은 질적으로 다른 차원이다.

엄마의 꿈

아직
되지를 못했어

딸에게 상처를 주고 말았다. 물론 딸도 나에게 상처를 줬다. 둘 다 의도적으로 상처를 준 적은 없었겠지만 의도치 않게 우리는 끊임없이 상처를 주고받고 있다. 화가 겨우 가라앉고 나서야 딸의 입장이 되어본다. 인간의 형상을 하고는 있는데 아직 덜 여문 열매랄까. 내 앞에 독특한 한 명의 작은 인간이 보인다.

나는 중년의 어른이 되었지만, 여전히 소희에게 못되게 굴 때가 많다. 어른의 탈을 썼을 뿐, 나도 덜 여문 사람이란 생각이 드니까 한심스럽다. 소희가 내게, 내가 딸에게 한 것처럼 쌀쌀맞게 대하면 어떨까. 상상만으로도 너무 싫고 슬프겠지. 그 싫고 슬픈 것을 내가 딸에게 하는 것이다. 어른은 화가 날 때 자신의 목소리가 커지고 있고, 보내는 눈빛이 아이에게 상처가 될 것이라는 사실을 모른다.

몇 주전 목사님의 설교 제목이 〈'하라'와 '하지 말라'〉였다. 손주, 손녀들이 놀러 왔다가 떠나는데, 사모님은 떠나는 당일 아침까지도 손주들에게 하지 말라는 소리를 그렇게 많이 했단다. 목사님으로선 뭘 그렇게 하지 말라고만 하는지, 별로 좋아 보이지 않았다고 한다. 그런데 가만히 그 상황을 보면 아이가 하지 말아야 할 것들을 계속하는 것은 엄연한 사실이었고 어른이 그걸 가만히 놔두는 것도 이상한 일이었다. 어른들이 평소에 아이에게 하지 못하게 하는 것은 다칠까, 위험할까, 아플까, 타인에게 해를 끼칠까 등등 염려되는 이유가 90% 이상이다.

아이는 '하라'와 '하지 말라'를 반복적으로 들어서 몸과 머리에 지겹도록 밸 즈음에 비로소 어른 단계에 다다른다. 나무의 나이테는 예쁜 봄과 가을만 아니라 꼴깍꼴깍 넘어가는 여름과 혹독한 겨울도 새기고 있다. '하라'와 '하지 말라'를 반복적으로 들어 온 아이 안에도 그러한 나이테가 다 새겨지고 결정의 순간이 왔을 때, 아이는 자연스럽게 분간하고 판단하는 어른다운 행동을 할 수 있다. 아이가 그간 도덕, 양심, 예의, 안전의 기운과 함께 쭉 살아왔기 때문이다.

사실 훈육 자체로는 상처가 될 이유가 없다. 결국 야단을 치고 안 치고의 문제보다, 엄마가 '하라' 또는 '하지 말라'의 말을 뱉을 때 그 태도와 표정이 관건이다. 아이에게 상처가 만들어지는 시점은 태도와 표정, 어투를 관리하지 못했을 때이다. 아이를 가르치겠다는 어른이 자기관리 하나 하는 것이 그렇게 어려운 것이다.

뉴욕에서 친정 오빠가 왔다. 오빠는 자녀에게 심하게 화를 내고 나면 그다음 날 하루는 금식한다고 했다. 훈육하지 말았어야 했다는 후회 때문이 아니라, 오빠 스스로가 아들에게 보인 본인의 태도, 말의 뉘앙스, 눈빛이 어떠했는지 알고, 어른으로서 부끄럽기 때문이다.

늘 아이만 잘못한 태도로 인해 야단을 맞는다. 어른은 마치 반성이 아이에게만 필요한 것처럼 군다. 말투와 표정만 보자면 하루도 빠짐없이 반성 모드에 들어가야 할 사람은 엄마 아빠도 똑같다. 잘못하고 있는 것을 고치지 않는 한, 어른도 덜 여문 열매일 수밖에.

대책을 세운 적이 있다. 딸이 어렸을 때 내가 알려줬던 방법이 하나 있었다.

"엄마가 만약 화를 내거나 갑자기 소리를 지르는데, 그게 네 심장이 막 쿵쾅거릴 만큼 무서우면, 손으로 네 가슴 부분을 동그랗게 매만지면서 '아이코! 가슴이야.'라고 소리를 내서 말해. ('아이코'는 오래전 활동했던 가수 인디고의 〈여름아 부탁해〉 노래에서 어린아이가 애교 있는 목소리로 말하는 도입부이다. 이 노래는 매해 여름, 남매와 바다를 오가며 차에서 무한 반복으로 들었기 때문에 남매도 익히 알고 있다) 그러면 엄마가 딱 정신을 차릴 거고, 너무 부끄러워서 갑자기 좀 웃게 될 거야. 너무 민망하고, 너무 미안해서…"

딸은 엄마가 알려준 그 설정이 재미있는지 알겠다며 고개를 끄덕였다. 게다가 해맑게 웃기까지 했다.

결국 또 그런 날이 오고야 말았지. 또, 또, 또, 나 혼자 자책하고 반성하고 있던 날, 너무 부끄럽고 민망해서 괜히 딸에게 그랬다.

"'아이코 가슴이야.'라고 왜 말 안 했어? 하지 그랬어…"

"그러네. 나도 너무 해 보고 싶은데, 왜 자꾸 까먹지?"

그제야 딸은 웃으면서 한번 말해본다. "아이코오오옹."

엄마의 꿈

329

그저 아이들은 "아이코오오."란 말을 할 겨를이 없는 것이다.

소희는 약대 진학을 원하던 외할아버지의 반대를 무릅쓰고 아동복지학과를 선택했다. 할아버지는 아동의 복지가 다 뭐냐, 아이는 낳으면 그냥 알아서 다 크는 것 아니냐, 그런 걸 대학까지 가서 왜 배우냐고 화를 냈다고 했다. 아동의 모든 것이 궁금하고, 아동에게 잘해 주고 싶어 했던 소희 덕분에 나는 대박 운이 좋았다. 아동에 대한 좋은 대우를 필수값으로 받으며 자랐다. 하지만 나는 소희처럼 아동복지학 박사가 아니다. 모든 양육 과정이 힘이 든다. 친정엄마의 영향으로 정보나 이론을 들을 기회가 많아서 남보다 운 좋은 엄마 라이프를 시작한 것뿐, 나의 양육은 그냥 전쟁 같은 사랑이다. 아이와 엄마가 모두 살아남아야 하지만 전쟁 통에서 그 누구보다 정신을 똑바로 차려야 할 사람은 엄마이지 않나. 비행기 안에서 긴급 상황이 발생하면 어른이 먼저 산소마스크를 착용한 후, 아이를 돕는 게 순서인 것처럼.

딸은 이제 자신이 꿈이 뭔지 모르겠다고 하지만, 어릴 때는 단 하나의 꿈이 꽤 오래갔다.

"넌 꿈이 뭐야?"

"어, 나는 디자이너. 구두 만드는 디자이너."

딸의 꿈이 아름답다고 생각했다. 그리고 내게도 물어 준다.

"엄마는 꿈이 뭐야?"

"아, 엄마는 무슨 꿈이 있더라?"

갑자기 말문이 막혀서 "음…" 하고 머뭇거렸다.

"엄마는 옷과 책 만드는 디자이너 아니야?"

딸은 자기가 다 알고 있다는 듯이 먼저 물었지만, 그것 은 내 꿈이 아니어서 바로 답했다.

"아니, 엄마는 이미 옷을 만들고 있고, 책도 만들어서 이 제 그건 꿈은 아니고오… 사실 엄마는 친절한 엄마가 되는 게 꿈이야. 근데 그게 너무 힘들어서 아직 되지를 못했어."

"아직 되지를 못했어." 이 부분을 말하는데, '이제, 엄마 없어도 동생 잘 돌보고 공부 열심히 해야 한다.' 따위의 대사 가 흐르는 신파극을 열연하는 배우처럼 갑자기 내 목이 메 여 버렸다. 딸은 대수롭지 않게 대답했다.

"어, 그렇구나. 엄마가 그 꿈을 꼭 이루면 좋겠네."

앞으로 남매랑 같이 살 수 있는 날을 갑자기 계산해 본 다. 아이코오오 가슴이야. 같이 할 날이 얼마 없는듯싶어 심장이 아프다. 잘해 줘야 하는데, 엄청난 친절과 사랑을 퍼부어 주고 싶은데, 꿈을 이루는 게 한 번도 쉬운 적이 없다. 남은 시간 안에 내 꿈은 과연 이루어질 수 있을까.

심심한 곳이 지옥

삶은 동화보다
만화에 가까운 게 좋을 것 같다

내가 자처해서 나를 희화시키고 망가지는 모습을 허락하는
사람은 유일하게 남매뿐이다. 웃긴 표정, 뱃살 모양, 이상한
자세도 더 더 묘하고 민망하게 망가트릴 수 있다. 나는 종종
농담을 미리 준비하고, 뜬금없는 순간에 이상한 막춤도 자
주 춘다. 남매를 웃기는 것에 관심이 아주 많다. 아이들 웃기
기가 어려울 때란 거의 없다. 아이들은 정말 잘 웃어주기 때
문이다. 얼마나 잘 웃기나 분석하는 순간 끝장인 것이 바로
유머인데, 아이는 분석 없이 바로 웃는다. 어떤 어른도 웃어
줄 리 없는 나의 개그 시도에 남매는 돈 받은 방청객처럼 빵

빵 웃는다. 게다가 내가 웃겨줬다고 고마워까지 한다. 나도
고맙다. 서로 고마움이 오고 간다. 또 한 번 해달라는 말도
거의 빠지지 않는다. 자신감을 얻으니 나는 자꾸만 다음 편
을 준비하게 된다. 아이는 참 관대하고 귀엽다.

건너편 테이블에서 무언가를 하고 있던 딸이 내게 질문
을 한다.
"엄마는 웃긴 선생님이 좋아? 친절한 선생님이 좋아? 예
쁜 선생님이 좋아?"
"음, (진짜 가만히 생각해보았다) 웃긴 선생님!"
딸은 무척 반갑다는 듯, 큰 소리로 말한다.
"나도 웃긴 선생님인데!"

나라도 웃겨주는 선생님이 너무 좋을 것 같다. 그런 선
생님이 내게는 없었다. 어른은 웃음을 잃어가지만 여전히 웃
음을 좋아하고 있다. 프란체스코 교황님도 어른에게 많이 웃
으라고 권했다. 수도원에서도 웃기 위해서 하루에 한 번씩 토
머스 모어 경이 지은 시 〈유머를 위한 기도문〉를 낭독한다고
했다. 그 시의 1연 '지금 내가 먹은 음식이 소화가 잘되게 하
옵소서.'는 전혀 웃기지 않는 기도문이지만 웃음이 좀 났다.

옛날에는 엄마 아빠가 아이를 두고 일터로 나가도 지금만큼 아이를 염려하는 일은 없었다. 집에는 할머니, 할아버지가 있고 삼촌, 숙모, 이모가 있기도 했다. 피붙이가 아닌데 일손을 돕는 아저씨, 돌봄을 담당하는 언니도 있었다. 돌봄은 집에 남아 있는 가족 아무나 분담하거나 그들 간의 바통터치로 자연스럽게 이루어졌다. 집이 텅텅 비어도 아이들은 괜찮았다. 어른이 집에 돌아올 때까지 마당이나 골목에서, 놀이터에서 동네 친구들과 놀고 있으면 되었다. 동네 친구라고 해서 같은 또래만 있지는 않았다. 형이고, 누나이고, 언니이고, 동생인데도 모두 스스럼없이 친구로 지냈다. 놀이를 감시하거나 지켜보는 어른도 딱히 없었다. 어쩌다 그 앞을 지나는 어른들이 한 번씩 눈길을 주거나, "얘들아, 다친다.", "싸우지 말아야지." 등의 말을 한 번씩 툭툭 던져주면 되었던 시절. 아이들은 대체로 큰 사고 없이 잘 지냈고, 잘 자라났다.

요즘 아이들은 대체로 같은 학년 무리와 만나는데, 학교나 학원이라는 학습 목적이 개입되어서 그렇다. 약속 없이, 허락 없이 친구 집에 놀러 가는 일은 거의 없다. 아이는 부모에게 허락을 먼저 받고, 부모도 친구 집 부모에게 나의 아이가 놀러 가도 괜찮은지 여부를 꼭 확인한다.

텅 빈 장소에는 먼저 놀이를 시작한 최초의 아이가 있어야 한다. 그래야 한둘씩 아이들이 모여들 텐데, 지금은 그 시작하는 첫 아이가 잘 안 보이는 시절이다. 안전하지 않기 때문일 테고, 대부분 학원에 있기 때문일 테다. 빈 놀이터를 보면서 바글거리던 옛 놀이터를 우주공상영화처럼 상상한다.

아들은 축구공을 옆구리에 끼고, 나는 책과 커피를 챙겨 놀이터에 갔다. 벤치에 앉아 책을 읽다 고개를 드니 부메랑 던지기를 하는 중인 어느 아빠와 그의 아들을 내 아들이 물끄러미 보고 서 있다. 아들이 후다다닥 내게 달려온다.

"저 형아가 갖고 노는 부메랑, 나도 사 주면 안 돼?"
"어디서 샀는지 물어보고 와 봐."
신나서 달려간다. 아들이 또 내게 달려온다.
"내 축구공 가지고 저 형아랑 저 아빠랑 같이 놀고 싶은데, 안 돼?"
함께 놀게 해주고 싶었는데 나는 안 된다고 말했다.
"안 돼. 저 형아는 형아 아빠랑 놀아야지."

안 될 일이 아닌데, 나는 안 된다고 말하는 어른이 되었다. 저 보기 좋은 부자의 놀이를 방해하면 안 된다는 생각이 들었기 때문이다. 저 아이도 아빠랑 무척 오랜만에 노는 것일지도 모른다. 저 아빠는 지금 자기 아들 한 명하고 놀아주는 것만으로도 엄청 피곤할지 모른다. 그저 공놀이하는 것을 두고서, 나는 이렇게 생각이 많고 복잡한 사람이 되어있다. 요즘의 모든 부모가 나와 비슷할지 모른다.

책을 읽다 고개를 들었는데, 아들이 그 형아랑 그 아빠랑 축구를 하며 놀고 있네? 그때 나의 기분은 딱 안심 반 걱정 반이었다. 아들이 원하는 대로 놀아서 안심, 그 부자를 불편하게 했을까 봐 걱정. 공놀이가 끝나고 그 형아의 아빠와 나는 서로 목례했다. 두 사내 녀석들은 "또 만나!"를 신나게 외쳤다. 나는 너무 궁금해서 물었다.

"누가 축구 놀이 먼저 하자고 말한 거야?"

"내가!"

나는 왜인지 그때 마음이 조금 울고 싶어졌다. 맞아. 이게 아이이지. 우리는 다 저렇게 놀았지. 아이는 놀고 싶을 뿐인데 어른은 괜한 예의를 차린다. 이러면 안 되고 저러면 안 되고 여기선 안 되고 지금은 안 되는 복잡한 설명을 아이에게 다 할 수가 없어서 어른은 간단히 "안 돼."라는 말을 해버리는 사람이 되었다.

요즘 육아 전문가들이 마치 유레카의 발견처럼 치켜세

운 아빠표 놀이, 외할머니표 놀이는 사실 특별한 것이 아니다. 아이에게는 그저 놀이를 함께 해주는 좋은 어른이 한 명 더 생긴 것뿐이다. 어른에게는 돈 없는 세상이 지옥이지만, 아이에게는 심심한 곳이 지옥이다. 아이는 그냥 뭘 하든 즐겁기만 하면 된다. 같이 놀아주는 사람까지 있으면 땡큐인 거고.

동화는 대체로 우여곡절과 다사다난을 겪다가 결말에서 행복을 안겨주는 구조이다. 나는 성인이 되어서야 만화를 좋아하게 됐는데, 가족 만화, 동물 만화, 음식 만화 등이 애정을 느끼는 주 장르이다. 만화는 결말이 아닌 기승전결 곳곳에서 유머와 위트 있는 멘트를 남발한다. 그래서 만화의 방식이 좋다. 마지막에 가서 웃게 하지 않고, 중간에도 자주 웃게 해주면서 이야기를 끌고 간다. 인간은 지루함을 못 견디는 존재이므로, 삶은 동화보다 만화에 가까운 게 좋을 것 같다.

다행히 아이와 같이 사는 건 동화와 만화의 장르를 다 아우르는 삶 같다. 하루에도 몇 번씩 웃을 일이 생기고, 가슴 뭉클해지는 요소도 꽤 자주 등장하는 편이다. 스릴과 공포도 있다. 공포는 아이들이 의도하지 않고 보통 엄마가 조장

하는 것이다. 아이는 엄마 앞에서, 친구 앞에서 끊임없이 개그를 시전한다. 기이한 표정과 어이없는 동작을 하면서 자꾸만 자기를 보라고 한다. 웃음에 관련된 것들은 아이들의 본심이고 아이들이 의도한 것들이다.

어린이의 전형적인 행동이라며 가볍게 보거나 귀찮게 받아들이는 바보짓은 안 하련다. 믿을 수 없고 복잡하기만 한 세상을 보지 말고, 단순하고 즐거운 아이만 보고 사는 것이 나을 뻔했다고 후회할 것 같다. 그냥 무엇에라도 한 번만이라도 웃으면, 너무 좋지 않을까?

어른은 텔레비전을 보면서 빨래를 갤 수 있다. 멸치 똥을 따고, 불려 둔 땅콩의 껍질을 까고, 찍찍이로 고양이 털과 머리카락을 제거할 줄도 안다. 텔레비전을 보는 동시에 자잘한 집안일을 해치우는 것은 시간을 절약하는 무척 효율적인 방법이라서 텔레비전만 보고 있는 이상한 죄책감, 시간낭비라는 묘한 불안감에서 벗어나게 해준다. 텔레비전을 보고 있는 아이 모습에서 가장 부러운 것이 바로 아이는 텔레비전 보는 일 외에는 아무것도 하지 않는다는 것이다. 나도 텔레비전을 볼 땐 텔레비전만 신나게 보는 그런 어른이 되고 싶다.

오늘 종이비누가 택배로 도착할 거라는 말에 학교에서 하루 종일 설레고 기분 좋았다는 딸은 책가방을 집어 던지면서 현관문을 뚫듯이 집으로 들어왔다. 종이비누 하나가 뭐라고 아이를 행복하게 하네. 행복의 정의를 너무 어렵게 내리는 어른은 생각이 많아진다.

아들이 물었다.
"엄마, 메리가 무슨 뜻이야?"
"메리는 '즐거운, 신나는'이란 뜻이지."
"그래? 엄마, 그럼 우리 메리 할까?"

더 이상 복잡하지 않고 편하게 메리를 하는 어른이 되고 싶다.

까칠의 여왕

내가 좋을 때는 테트리스 여왕이고,
내가 귀찮을 때는 까칠의 여왕

친구처럼 싸우자는 건지, 훈육을 하겠다는 것인지 분간이
안 갈 때가 있다. 아이에게 논리가 생겼다. 맞는 말이 하도 많
아서 내가 말문이 막힐 때도 많아졌다. 목청을 내는 쪽은 언
제나 나라서 흥분했다는 것이 탄로가 난다. 그럴 때 딸은 곧
말하기를 멈추고 100% 듣는 편을 택한다. 그 멈춤에서 엄마
를 존중하는 마음이 강하게 전해진다. 나는 엄마의 위엄으
로 눌렀다는 부끄러운 패배감에 100% 마음이 무겁다. 엄마
라고 늘 옳지 않다. 나는 딸이 조용해지면 딸의 진심을 알게
될까 봐 막상 그때부터 겁이 난다.

어떤 날은 딸 앞에서 자존심이 말도 못 하게 상할 때가 있다. 어린아이를 상대로 해서 자존심이 상한다고 하면 진짜 이상하지만, 실제로 진짜 자존심이 상한다. 몸을 휙 돌려서 확확확 소음을 내며 반대 방향으로 보란 듯이 가버리기까지 한다. 더 이상 나는 네 일에 상관하지 않겠다는 강한 의지를 온몸으로 팍팍 표출하는 것이다. 화난 티를 종일 내기도 한다. 끝까지 엄마의 의지를 보여주겠다며 종일 모른 척할 각오를 막 다진다.

우아한 자세를 잡고 책을 펼쳐 두고는 커피를 몇 잔이나 마셔 대는지 모르겠다. 온갖 척을 하고 별의별 방법을 다 써보는 건 딸이 아니라 나다. 후속 조치로 뭘 하든지 나는 이미 먼저 목소리가 커진 사람, 먼저 외면하고 돌아 서버린 사람이 됐으니 부끄럽고 심란하다. 딸은 지금 뭘 하고 있으려나 엄청 궁금하다. 안절부절못하는 쪽은 언제나 나인 것 같다. 제발, 딸의 마음이 무사하길….

싫으나 좋으나 부모의 삶은 아이에게 반응하는 삶이다. 아이의 요구에 '응한다'와 '응하지 않는다' 이 두 갈래 방법만 있는 것이 아니다. 응한 것이 아니요, 안 응한 것도 아닌, 찝찝하게 군 경우도 태반이다. 아이의 질문에 까칠하게 대답하거나, 대답 없이 멍하니 아이를 바라보기만 할 때도 있다. 대게는 너무 피곤하기 때문이다. 소통이 아니라 내 체력 소모를 줄이는 반응이다. 어떻게 사람이 365일 친절하게 응할 수가 있느냐면서 대충 합리화해 버린다.

어쨌든 내가 남매에게 못되게, 쌀쌀맞게, 어른답지 않게 굴었다는 것에서 가장 감당하기 힘든 포인트는 바로 내가 그런다는 걸 내가 너무 아는 것이다. 내 기분이 가장 다운될 때는 내 죄를 내가 알 때이다.

자녀는 엄마의 불친절한 대답이나 그런 말투만으로 종종 민망함과 무안함을 겪는다. 상대방과 입장을 바꿔 놓고 생각해보는 일 중에서 끔찍한 것 중 하나가 바로 민망함이다. 민망이란 말 그대로 얼마나 민망한 것인가. 낯을 들고 대하기가 어렵고 어찌할 줄 모르는 상태를 엄마 때문에 아이가 겪는 것이 옳은 일인가. 온종일 후회가 밀려와서 뒤늦게 어렵사리 딸에게 말을 건다. 35년 세월의 차가 무심하게 동갑내기 친구에게 사과하는 것처럼 초조해진다.

"엄마, 되게 까칠하지? 되게 시니컬하고, 무뚝뚝하고…. 원래 엄마가 좀 까칠의 여왕이잖아."

아이는 웃으면서 대답한다.

"괜찮아, 근데 엄마는 테트리스 여왕이라며? 엄만 맨날 뭔 여왕이야."

테트리스를 잘한다고 신나서 잘난 척했던 게 떠오른다. 지금 엄마가 사과하고 있다는 걸 다 파악하고 있는 아이이다. 그래서 딸도 괜스레 테트리스 이야기를 꺼냈을 것이다. 너스레를 떨며, 서로 아무 말이나 막 던지면서라도 둘 다 다시 절친으로 돌아가고 싶어 한다.

아이는 언제나 엄마를 용서한다. 언제나 엄마의 잔소리를 들어주고, 엄마에게 야단을 맞아주고, 엄마의 흥분 앞에 버텨주고, 엄마의 실수를 모른 척해주고, 엄마가 하고 싶은 것이라면 다 하게 해준다. 아이가 늘 하는 것이 바로 엄마를 민망하지 않게 해주는 일이다. 내가 좋을 때는 테트리스 여왕이고, 내가 귀찮을 때는 까칠의 여왕이 된다. 미안하다. 어른은 정말 엉망진창 제 멋대로이다.

그래도, 어른으로서 이러면 안 되지. 딱 이 한 가지를 생각하면서 나는 반성 모드에 들어간다. 어른에게 반성만이 살길이고, 반성은 변할 기회가 있다는 점에서 다행이다. 그렇지 않고는 내가 아이 앞에서, 내 앞에서 스스로 부끄러워서 살 수가 없다. 가족끼리는 희로애락애오욕의 감정을 다 던져대고, 심술과 짜증을 받아주거나 안 받아주고, 쭈뼛거리는 시간을 감당하면서 각자의 머릿속으로 화해할 방법을 찾는다. 침묵이 길어질 때면 침묵을 깨는 첫 대사를 엄선하여 고르고 또 고른다. 대단한 별말이 없는 것도 늘 똑같다. 반성하고 노력해서 조금 나아지고, 또 반성하고 노력해서 또 조금 나아질 수밖에 없다. 오늘도 한바탕 지지고 볶다가, 어색한 상황을 깬 첫마디는 이랬다.

"얘들아, 이제 씻자."
아이는 심드렁하게 대꾸한다.
"왜 맨날 씻고 자야 해?"
또 시작이다.
"아니, 왜긴…"

씻고 자는 건 너무 당연한 일인데 번뜩 머리에 떠오르는 말이 없다. 왜 맨날 씻고 자야 하는지 나도 잘 모르겠다. 안 그래도 될 것 같기 때문이다.
"왜긴. 그야, 하루를 더럽게 보냈으니까 씻는거지."
하루를 더럽게 보냈다니. 오늘 내 기분이 그대로 튀어나와 버렸나. 우리는 다 같이 '엥?' 하는 땡그란 눈으로 마주 봤다. 그리고 다 같이 남발하는 ㅋㅋㅋ. 아, 오늘은 진짜 더러운 날이었다면서 다 같이 목욕물을 손으로 첨벙첨벙 쳐댔다. 화해는 종종 이런 식으로 흘러간다. 나도 아이도 아무렇게나 마음을 푼다. 휴, 진짜 다행이네. 이렇게 생각하면서.

집에서 침묵의 어색함처럼 숨 막히는 것은 없다.

아이도 어른만큼 애쓰고 있다는 것을 모르지 않는다. 엄마 아빠 앞에서 자신이 아는 만큼, 하고 싶은 만큼 말을 다 못해서 억울하고, 느낀 만큼 전달이 잘 안돼서 자주 진다는 것도 안다. 어쩌다 아이의 반응이 말대답으로 느껴질 때를 잘 살펴보면, 아이도 자신이 옳다고 생각할 때, '이 말은 나도 좀 해야겠다.' 싶을 때 말해본다는 걸 안다. 놀랄 만큼 합리적이고, 인과의 설명도 뚜렷하다. 아이는 어른의 기분을 살피면서 자신의 자존심을 세울 줄 알고, 어른이 갑작스럽게 버럭 할 때 조용히 물러나기도 한다. 어른은 문제가 일단락된 것 같지만, 아이는 자기 방으로 가서 이 문제를 곱씹고, 어떻게든 자신만의 결론 내리기를 할 것이다.

그 생각, 그 결론, 그 이야기들의 묶음으로 자기다움이 만들어진다. 아이는 사는 동안 삶의 문제를 해결하는 무기로 '자기다움'을 사용할 것이다. 나는 아이가 좋은 무기를 탑재하도록 옆에서 도와줘야 하는 사람인데… 나와 사는 동안, 아이는 어떤 무기를 얻고 탑재할까? '까칠의 여왕을 대하는 방법' 따위라도 어느 정도 익히지 않을까 하는 부끄러운 기

346

대만 한다.

'아이를 키운다.'에서 '키운다'는 동사는 아직도 민망하고 미안한 단어이다. '키운다'보다는 어쩌다 아이와 근접할 수 있는 행운의 어른이 되어서 '같이 산다'가 가장 적합한 표현 같다. 내 반성의 8할은 언제나 아이에게서 나온다. 나의 비겁함, 유치함, 조급함, 시니컬한 말투, 피곤하다는 표정 등을 총동원하여 얼마나 아이의 마음을 자주 참담하게 만들고 있을까. 아이의 마음을 할퀸 죄책감으로 내 하루마저 연쇄적으로 망쳐버리고 나서야 나는 이 총체적 난국을 되돌아본다. 되돌아보기를 반복하는 삶. 이렇게 내 모든 반성과 성찰의 그 처음과 끝에는 아이가 자리한다.

모성이 위대하다면 출산일 당일에 생긴 모성 때문이 아니라, 전 일생에 걸쳐 깨지고 배우고 그로 인해 훈련된 모성 때문일 것이다. 나는 좋은 엄마가 되고 싶다. 좋은 엄마가 되는 데에도 나쁜 엄마가 되는 데에도 에너지가 든다. 나의 에너지는 어디에 주로 쓰이고 있을까.
아이가 성장해서 내 곁을 떠나면, 나는 뭘 가지고 반성하려나.

순수에 접근하는 시간

내 몸과 마음의 상태를 들켜도
부끄럽지 않고 괜찮은 사람

"엄마, 귤은 몇 살이야?"

"귤이 몇 살인지 모르겠네. 아마 네 살일 걸?"

"아니, 엄마아아아. 내가 네 살이구우우우."

아들이 네 살이니까 귀찮아서 대충 네 살이라고 말했는데, 내 바짓가랑이를 흔들고 몇 번이나 물었다.

"귤이 네 살 맞는 거야? 내가 네 살인데!"

아아아아 더 귀찮아져 버렸다.

아들이 네 살 때는 이런 에피소드들이 반복되었다. 아들은 성장발달 단계 이론 중에 나오는 자기중심적이란 말에 잘 들어맞는 시기를 지나고 있었다. 세상의 중심이 자기니까, 자기가 바로 네 살이지, 어찌 귤이 네 살일 수가 있겠나. 딱 그런 자세로 아이는 세상의 중심에 주인공으로 서서 조연들과 하루하루를 보냈다.

자기중심적이어도 이렇게 예쁠 수가 있나. 나는 아들의 하는 짓, 묻는 것들이 죄다 귀여워서 양손을 주먹 쥐고 부르르 떠는 자세로 자주 생각했다. 귀엽다, 아 이 녀석 너무 귀엽다. 세상에 태어나 딱 한 번만 지날 수 있는 하나의 시절, 그 시절들이 모든 나이마다 진행되었다.

그랬던 아이가 이제 두 배보다 더 자라서 아홉 살이 되었다. 자라는 건 아쉽고, 변하는 건 신기하다. 순수는 아무래도 나이를 먹을수록 점수를 잃어가는 세계이므로.

하지만 아들은 아직까지 우리 집에서 가장 순수의 세계에서 살고 있다. 영화 〈쥬라기 공원〉 시리즈를 몇 년에 걸쳐 우리랑 계속 같이 봐왔는데, 지금도 〈쥬라기 공원〉 내용을 현실로 믿고 있다. 공룡이 아직도 지구상에 살고 있다고 믿는 것은 아니고, 쥬라기 파크 같은 첨단 연구시설에 가둬 놓은 몇 마리의 공룡 정도는 실재한다고 믿고 있는 식이다. 애초에 기술이 발전된 시대에 태어난 아이에게는 그런 환경 설정이

그리 어려울 게 없는 기술로 보이는 것이다. 영화 〈국제 시장〉
의 6·25 피난 씬은 그 당시 누군가 촬영해둔 실제 영상으로
안다.

각종 영화와 드라마를 볼 때마다 여전히 "실제 맞지?"
하며 재차 확인한다. 같은 맥락으로 배우들이 연기를 한다
는 사실도 정확하게 이해하지 못하고 있다. 저 배우가 〈미스
터 선샤인〉에서 분명 일제강점기의 칼잡이 동매였는데, 갑자
기 〈슬기로운 의사 생활〉에서 의사 정원을 맡은 것을 보면서
눈을 똥그랗게 뜨고는 엄마와 누나를 번갈아 쳐다본다. 왜
그렇지? 무지하게 놀랍다는 눈빛으로.

누나와 엄마는 장난을 친다. 그간 세월이 많이 흘렀고,
저 칼잡이는 공부해서 해방 후에 의사가 된 것이라고 설명해
주기도 했다. 그러면 정말 그러려니 하고 넘어간다. 딱 그 정
도의 순수에 아직 머물러 있다.

남매는 잠자리 들기 전에 꼭 기도하는데, 간혹 아들의
기도가 유독 길어질 때가 있다. 그때의 기도 내용은 꼭 궁금
하다. 아들에겐 자신의 바람을 들어주거나 이루어 줄 것으
로 믿는 거룩한 3인방이 있는데, 바로 하나님, 산타클로스,
하늘나라의 외할아버지이다. 그분들에게는 항상 할 말이 넘
쳐난다고 했다. 보통은 자기 전에 천장을 보고 누워서 깍지

끼운 손을 한 채 기도하는데, 긴 기도일 때는 엎드려서 베개에 얼굴을 파묻고 달팽이처럼 몸을 둥글게 만 자세로 기도한다. 그 자세에서는 종종 엉덩이를 들썩이게 되는데 탱탱볼 같은 작은 엉덩이가 내 눈앞에서 움찔거리면 나는 꼭 똥침이 하고 싶어진다. 그러면 참지 못하고 신성한 기도 시간에 똥침을 한다. 그래도 둘째는 꿈적 안 하고 계속 기도한다.

　나는 가만히 숨을 죽이고 아이를 지켜본다. 손가락 열 개로 자기 나이도 다 못 채운 아이가 하늘로 올려보내고 싶은 소원들이 뭐가 그렇게 많은지.

　나의 뾰루지가 점점 커지다가 마침내 염증으로 되어가는 게 확실시되는 순간만큼은 종합소득세와 부가세 신고 서류를 준비하는 것만큼 스트레스를 받는다. 손거울을 들고 뾰루지를 살펴본다. 쓰레기를 버리러 나가다 말고 현관 거울 앞에서도 턱을 이리저리 돌리며 뾰루지를 관찰한다. 뾰루지가 나면 집에 있는 거울들이 죄다 뚫릴 지경이다.

　CCTV처럼 나를 감시하고 있는 아들은 그날 밤 기도 목록에 나를 위한 뾰루지 기도를 넣었다. 내가 어깨의 염증으로 악악 소리를 내며 오밤중에 깨던 시절에는 어김없이 엄마를 위한 어깨 기도를 했다. 엄마가 요즘 똥을 잘 못 눈다고 말하면 엄마가 똥을 누게 해 달라고 기도했다. 아이는 내가 평소에 하는 말을 놓치지 않고 있다. 엄마에게 뾰루지가 안 나게 해주시고, 어깨 안 아프게 해주시고, 똥 누게 해주시고, 손목 안 아프게 해주시고, 불면증을 한 방에 없애 주시고, 자다 안 깨게 해주시고, 뱃살 빠지게 해주시고, 오래 살게 해주세요. 하나님, 외할아버지, 믿겠습니다. 사랑합니다. 감사합니다. 아멘.

정말로 순수하고 단순하며 깔끔한 기도이다. 어른에게 쪽팔리는 것들이 아이의 기도에는 잘도 등장한다. 어른은 그런 것 말고도 빌 중차대한 기도가 365일 24시간을 내내 빌어도 모자랄 만큼 차고 넘치지만 어쩌면 그날 내가 가장 하고 싶은 기도는 바로 뾰루지 삭제, 변비 탈출, 이런 것들이었을지 모른다. 그렇지 않다면 아이가 나 대신 기도해 줬을 때 엄청 기뻤을 리 없다.

뾰루지와 변비가 해결되고, 세금 서류 정리처럼 하기 싫은 것들이 잘 처리되고 마무리되었을 때 내 삶의 질은 또 올라간다. 강 같은 평화가 마음에 빠르게 온다. 삶의 질이랄까, 삶의 기쁨은 결국 이런 디테일로밖에 설명이 안 된다.

내 몸과 마음의 상태를 들켜도 부끄럽지 않고 괜찮은 사람이 나를 세심히 잘 관찰하고 있다는 것은 어떤 면에서 안심이 된다. 관찰이야말로 나이를 막론하고 보호와 애정의 시작점이다. 아이는 아이만의 방식으로 나를 보호하고 있다. 잣알 크기보다 작은 뾰루지에도 광기를 부리는 엄마를 대신해서 기도해 준다. 엄마의 뾰루지를 제발 좀 없애 달라고.

역시 아들이 네 살 때의 일이다. 남매는 차 뒷좌석에 앉아서 "달에 토끼가 있다고! 없다고!"를 놓고 치열한 공방을 이어갔다. '있다고!'와 '없다고!'는 핑퐁처럼 왔다 갔다 하다가, 둘째가 울먹이면서 '있다고!'의 마지막 발언자 자리를 획득해 냈다. 첫째가 동생이 한심하다는 듯 "에휴." 하고 먼저 멈췄기 때문이다. 승리한 것인지 아닌지 헷갈리는 동시에 뭔가 억울해하는 둘째는 달나라 토끼 귀처럼, 우리 집 옥희의 코처럼 눈과 코가 싹 다 핑크색으로 변했다. 누나의 반격에 살짝 의심을 지닐 만도 한데, 그렇게 울부짖은 것은 자신도 확신에 찼기 때문이다. 둘째가 달나라 토끼에 여전히 집착하던 시기에, 3년 터울의 누나는 달나라 행성들의 각 특징을 잘 이해하고 설명했다. 그것이 나로서는 더 신기했다.

"엄마, 이거 혹시 토성 아냐? 토성은 원래 되게 예쁘거든. 행성 중에 제일 예뻐. 이봐. 여기, 가운데에 훌라후프처럼 띠를 두르고 있잖아."

"엄마는 행성을 잘 모르는데."

"아, 그래? 목걸이를 한 걸 보니 토성이 맞아. 목걸이 하고 있으면 예쁘지."

딸은 자신이 이렇게 아는 정보가 많다는 걸 알려주려고 그 말이 그 말인 동어 반복을 했다. 자기 정보력을 뿌듯해했다. 내게 행성에 대한 정보를 콸콸 쏟아내는 걸 듣고 있던 날, 나는 줄줄이 목걸이를 한 행성의 신비보다 행성을 닮은 머리통 안에서 성장한 딸의 뇌가 훨씬 더 신비로웠다.

지금도 나는 운전하는 중에 내 차를 따라오는 달을 보며, 그 안에서 가끔 토끼의 형상을 찾아본다. 어떤 날의 달에는 토끼가 뚜렷하고, 어떤 날의 달은 그저 거뭇거뭇 지저분하다.

"엄마, 우리 집 가까이에 제일 예쁜 이름을 가진 가게가 있어."

"그런 가게가 있어?"

"응."

"뭔데?"

"땅큰오름 부동산."

땅큰오름 부동산은 쥐도 새도 모르게 폐업했다. 부동산은 더 이상 갈 일이 없지만, 딸이 예쁜 이름이라고 느낀 가게라는 것만으로 부동산에 애정이 생겼는데, 왠지 아쉬웠다. 그 후에 '나아라 동물병원' 간판을 발견하고는 귀엽다며 같이 웃은 후, 우리는 예쁜 이름의 가게가 또 어디 있나 찾기를 하며 지낸다. 남매가 눈여겨보는 것들에 동참하는 일, 그것이 이 나이에 내가 순수에 접근하는 유일한 시간이다.

> 내가 어렸을 때에는
> 말하는 것이 어린아이와 같고
> 깨닫는 것이 어린아이와 같고
> 생각하는 것이 어린아이와 같다가
> 장성한 사람이 되어서는
> 어린아이의 일을 버렸노라
> (고린도전서 13장 11절)

지금 내 앞에서 시끄럽게 떠들고 있는 남매의 대화마저 하루가 멀다고 꿈처럼 사라지고 있다. 붙잡아 두고 싶은 게 많다는 건 좋은 일이다. 하지만 시간이 너무 빨리 흘러서 두려울 지경이다.

빠른 호강

**인생 미션이 고작 대출이자와
원금을 잘 갚는 것일 리가 없다.**

내가 완벽하게 해내려 할수록, 나는 남매와 점점 완벽하게
맞지 않게 되는 것 같았다. 남매의 강점이나 단점을, 좋아하
고 안 좋아하는 것을 나만큼 아는 사람은 없다. 세상 누구보
다 압도적인 높은 확률로 만족시키기 쉬운 대상이 바로 내
아이들일 텐데, 나는 가끔 그렇지 못하다.

남매는 덜렁대는 나를 보면서 재미있다고 웃는다. 내가
단어가 생각나지 않아 버벅대거나, 피카츄를 보고 포켓몬이
라고 하거나, 아이돌 가수 이름을 싹 다 틀릴 때도 남매는 웃

는다. 나의 모든 실수에 '선웃음 후친절'을 보여준다. "엄마, 이건 ○○잖아." 하고 예쁘고 다정하게 말하면서 틀린 것을 고쳐준다. 그런데 나는 반대로 하는 경우가 훨씬 많다. 남매가 덜렁대면 눈을 똥그랗게 뜬다. 남매가 똑같은 실수를 반복하면 엄한 눈이 돼버린다. 두 번 실수가 없도록 정확하게 고쳐주고 싶기 때문이다. 엄마는 이유 없이 무서운 사람이 아니다.

남매에게 '하인리히의 법칙'을 말해준 적이 있다. 대형 사고가 발생하기 전에 그와 비슷한 약 30번의 작고 사소한 사고가 있고, 그와 관련하는 약 300번의 잠재적 징후가 있다는 법칙이다. 엄마란 바로 이 대형 사고가 무서운 사람이다. 엄마가 없을 때, 실수하지 않고 혼자서 잘 해내길 바라고, 자꾸 덤벙대다가 큰 사고로 이어지지 않길 바라고, 엄마 없이도 잘 살아가길 바라기 때문에 그런 것이다. 엄마의 근엄과 안절부절에는 어쩔 수 없는 부분이 너무 많이 있다.

실수하고 잘 해내지 못하는 나에게, 어떤 사람이 내가 남매에게 하듯이 족족 엄하게 대한다면 나는 숨이 막혀서 비명을 지를 것이다. 될 대로 되라지. 너는 얼마나 잘해서. 리브 미 얼론. 이런 태도로 무시해 버릴지 모른다. 반면, 남매는 그러지 않는다. 비명을 지르지 않고, '될 대로 되라지, 엄마나 잘하시지.' 하는 따위의 태도는 없다. 남매는, 실수하고 버벅대는 엄마를 보고 항상 웃는다. 덜렁이 엄마를 있는 그대로 인정한다.

아, 착한 아이들.

앙드레 지드가 말했다. "진지함이란 아무 소용이 없다. 가장 확실한 안내자는 즐거움이다." 지드의 조언을 자주 생각해야 한다. 즐거운 안내자가 되고 싶다. 웃으면서 고쳐줘도 아무 문제가 없다는 사실을 무조건 세뇌하면서.

부모와 아이가 같이 있는 시간은 길지 않다. 함께 살 때만이라도 밀가루 반죽처럼 몰랑거리는 시간을 가지면 얼마나 좋아. 세상살이란 반드시 이분법으로 나누어지지 않는다. 딱 모 아니면 도가 된 적도 별로 없다. 주변을 보면 공부 잘하는 애, 공부 못하는 애, 부자인 사람, 가난한 사람, 항상 성공하는 집, 항상 망하는 집으로 무 자르듯 갈라지지 않는다. 중간이 있는가 하면, 반의 반에서 그 반의 지점도 있고, 미지근한 감정이 시시각각 죽 끓듯 변해서 어디에 점을 찍을 수 없는 감정도 있다. 쪼개도 쪼개도 계속 쪼개지는 디테일한 상황을 만나고, 별의별 모양의 사람이 다 같이 산다. 그런데 엄마는 이상하게 아이의 실수를, 아이의 부정적 기분을, 아이의 단점을 자꾸만 확실하게 없애 주려고 시도한다. 자꾸만 완벽한 상태를 좇는 양상이 돼버린다.

세월은, 그때 왜 좀 더 친절했어야 하는지, 왜 좀 더 웃었어야 했는지, 얼마나 즐거울 수 있었는지, 알려주는 잔인한 스승으로 변신할지 모른다. 인생은 다시 한번 살 수 없는데, 숙제처럼 하지 말고 힘 빼고 했어도 충분했다고 말할지 모른다.

산발 머리에, 부스스한 피부에, 늘어진 티셔츠를 입고 입 냄새가 날 것 같은 입으로 "잘 잤어?" 아침 인사하는 나를 물끄러미 쳐다보던 아들이 말했다.

"엄마, 나는 엄마 내장도 사랑해. 엄마 배 속의 똥도 사랑해. 그냥 다 사랑해."

어제 대출 연장 문제 때문에 은행 직원과 한 시간 동안 통화를 하고, 금리인하 요구권 따위를 처음으로 한번 사용해 봤는데 개미 간의 기별도 안 간다는 사실을 확인하고는 어이없었는데, 나의 내장마저 사랑한다는 말을 듣고는 금리 인하 실패로 실망한 게 뭐가 대수인가 싶어졌다. 나는 온갖 고생을 다 해가며 남매를 키우고 있다고 생각하는데, 아이

들이 아직 어려서 아이 때문에 누리는 호강이 아직 있을 리
도 없는데, 아이는 어른이 생각하는 것과는 다른 종류의 호
강을 준다.

　돈 줄 테니 책을 좀 읽어라 해도 안 읽는 사람이 있고,
딱딱한 도서관 의자에 앉아 있는 것이 사우나 의자에 앉아
있는 것보다 더 큰 안식이 되는 사람도 있다. 호강도 그렇다.
호강의 종류에 우열은 없다. 각자가 호강이라고 느끼는 것이
최고의 호강이다. 내장도, 배 속의 똥도 사랑받는 사람의 인
생 미션이 고작 대출이자와 원금을 잘 갚아나가는 것일 리
가 없다.

세상 힘든 친절

플라톤은 친절하게 대하라고 말했다.
모두가 힘든 싸움을 하고 있다고

가끔 이런 생각을 한다. 사람들은 그렇게 되고 싶던 무언가가 되었는데, 왜 그 일을 하지 않는 날, 그곳에 가지 않는 날이 오기를 애타게 기다릴까. 회사에 겨우겨우 힘들게 입사했는데 달력을 넘겨 대며 쉬는 날을 열심히 체크하고, 대한민국 전국의 키즈들이 12년 동안 열심히 학업에 정진해서 한 곳만 향해 달렸는데 대학교 입학 후에도 마찬가지다.

　오래된 처음의 마음. 온갖 희생을 다 치러 내느라 간절했고, 그러고도 결국 갖지 못해서 아름답게만 여겨지기도 했는데, 우리는 그 처음의 마음을 잘 잊고 만다.

무언가를 알고 싶어 하는 처음의 마음도 이와 약간 비슷하다. 궁금해서 빨리 알아내고 싶은 처음의 마음이 있다. SNS 세상에서는 서로가 제품 정보에 대해 빠르게 묻고 답할 기회가 많다. 답을 못 얻고, 답을 못 주는 사정도 많다. 모두가 먹고 사는 게 바쁘고, 양육과 가사도 바쁘니 질문한 것을 잊을 때나 질문이 다른 댓글들에 묻혀버릴 때도 있다.

집안을 어슬렁거리다가 질문받았던 딱 그 물건이 보일 때가 있다. 아, 어떤 분이 나한테 이거에 대해 질문했는데… 번득 생각이 나서 지나간 댓글을 뒤질 때가 있고, 그러지 못할 때도 있다. 그런데 뒤늦게라도 답변을 주고 나면 매번 기분이 좋아진다. 다정해진 나를 보면서 혼자 흐뭇해지는 것이다.

답변을 봤으려나, 궁금해질 때도 있다. 봤는지 안 봤는지 알 수는 없다. 핑퐁처럼 계속 글이 오가는 것도 골치 아픈 일이다. 그런데 꼭 추가로 고맙다는 인사를 남기는 그런 사람이 있다. "저도 정확히 모르겠지만, 이 정도로 알려드립니다." 이처럼 제대로 된 정보를 못 줬는데도, 고맙다고 인사를 남기는 사람이 있는 것이다. 그런 사람을 접하면 이런 생각이 든다. '저 사람은 온라인뿐 아니라 실제 인간 세계에서도 참 괜찮은 사람이겠구나. 왠지 평온하고 안정적인 삶을 살고 있을 것 같아.' 랜선을 타고서 그 사람이 살고 있을 좋은 세상의 기운이 막 느껴져 온다. 얼굴 한 번 본 적 없는 사람을 향해 굉장히 좋은 마음이 드는 것이다.

처음의 마음이 변하지 않기란 참 어렵다. 자연분만 과정에서 20시간 가깝게 진통을 겪고도 응급 수술로 첫째를 낳았다. 자연분만 한 번, 제왕절개 한 번, 출산을 하루에 두 번한 느낌이었다. 출산 직후에는 난산으로 인한 급성 신우염 진단이 내려졌다. 산후조리원으로 옮겨가 달콤함을 맛보기는커녕 한 달간 입원하라는 명령이 떨어졌다. 처음 겪은 신우염이란 질병은 망치로 온몸을 내리치는 괴물 같았다. 통증으로 침대 위에서 하도 뒹굴어대서 제왕절개 수술 실밥이 몇번 터지고 곪았다. 아빠에게는 군대 모험담이 있고, 엄마에게는 지난한 출산기가 있다. 산모와 아이, 둘 다 무사만 해다오. 생명을 건 출산 무용담 하나쯤은 다 있을 만큼 치열하게 엄마가 됐는데, 아이에게 불친절할 때가 부지기수다. 소중하디소중한 그 녀석들에게 짜증을 부린다.

택배 기사님께 친절하고, 지나가는 고양이에게 친절하고, 심지어 남편에게도 친절한데, 아이에게는 친절하지 못한 날들이 수두룩하다. 처음의 마음을 잊었기 때문이기도 하지만, 어른은 몸이 피곤하고 아프거나 마음고생하는 중에는 남에게 친절하기가 참 어렵다. 그땐 나 자신에게도 친절할 수가 없는 걸.

사랑은 누구나 다 한다. 자식을 사랑하는 것만큼 쉬운 것도 없다. 그러나 친절은 진짜 어렵다. 내 아이라서 수시로 짜증을 내고, 아무도 나의 만행을 보지 못하는 우리 집이니 과감할 만큼 말투와 눈빛이 불친절해진다. 아이는 부모의 불친절에 뾰족한 대책이 없다. 부모의 못남을 받아주고 참아주는 사람이 바로 아이이다. 늘 미안하다. 그래서 내게 친절은 생애를 통해 이루고 싶은 특별하고 유일한 양육 목표가 된 것이다.

소희는 강의 때 나의 얘기를 청중들에게 자주 한다. 평생 아동복지학을 가르치면서 많은 부모와 선생님들을 만났지만, 내 딸처럼 아이를 좋아하는 사람을 본 적이 없고 내 딸처럼 아이에게 잘해 주는 엄마가 없는데, 그런 내 딸의 목표가 친절한 엄마가 되는 것이라고 말이다. 청중들이 너무 놀랐다고 했다. 누구도 친절을 일생의 목표로까지 삼을 만한 덕목으로 여기며 살지 않기 때문일 것이다. 그러나 친절은 목표로 삼아도 잘 이루지 못하는 덕목이다.

아이가 사랑을 느끼는 지점은 어디일까. 혹시 아이가 물어본 작은 질문에 친절하게 설명해주었던 때처럼, 어른이 간과하고 있는 그 짧고 사소한 순간은 아닐까. 그 친절의 반복으로 비로소 따뜻했던 집을, 시절을 기억하는 것은 아닐까.

집 사고 이자 갚고 원금 갚는 일은 어른에게 늘 지난하고 요원해 보인다. 그 이자 갚고 원금 갚는 것보다 웃어주고 친절한 게 백만 배 더 쉽다. 돈 드는 일도 아니다. 그런데 어른은 백만 배 어려운 것을 훨씬 더 열심히 하면서 사는 것은 아닌가 싶다.

그 친절이 참 쉽지 않다. 친절은 마음만 바꾼다고 되는 것은 아니었다. 일부러 각오하고 친절했던 적이 얼마나 많았던가. 각오만으로는 되지 않았다. 친절은 몸과 마음과 영혼의 에너지가 몽땅 드는 일이다. 피곤할 때, 바쁠 때, 낙담할 때마다 타인에게 불친절하게 굴었고, 건강하고 일이 잘 풀릴 때 비로소 조금 친절한 사람이 되는 경험을 반복한다.

그래서 친절은 누구보다 내가 나에게 잘해 주어야만 가능한 덕목이기도 하다. 잘 자고, 잘 먹고, 과한 업무를 줄이고, 스트레스를 잘 처리해서 기분 좋은 상태를 유지하는 자기 관리만으로도 친절한 엄마가 되겠다는 목표에 성큼 다가간다.

세상 힘든 친절

플라톤은 친절하게 대하라고 말했다. 모두가 힘든 싸움을 하고 있다고.

자기밖에 모르는 세상, 자신만 사랑하다가 결국 길을 잃는 세상에서, 나를 보살피고, 나를 사랑하는 일이 타인에게 베풀 수 있는 친절로 변환되는 케미컬 현상은 퍽 멋지다.

툭 떨어진 선물

우리는 또 자이언티의
〈양화대교〉를 결코 잊지 않겠지

잠들기 전에 책 한 권을 골라 들고 전기스탠드의 조명을 켜고 큰 베개에 몸을 기대면 세 개의 그림이 딱 보인다. "엄마가, 요즘 잠을 잘 못자서 말이야…"라고 말한 날, 딸이 그려서 건네준 아이스크림콘 그림. 몸살이 된통 걸려서 밥을 못 먹고 머리를 싸매고 누운 날, 아들이 그려온 미역국 그림. 그리고 우리가 자주 함께 올랐던 성산일출봉 그림. 이 세 그림이다. 붙여둔 지가 오래라 종이 모서리 끝이 다 바싹하게 말려 올라가 있다. 생각날 때마다 종종 손가락에 힘주어 테이프 붙인 곳을 꾹꾹 눌러준다. 침대맡에 붙여 두길 잘했다.

이 그림을 볼 때 좋은 점은 침대까지 끌고 온 걱정거리와 난리 난 잡념들을 잘 가라앉히고 싶은 마음이 가득 찬다는 것이다. 마음이 bitter 할 때는 아이스크림을, 몸이 weak 할 때는 미역국을 먹자. 평생 이렇게 살면 되지. 이런 보들보들한 마음이 되어 버린다. '될 대로 되라지.'라는 마음이 주는 반 포기, 반 긍정의 자세는 의외로 힘이 세다.

남매가 싸우면 무조건 서로를 껴안게 하고서 복창시키는 말이 있다.

(누나 먼저) "하나뿐인 동생아."

(동생 이어서) "하나뿐인 누나야."

(동시에) "우리 서로 양보하자, 사이좋게 지내자."

딱 붙어서 눈을 쳐다보면 웃음은 자동으로 터지게 되어 있다. 웃으면 그것으로 다 끝난 것이다. 남매가 더 크면 써먹지 못할 기술이긴 하지만, 지금 당장 싸움을 멈추고 모두 웃게 되는 확실한 기술은 이것만 한 것이 없다.

하나뿐인 가족이랑 싸우고, 화내고, 짜증 부린다. 가족에게 제일 그런다. 또 가족이니까 마음 놓고 그렇게 해 버리는 것이다.

어린이는 엄마에게 징얼징얼 짜증을 부려 놓고도 그림 쪼가리를 들고 오고, 엄마는 하루 종일 난장을 친 어린이와 낮에는 씨름하고 밤에는 끌어안고 "어쩌다 이렇게 예쁜 아이가 나한테 왔지?"라며 쪽쪽거린다. 이러려고 우리 멤버가 운명처럼 가족이 되었나 보다. 옆집은 옆집만의 운명으로 만나서 짜증 내고 쪽쪽거리고 있을 것이다.

딸은 엄마한테 야단을 맞고 조용히 현관문을 나섰다. 내눈은 안 본 척하고 있지만 유리문으로 딸의 실루엣을 쫓아다닌다. 딸은 집 앞 골목에서 십여 분 머물다 들어왔다. 그런딸을 모른 척하고 나는 책이나 읽으려다는 기세로 앉아 있는데, 펼쳐 둔 책 위로 딸이 무언가를 우르르 쏟아 놓는다. 하트를 살짝 닮은 돌멩이, 아직 향기가 남아 있는 꽃잎, 신기하게 초록과 주황색이 반반 딱 나뉘어 있는 이파리, 돌담 밑에 떨어진 동백 씨앗 그런 것들. 동백 씨앗은 원래 별 모양이다. 보기만 해도 예쁜 걸 고르려고 고심한 마음이 보인다. 이 기막힌 사물들을 보니 순식간에 내 안에 어떤 부드러움이 들어찬다. 펼쳐 둔 책의 좋은 문장들보다 빠르고 힘있게 안도감을 준다. 딸도 이것들을 줍고 챙기면서 분명 안정을 찾았을 것이다. 그리고 엄마 마음을 풀어주고 싶었겠지.

딸과 내가 마음을 다스리기 위해 각자 헤매며 찾은 건

서로에게 주어도 좋은 것들이다. 우리만 받아주는 좋은 것들. 옆집 가족에게 주면 그들은 전혀 좋은지 모를 것이다.

우주 일등으로 사랑하고 소중하다면서 이렇게 지지고 볶으며 살고 있다. 한 전쟁이 가고 나면 다음 전쟁이 온다. 혹시 오늘 남매에게 나쁜 영향을 주지 않았을까. 괜찮은 영향을 도대체 어떻게 주어야 하나. 매일 생각할 수밖에 없다. 자녀는 살면서 내가 한 간섭, 잔소리, 야단을 어떻게 기억할까 궁금하다. 너무 걱정되느냐 하면 또 그렇지는 않다. 나는 가르쳐야 할 것을 모른 척해줄 수 있는 옆집 아줌마는 아니니까.

필요에 따라 야단을 치고, 또 팔불출 같은 모습으로 남매를 편애한다. 제일 크게 하는 사랑, 제일 따끔하게 치는 야단도 다 나밖에 할 수 없다. 다른 어른이 못 보는 내 자녀의 심신 상태를 나는 촘촘히 발견할 수 있다. 이런 일은 또한 쉽지 않아서, 인류의 모든 어린이를 내가 돌보지 않아도 된다는 사실이 고마울 지경이다.

다행히 인간의 기억은 매우 주관적이다. 열흘 동안, 열번 다 잘하고, 열 번 다 즐거웠다고 해서 모든 날을 좋았던 날로만 기억하지 않는다.

가족의 기막힌 한계이자 멋스러운 점은, 어느 날은 화를 내다가 어느 날은 뽀뽀를 퍼붓는다는 것이다. 가족이 아프면 돌보는 내내 고통스럽지만, 가족이 죽으면 그 고통의 중압감에서 해방되어 차차 편안해지기도 한다. 멀쩡히 잘 먹고 잘 자는 내 모습이 혐오스럽고 미안해서 또 슬픔으로 곤두박질치기도 한다. 이 모든 반대의 날들이 다 가족으로 인해 생긴다. 이런 모순 속에서 발견되는 것은 얼마나 온갖 방식, 온갖 진상 짓을 하면서도 우리가 사랑했는지이다.

노래만큼 연도를 정확하게 기억하게 하는 장치도 없다. 초등학교 시절 북한 공산당이 파 놓은 땅굴로 수학여행을 가던 중, 버스 창가에 기대어 이승환의 〈텅빈 마음〉을 처음 들었다. 김장훈의 〈나와 같다면〉은 유학생 시절, 학교와 집을 오가던 맨하튼 미드 타운 27번가와 36가 사이로 나를 단숨에 데려간다.

나는 이제 딸 아들을 낳았고 서귀포에서 산다. 꼬맹이들과 함께 차 안에서 듣는 노래는 내가 좋아하는 노래와 남매가 좋아하는 노래 둘 다이다. 옛 시절과 현재를 넘나든다. 그러다 보니 우리는 상대의 노래에 차차 익숙해지고 좋아하게 되었다.

조용한 걸 못 참는 딸은 차만 타면 노래를 틀자고 요청

한다. 매년 여름마다 성산의 바닷가로 달려갈 때 우리는 박진영의 〈징글벨〉, 싹쓰리의 〈다시 여름 바닷가〉, 듀스의 〈여름 안에서〉를 그렇게 들었다. 이 노래들이 어디선가 흘러나오면 남매는 간 떨어지게 소리를 지른다.

"우리, 바닷가 갈 때 진짜 매일 들은 거!"

우리는 또 자이언티의 〈양화대교〉를 결코 잊지 않겠지. 읊조리는 랩 파트는 능력 밖이니까 대충 흥얼거리다가 갑자기 "행복하자, 아프지 말고" 부분에서만 목소리를 훅훅 높이던 우리를.

소희가 옆에서 들으며, "나는 이 곡이 제일 좋더라." 하던.

이어령 선생님은 어느 인터뷰에서 "내가 내 힘으로 이뤘다고 생각한 게 다 선물이었다."라고 했다. 내 집도, 내 자녀도, 내 책도, 내 지성도, 분명 내 것인 줄 알았는데 다 선물이었다고.

누가 나에게서 태어나라고 했고, 누가 나를 낳으라고 했던가. 밤하늘에서 툭 떨어진 별처럼, 우리는 그저 서로에게 선물로 툭 주어졌다. 잘 도와주고 이해해주며 살라고. 그것이 사는 날의 감동이고, 없는 날에 붙들어야 할 풍요라고 말이다.

우리, 열흘 중 여섯 날은 꼭 행복하게 지내자. 열 번 중 여섯 번이면 세계적 수준의 행복일 것이다.

멍때림이 풀릴 때

서로가 서로를 선택할 수 없었던 부모와 자녀 사이로 만나서
반려동물과 반려식물을 집에 들이고

사랑하는 사람을 하늘로 보내고 나면 몸에는 실제로 조금의
힘도 없는데 어떤 불가항력의 힘으로 장례식 의례들을 챙기
게 된다. 소희도 그랬다. 제정신이 아닌 것이 분명한데, 장례
식장을 예약하고, 목사님에게 장례 예배를 의뢰하고, 그 외
해야 할 일을 끊임없이 생각하는 듯했다. 그때처럼 영혼이
흘러넘치는 동시에 영혼이 메말라가는 얼굴을 본 적이 없다.
　명확한 정신으로 예전과 같은 삶이 굴러가도록 일상을
수습하기까지는 최소 서너 달이 걸린다. 시간이 가도 수습이
좀처럼 안 되는 것은 마음이다. 내 배경이, 내 옆의 사람이,

내 고민거리가 모두 달라진 후의 마음은 이전의 마음과 결코 같을 수 없다.

어릴 때 무척 궁금해했지만, 한동안 안중에도 없다가 어린애처럼 다시 궁금해진 것에 해, 달, 별, 노을, 구름, 이런 자연이 있다. 진짜 나이가 먹었나 보다. 특히 지금 서귀포에서 보는 달은 서울에 살 때 보던 것, 뉴욕에 살 때 보던 것, 피렌체에 살 때 보던 달과는 완전 다르다. 내 주변 상황이 달라졌고 고민과 소망이 달라져서 그럴 것이다.

그중 달은 내게 1등이다. 달을 보면 걱정과 고민이 잠시 마취가 된다. 해는 그렇지 않은데, 이상하게 달은 그런 의술을 부린다. 보름달, 손톱달, 구름이 가려 거무스름한 달, 절구 찧는 토끼가 보일 듯 말 듯 한 달. 나는 크리스천이라서 토테미즘이나 천체 숭배 같은 개념은 아닌데도 이상하게 그 어떤 달을 보더라도 소원이 툭 튀어나온다. 해를 볼 때 소원을 빈 적은 한 번도 없는데 말이다.

서귀포로 이주하고부터는 자기 전에 테라스로 나가서 달을 잠깐이라도 꼭 보게 된다. 세수하고, 어쩌다 팩도 하고, 남매에게는 양치질해라, 치아 교정기를 껴라, 옷은 정리해 놓고 자자 등등, 하루치 노동을 다 끝냈는데도 할 일, 할 말이 여전히 남지만, 비만 안 온다면 문을 열고 나가 굳이 달을 보는 것이다.

달을 보며 멍을 때리면 감사해야 할 대상과 내가 저지른 잘못들이 자꾸만 떠오른다. 덤프트럭, 건널목, 전쟁, 교통사고, 기후 악화, 악성 소문, 세상에 없던 병균, 금리 인상, 급발진, 로드킬, 강력범죄 등등처럼 무섭고 싫은 것들 좀 제발 안 만나게 해달라고, 이런 것들 때문에 무서워서 살 수가 없다고, 자꾸만 가난해지는 마음에 대해 달에게 말하게 된다.

내게 생을 준 종웅이 죽어 없으니 내가 생을 준 남매가 내 눈앞에서 팔팔하게 움직이고 있다. 웃고, 떠들고, 싸우고, 삐치고, 배가 고프다고, 여기가 아프다고, 이것이 먹고 싶다고, 저것이 갖고 싶다고 끊임없이 말을 걸어온다. 달멍을 하듯 살아 움직이는 남매를 보면서 종종 멍을 때리다가 그 멍 때림이 풀릴 때 초점이 서서히 다시 맞춰진다.

배가 고프고, 밥을 해야겠고, 쉰내가 나기 전에 건조기를 돌려야 하고…. 그래 나에겐 보살필 남매가 있지. 해야 할 회사 일이 있지. 내가 이 삶을 잘 살아야지. 멍이 풀려 되찾은 초점은 이런 마음의 제자리를 찾아간다. 그건 마치 나오기 싫은 이불 속에서 마음을 딱 먹고 일부러라도 기지개를 쫙 켜면서, 오늘 하루도 시작해볼까 하는 마음으로 일어나

는 기상 같은 것이다. 우물물을 퍼 올리듯 내 바닥에서 남매
는 내 생의 의욕을 끌어올리고, 나는 또 새 마음을 먹는다.
이 일은 매일 아침의 기상처럼 반복된다.

　종웅이 떠나고 남매를 쳐다볼 때마다 그렇게 기도인지
명상인지, 멍때림인지, 헷갈리는 시간을 보냈다. 자동으로 소
원이 빌어졌다. 마치 종웅도 남매도 내 소원을 듣는 달인 것
처럼.

　죽은 종웅을 생각하고, 살아있는 남매를 생각하고 가족
이 아닌 것들도 생각했다. 책을 읽다가 소금 알갱이보다 작
은 크기로 살살 기어가고 있는 책벌레를 발견했을 때는 다시
어린이다운 호기심이 일었다. 도대체 너는 그 크기로 어떻게
생명을 유지하니?

　허리가 90도보다 더 아래로 꺾인 아흔 살 넘은 동네 할
머니가 작은 카트를 살살 밀며 우리집 앞을 지나갈 때면 커
튼 뒤에서 할머니를 한참 지켜봤다. 나도 저 할머니 나이만
큼 살 수 있으려나. 할머니의 장수 비결을 뭘까.

　실내 반그늘에서 키우다 죽어버린 보스톤 고사리를 처
치하기 귀찮아서 2층 테라스에 내놓고 반년을 넘게 방치했
는데, 봄에 연두색의 아기 고사리가 올라왔을 때는 기절하
는 줄 알았다. 죽음에 대해 궁금해 죽을 것 같은 시간을 보

내고 나니, 살아있는 것들이 다 궁금해 죽을 것 같은 시기가 온 모양이었다. 서귀포는 서울보다 살아 움직이는 게 더 많았다.

남매를 키우는 것, 그와 더불어 집 안팎의 꽃과 식물을 돌보는 것, 동물을 먹이는 것, 마당에 기어 다니는 개미, 콩벌레, 지렁이, 노린재를 너무 귀엽다고 내버려 두는 것, 식당에 소희를 데려가 맛보지 못한 음식을 맛보게 하는 것, 코딱지만 한 텃밭 상자에 기어코 채소를 키우는 것 등은 종웅의 죽음 이후 내가 한 모든 일이다.

살아서 숨 쉬는 존재들을 쳐다보고 거두는 것 이외의 선택지는 하나도 없었다. 아니 그것들은 내가 하기로 작정한 선택이 아니라 나에게 먼저 손짓해 나를 불러준 것들이다. 내가 혼자서 다 돌보고 있는 것 같았는데, 이미 스스로 생명력, 자생력, 재생력을 다 갖추고 나를 불러댔다.

'이봐, 여기에 있자, 우리와 있자.'

인생의 목적이 돈이나 집, 명품, 자동차처럼 죽어있는 것들일 리가 없다. 가만 되짚어 보면 심연으로 빠지던 나를 끌어올리고, 여기서 자기네들과 하루씩 잘 살아보자고 한 것은 다 살아있는 존재들이었다.

쓸쓸한 나대지에, 냄새 나는 쓰레기통 옆에, 개똥이 있는 전봇대 아래에, 시멘트벽을 뚫고서도 별의별 꽃들이 피어났다. 이름도 일일이 알 수 없다. 꺾어도 아무도 야단 안 칠 것 같은, 그런 눈길이 안 가는 곳에서 아들이 꽃을 꺾어서 나에게 준다. 마시던 삼다수 생수병에서 물을 좀 남기고 아들이 준 꽃을 꽂아 집으로 가져왔다. 며칠이라도 더 살도록 꽃병으로 옮겨서 꽂아 두었다.

꽃은 아들을 부르고, 남매는 나를 부르고, 외출에서 집으로 돌아오면 우리는 고양이를 부른다. "옥희야, 옥희야." 결국 우리는 모두 종웅이 간 곳을 향해 갈테지만, 지금은 부르면 살아 대답해 주는 것들 속에서 살고 있다.

딸아이는 엄마 양말이 되게 예쁘다며 꺼내 신고 학교에 갔다. 나는 양치를 한 후, 남매의 어린이용 치실을 꺼내 썼다. 인간이 세상에 태어나서 네것 내것 없이, 허락 없이 막 써도 괜찮은 공간과 괜찮은 사람을 얻는 것이 얼마나 엄청난 일인지. 문득 안전함에 놓이는 기분이다. 이런 안전함을 한 번도 얻지 못하고 살아가는 사람도 있을 것이다. 또 우리는 서로에게 들키지 않을 만큼 작거나 들켜 버리고도 남을 만큼 굉장한 실례를 왔다 갔다 범하며 산다. 봐주거나 용서하며 산다.

저녁밥을 먹을 무렵에는 돌돌 말아 올려둔 커튼과 커튼

사이로 지는 노을이 보인다. 밥을 먹으면서 내가 저기 좀 보라고 말하면 다들 일시에 고개를 돌려 노을을 본다. 심드렁한 반응을 보이는 가족은 없다.

"와, 예쁘다. 핑크 섞인 보라색이다. 신기하다."

내가 노을이 예쁘다는 말을 내일 또 반복해도 반응은 똑같다. 나는 예측 가능한 반응과 변하지 않는 이 풍경이 안전해서 좋다.

세상에 누구보다 누가 더 특별한 삶을 살지는 않는다. 누구보다 누가 더 특별한 사람도 없다. 단지 서로가 서로를 선택할 수 없었던 부모와 자녀 사이로 만나서 반려동물과 반려식물을 집에 들이고 다른 집과는 다른, 정확히 우리라서 가능한 특별한 사랑을 나눈다. 우리끼리 특별한 사람이 되고자 하는 삶만 있는 것이다.

죽은 이에게 삶을 소개한다는 것은 어떤 것일까. 나는 죽은 종웅에게 종종 내가 요즘 이러한 삶을 살고 있다고 이야기해 준다. 종웅 때문에 잠시 삶이 쪼그라드는 축소를 경험했는데, 시간이 꽤 흘러있는 지금, 나의 삶이 확장되었다고. 어느새 고통을 잊고 이전처럼 잘 살고 있다고.

지금은 슬픔을 잊고 다음 단계로 넘어가야 한다고 내게
조언하는 사람은 없다. 내가 이미 그다음 단계에 와 있기 때
문이다.

나를 웃게 만드는 남매가 있고, 피곤한 일을 도맡아주는
남편이 있고, 계절마다 매력을 바꾸는 마당이 있고, 매일 잠
만 자도 귀여운 옥희가 있다. 그리고 나를 아직은 고아가 되
지 않게 해주는 소희가 있다. 다 살아있는 존재들이다. 여전
히 자주 멍을 때린다. 멍이 풀릴 때 내 앞에 있는 그들이 서
서히 보인다.

그들 앞에서 가장 안전한 나를 본다.

가혹과 다정을 밀고 당기며

내 곁의 누가 또 죽고, 어쩌면 누가 나의 태에서 또 태어날지
알 수 없다. 어떤 기쁨과 어떤 비극이 얼마만큼 기다리고 있
는지 하나도 모르겠다. 내게 일어났던 새로운 이주와 안착,
성장과 퇴보, 탄생과 죽음에는 퍽 무심한 듯 생은 그냥 쭉쭉
펼쳐지기만 한다. 나의 성격, 나의 피곤, 나의 노동량, 나의 근
심에는 일절 아랑곳없이 후딱후딱 나를 밀고 간다. 그것이
너무 가혹한 것인지 다정한 것인지는 삶에 대해 내리고 있는
내 정의에 달릴 뿐이다.

다만 내가 어떤 사람으로 살아야 할지 늘 궁금해하면서 산다. 입맛에 완벽하게 맞지 않았지만 마치 주식 용어에 있는 '평균단가'처럼 지나온 하루의 평균들은 대체로 나쁘지 않았다. 그 누적된 경험의 양으로 앞으로 내가 무엇이 되어도, 또는 굳이 안되어도, 나는 괜찮고 건재할 것이라는 믿음을 갖고 산다.

　　아이가 들려주는 별별 희한한 이야기들을 기억하자. 괜찮다고 말해 주는 노인의 말에 심통을 부리지 말자. 웃음이 허락된 순간이 과분할 정도로 많은데도 웃지 않는 교만을 반성하자. 미미하게나마 느껴지는 기쁨을 무조건 또박또박 잘 챙기고, 일상의 유지, 그 항상심을 위해 최선을 다하자.

　　중년의 삶에는 아직도 유년이 있고 이미 노년이 있다. 내일 아침의 새날과, 저녁의 휴식이 또 주어진다면 내가 낳은 사람과 나를 낳아준 사람을 생각할 것이다. 그들이 무탈하기를 바라는 사람은 기도한다. 내일도 한 번 더 거저 일상이 주어지기를, 기함을 토하고 쓰러질 일이 없기를, 단 하루씩의 의식주에 감사하면서 모두가 그저 일상에서 최대한 '잘' 있기를 말이다.

2023, 좋아하는 가을에

전수영

책을 쓰는 것은
다른 사람의 삶에 영향을 미치는 작업만은 아니다.
책으로 인해
자신의 삶 또한 변하지 않으면 아무 의미가 없다.

_짐 콜린스

수시로 수정되는 마음

영리한 나와 엉망인 나 사이,
노인과 아이의 사이에 선 중년

초판 1쇄 발행일 2023년 10월 5일
초판 2쇄 발행일 2024년 1월 25일

기획 전수영 SMALL WALK
발행 SMALL WALK
디자인 형태와내용사이
인쇄 책만들기
등록 2011년 06월 10일 제 2014-000080호
주소 (63569) 제주특별자치도 서귀포시 서호동 354 스몰워크
전자상점 http://smartstore.naver.com/smallwalk
전자메일 smallwalk@naver.com
ISBN 978-8-99690-303-1 03810
정가 18,600원